阳 光 文 库

# 流年

王海文 ——— 著

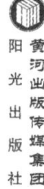

黄河出版传媒集团

阳光出版社

图书在版编目（CIP）数据

流年 / 王海文著. —— 银川：阳光出版社，2022.8
（阳光文库）
ISBN 978-7-5525-6462-4

Ⅰ. ①流… Ⅱ. ①王… Ⅲ. ①散文集 – 中国 – 当代
Ⅳ. ①I267

中国版本图书馆CIP数据核字(2022)第156800号


阳光文库·流年　　　　　　　　　　　　　王海文　著

责任编辑　李媛媛　贾　莉
封面设计　晨　皓
责任印制　岳建宁

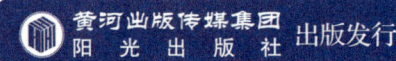

出 版 人　薛文斌
地　　址　宁夏银川市北京东路139号出版大厦（750001）
网　　址　http://www.ygchbs.com
网上书店　http://shop129132959.taobao.com
电子信箱　yangguangchubanshe@163.com
邮购电话　0951-5047283
经　　销　全国新华书店
印刷装订　宁夏凤鸣彩印广告有限公司
印刷委托书号　（宁）0024370

开　　本　720 mm×1000 mm　1/16
印　　张　18.25
字　　数　210千字
版　　次　2022年8月第1版
印　　次　2022年9月第1次印刷
书　　号　ISBN 978-7-5525-6462-4
定　　价　56.00元

故乡孙嵝岘印象（一）

故乡孙嵝岘印象（二）

父亲与母亲（1996年）

父亲（前排左二）在"三干会"期间与同事合影（1971年）

母亲于银川葆光照相馆留影（1983 年）

大嫂（1981 年）

作者（右一）与初中同学留影于后洼中学（1979 年）

少年清苦晚年幸福的大姐（2017 年）

二哥二嫂于银川南门留影（2002 年）

徐姑姑、父亲与母亲（自右至左，1979 年）

二姐与女儿晓华、儿子晓东（2002 年）

富有个性与传奇色彩的姥爷（1975 年）

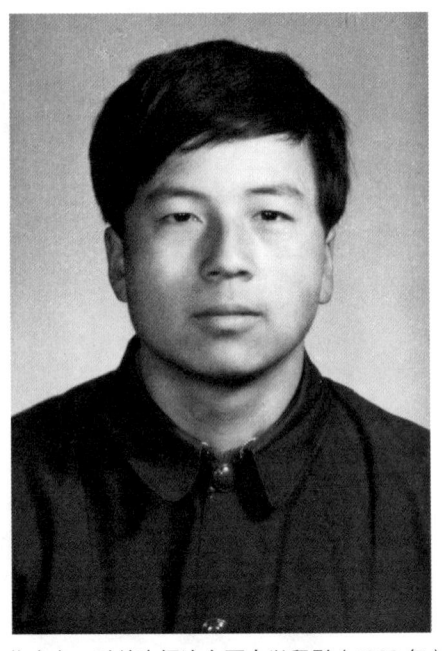

作者高二时首次探访宁夏大学留影（1983 年）

作者（前排右一）与同年考上大学的高中同学合影（1984 年）

作者大三时在宁夏大学西门留影（1986 年）

作者（前排左一）与大学同学留影（1986 年）

作者大学班里女同学校园合影（1986 年）

作者（后排右三）与家人合影（1995 年）

义薄云天的大哥（2003 年）

自强不息的三姐（1981 年）

作者与爱人结婚照（1988 年）

孝顺明理的四妹（1991 年）

女儿晨之于台湾桃园机场留影（2015 年）

女儿、女婿和小外孙（2019 年）

作者在宁夏大学教务处
工作时留影（1993 年）

宁夏大学校园风景照名片（1994年）

作者（右二）与父亲（右四）以及四弟、二哥、大哥、五弟（自左至右）合影（2017年）

作者（左一）率团访问意大利（2016 年）

作者参加大学同学毕业三十周年纪念活动（2017 年）

二〇一一年春节全家福

# 《流年》序言

郎 伟

　　我与王海文相识差不多有三十年的时光了。2019 年春天，我从宁夏师范学院奉调回到宁夏大学。因为分管学校档案工作的缘故，便与王海文有了比较频繁的接触，自认为对其人其事的了解还是超出通常的泛泛之交的。然而，当我认真读完他新近创作的长篇纪实散文《流年》，我此前的"自信"却多多少少受到了挑战。《流年》所呈现的曾经发生在王海文少年和青年时代的许多人生故事，我显然是不熟悉的；王海文在时代大背景之下所讲述的家族当中许多个体生命的运行轨迹，在我读来，也属新鲜而独特。于是，对我而言，《流年》这本书的阅读，就不仅仅是两个相识者之间的寻常问讯，而是一位试图寻找独特的命运景观者对一个家族丰富曲折人生的认真勘探。

　　作为出生于 20 世纪 60 年代的中国人，王海文的少年和青年岁月与当代中国社会的历史变迁和时代波澜有着同构的关系。我们知道，共和国建立之后，在比较长的一个历史阶段，因为诸多因素的影响和制约，中国人的物质生存有着相当的艰难性。地处黄土高原与内蒙古高原交接处的王海文的故乡——小山村孙嵝岘的物质生活的匮乏和精神的困窘自然比之其他地方，有着更为令人心酸的呈现。母亲怀孕不久，趁奶奶出门，偷偷从锅中捞出几个半熟的饺子，胡乱吞进肚子里，为此肠胃难受了好几天；勤苦善良的大嫂，为了使全家人都能沾上一点肉的荤腥，捞面时不停地往臊子汤里加面汤，等到她最后吃面时，臊子汤已经变成彻头彻尾的清汤寡水；除夕夜里和大年初一早晨放鞭炮，由于家贫，哥仨只能追撵到别人家，羡慕不已地看邻家孩子一支接一支地燃放鞭炮；二哥终于在过年时节穿上新裤子，但是除夕之夜他却从梦中哭醒来——他惊惶地梦到自己的新裤子丢了！我读作者讲述的这些旧年山村故事，内心漾动的更多是酸楚之情。然而，生存环境再恶劣、生活本身再艰难，也挡不住亲人之间血脉相连、相濡以沫的患难真情。在王海文的记叙中，家庭虽然子女众多、一贫如洗，但家人之间的似海亲情却从未改变。在这一家人看来，父母替子女遮挡人生的所有风雪严寒，哥哥、姐姐为弟弟妹妹牺牲个人前途都是天经地义和义无反顾的。父母为了使孩子们能有学上，经年累月地忍受着村里村外讨债人的轻蔑和奚落；大哥为了筹办弟弟的婚事，冒雪前往邻村亲戚家借钱，归途中差点跌下悬崖；四妹因父亲实在交不出1200元学费，主动提出退学，背着铺盖卷黯然回乡。《流年》所叙述的是地处偏远的西北小山村一家人的生活和命运，拨动的却是所有读者的心弦。我们这个民族，历史上不知道经历过多少命运风暴、遭受过多少生命苦难，然而，我们终究坚强地屹立在世界上，成为意志如钢如铁、精神永远不倒的伟大民族。我在阅读中梳理《流年》中这一家人的命运之旅，想到的是一百年多年来中华民族共同的苦难和奋斗经历。王海文的父母、兄弟、姊妹所经历的人生和不向命运低头的意志，不正代表着中华民族共同的命运和精神性格吗？不正代表着中华优秀传统文化在当代的延伸与发展吗?

像所有经历过生活命运巨大转机的写作者一样，王海文在《流年》当中固然叙述了生命中曾经遭遇到的阻击和苦难，然而，作为一个同样钟情于历史和现实发展的写作者，《流年》又真实而生动地呈现了20世纪70年代到80年代近二十年间中国社会的历史风貌，富于色彩地描画了"浪漫的八十年代"的时代剪影。举凡粉碎"四人帮"之后的农村经济变革和普通农民命运的改变，乡镇集市上突然出现的热闹景象和邓丽君歌曲的不胫而走，大学里风行一时的"文学热"和农民子弟的灵魂波澜，众多大学生毕业时节的踌躇与盼望，凡此种种，皆是中国社会改革开放初期的写实性画卷。尤其让我感兴趣的是，作者比较真实而精细地书写了个人在宁夏大学中文系的求学经历——既回忆了自己在宁夏大学四年间读书生活之点点滴滴，更饱含深情地刻画了20世纪80年代至90年代活跃于宁夏大学校园中的一批个性鲜明的老师的形象，从老校长吴家麟、老书记夏森、中文系主任王十仪、刘世俊，到年轻教师张安生、刘国尧、朱贻渊，作者或叙述历史掌故，或描摹授业先生课堂讲授的传神情态，既是替恩师们画像，也是在摹写知识分子"身处斗室心忧天下"的高洁灵魂。至于说到个人情感的流露与追逐，"有心栽树树不活"的烦恼和"无心插柳柳成荫"的因缘，那当然是青年岁月里的题中应有之义。《流年》中有相当的篇幅，如实叙述了个人情感的浪漫想象与羞涩追求，青春期心灵的波翻浪涌和最终的"笑渐不闻声渐悄"。我读上述情感故事，既感叹于人类青春的纯洁与美好，也感动于作者灵魂的真诚与坦率。有什么人间事物能够像"青春"这样，经得起人类的反复谈说呢？在青春的回忆当中里，我们不仅复活了鲜嫩欲滴的甜美时光，更为眼前的生活注入了崭新的力量和情韵。

王海文自小喜欢文学，考入大学之后学的是中文专业。虽然工作之后，在多个岗位历练过，但他内心深处的"文学梦"和对文学的痴情眷恋之火不仅没有湮灭，反倒如老房子着火扑也扑不灭——长篇纪实散文《流年》的完成和即将出版即是明证。作为他的老同事和老朋友，我衷心祝愿他在写作上能够有更大的发展和进步，也祝愿他能够以更加成熟和完美的思想追求和艺术奉献，为新时代的宁夏文学提供堪称独特的文学风景。

　　　　　　　　　　　　　　　　2022 年 6 月 21 日于宁夏大学

# 1

流年，承载了太多我们挥之不去的时代记忆。

人生，总是在流年的不断追撵中获得成长，逐渐走向丰盈、成熟。

我成长的起点，就定格在黄土高原西北边缘一个平淡无奇的小村庄里。

自太行山以西，青海日月山以东，秦岭以北，古长城以南，基本囊括了黄土高原的大致轮廓，它也是中华文明的发祥地之一。这样的区域，听上去相当不错，但实际上却是贫瘠的地方。

我的家，就坐落在黄土高原西北边缘、盐池古长城以南一百公里的小山坳里，是个有着一百多口人的小村庄。

小村庄取名孙崾岘，却没有孙姓的人家。据说原来这里主要居住着孙姓的十几户人家，但自清末至民国初年，西北狼烟四起，战乱频仍，村庄里的人便死的死，逃的逃，绝了住户，断了人烟，空留二十多孔破窑和十多处荒院。到二十世纪二十年代以后，先后有李、王、刘、姜姓的几户人家，陆陆续续从邻近的村庄或是甘肃环县、陕北神木、陕西定边等地迁移到这里，在废弃了的旧村庄以西一里地的缓坡上，重起炉灶，依山势凿建窑洞，安居于此。但孙嵝岘这个村名，却被沿袭了下来。

父亲出生刚刚六周的时候，因为自己亲生父母家中的光阴实在难以为继，便被抱养到邻村孙嵝岘的亲戚家里。好在养父母在连续夭折了三个男孩后，对抱养来的这个孩子十分看重和珍惜，视如己出，悉心培养。十五岁那年，尚未完全成年的父亲，在养父母的操持下，迎娶了十七岁的母亲。自此，父慈子孝，伉俪情深，一家人风雨同舟，其乐融融。只是天不假年，由于贫穷、疾病和过度劳累，我的奶奶在五十五岁、爷爷在六十三岁时相继病逝。那时，他们的孙子辈只有我的大哥、大姐和二姐。

爷爷奶奶过世后的十几年里，我们兄弟姐妹六人，也相继降生在这个依旧贫困，但还算温馨的大家庭里。

五儿四女，这是父母的骄傲，家庭未来的期盼，但嗷嗷待哺的九张嘴，也无疑成为父母几乎承担不起的拖累。

在我儿时的记忆里，父亲总是起早贪黑、披星戴月地忙碌着生产队里的事情。他原来是大队的会计，1959 年，曾进修于宁夏财经学校。那时的父亲朝气蓬勃、意气风发，在同龄人中，有着相对优越的事业起点。

就在父亲学成归来，先后在大队、公社将事业干得风生水起的时候，"三年困难时期"的来临，完全打乱了父亲事业上铿锵前行的节奏。眼看着单门独户的家庭缺少帮衬，孤立无依的女人带着四个不到十岁的孩子艰难度日，在自己为妻儿节衣缩食，甚至于饿得全身浮肿的情况下，又经历了几番心理挣扎后，父亲最终于 1962 年初，极其不甘地辞去公职，扔下了一堆公务，恋恋不舍地握别了朝夕相处的同事，谢绝了领导的好意挽留，毅然决然地回到了生产队，回到了娇妻弱子身边，显示出一个男人应有的气魄和担当。

以往的工作履历，加上正派、善良、勤劳的品格，使父亲在生产队赢得了群众的信任，他先后做过队里的出纳、会计、生产队长，但担任时间最长的，还是生产队长。

　　出席了由公社、大队、生产队三级干部参加的"三干会"后，衔命归来的生产队长，早出晚归，为了全队人的生计，也为了一家人的生存，一直忙碌着。

　　父亲忙着外面的事情，母亲在家里也闲不下来。想当年，在母亲还没有成亲过门的时候，按照爷爷、奶奶、姥爷、姥姥事先商量好的意思，十六岁那年的春天，便提前来到孙崾岘公婆家，伺候重病缠身的奶奶。秋后回到娘家，过了春节，十七岁的她被迎娶进门。她从被娶进家门的第一天起，便围拢在床前灶台边，小心翼翼地侍奉婆婆。听母亲讲，和那个时代大多数婆婆一样，奶奶心肠好但人很严厉，当时妈妈正怀着大哥，嘴馋得厉害，又不敢告诉奶奶。有一天，奶奶出门的当儿，母亲没忍住，把刚刚下锅还没有煮熟的饺子，偷偷捞了几个出来，胡乱吞咽进肚里，以至于肠胃为此难受了好几天。可惜婆媳相处的日子并不长久，八个月后，奶奶撒手人寰。奶奶去世后，母亲敬老携幼，给病榻前的爷爷端茶递饭，嘘寒问暖，极尽关切之心、赡养之礼，直至爷爷病逝。

　　爷爷猝然病逝的那些日子里，父亲因公外出，一时赶不回来。那时已是盛夏时节。有农村生活经历的人都知道，农村的窑洞和水窖，到了冬天，是温暖的；越是在夏天，反而越是冰冷刺骨。刚刚生二姐满月的母亲，和徐姑姑不分昼夜，一直跪拜在寒窑拔凉拔凉的地上，为爷爷焚香点纸，守灵尽孝一个星期，直至父亲赶回家把爷爷下葬。母亲自此落下了终生难愈的风湿病，无论肩膀还是膝盖，一年四季冰凉如铁，即使是三伏天，也虚汗直流，浑身冰冷。

母亲与父亲琴瑟相和，相濡以沫，共同生育了十一个儿女。但1956年和1958年出生的两个男孩，不幸先后夭折，给母亲身心带来了极大的打击。1972年，解放军医疗队来到当地，已经39岁且身心俱疲的母亲，瞒着父亲偷偷赶到麻黄山公社，忍痛流产了最后一个孩子，并做了节育手术，那条可怜的小生命，仅仅在娘胎里存留了三个月，便戛然而止。

贫困、劳苦以及多胎的生育，使母亲患上了严重的风湿病和肠胃病。在我的印象里，反复发作的疾病，折磨得母亲根本无法下地干活。她常年围着锅台转，不停歇地做着那些永远也干不完的家务：白天，满院子哼哼乱叫的黑猪，墙头上下飞来飞去到处叼食的鸡群，常常折腾得母亲顾此失彼；夜晚，油灯下还有针头线脑的缝补活计在等着她忙活。我清楚地记得，在那样辛劳的日子里，煤油灯下的母亲，总是一边飞针走线，一边轻声哼唱着柔婉悦耳的歌谣，听着那动听的旋律和迷人的歌声，一旁的我总是在不知不觉中就进入了甜美的梦乡。

然而到了二十世纪七十年代初，母亲的病情明显加重了许多。她已吃不进腥荤和酸辣油腻的食物，每天只能搅拌着一点咸盐，吞咽少许的白面片，面无血色，连指甲盖上，也是一片瘆人的惨白。那几年，烈日炎炎的三伏天，她仍然裹着一身棉衣棉裤；从秋后到来年春天，母亲总是披着一床棉被，围坐在热得发烫的土炕上，虚汗淋漓。好心的医生偷偷告诉父亲，长期的肠胃溃疡和风湿症，已导致母亲严重营养不良，"也许活不过四十五岁"。

坚毅要强的父亲只是把这句话告诉了大哥，大哥又悄悄告诉了大嫂。于是，三个大人，默默撑起了这个恓惶的大家庭。

这一年，是 1974 年。

这时家里其他成员的情况是，二姐考入了吴忠师范，二哥刚上初中，三姐五年级，我三年级，四弟一年级，四妹、五弟、三个侄女都是六岁以下的幼童。

全家十三口人，能够下地劳动的只有父亲、大哥、大嫂三人。虽说是大集体时代，但"按劳分配"的原则还是要体现的。好在当时国家的政策是，30% 按劳动工分、70% 按实际人口分配粮食，至于钱，则完全是按劳动工分多寡，年底结算分配。那时各大队、各生产队的收入并不平衡，一个劳动日，成人劳动一天挣得的工分是十分，好一点的生产队，能分到三五毛钱，境况差一点的生产队，也就只能分到一两毛钱。

我们家劳力少，人口多，能分到的粮、钱也相应地比别的家庭人均要少许多。

为此，每当周末或寒暑假，我们几个年龄稍长的兄弟姐妹，总要挤出时间参加生产队的劳动。依年龄和劳动能力，大人们出工一天挣十个工分，我们年龄稍大一点的小孩，可以挣七个工分（俗称"七厘"），年龄再小一点的，只能挣三四个工分。揽豌豆，拔冬麦春麦，收割糜谷、荞麦、胡麻、芸芥以及挖土豆，或者放牧、打草、送粪这样的活计，我们全都干过。只是，那完全不像是今天"锻造创新实践能力的需要"，而完全是由于生存现实的逼迫。

父亲后来说，从 1961 年至 1979 年，我家人均分钱分粮，在全生产队都是垫底的，每年年终，他都要为生产队倒贴拿钱，这种境况，连续十九年之久。

父亲说得没错。那几年的夏秋，有好几次生产队分粮的经历，给我留下了苦涩的记忆，还有锥心的痛楚。

第一次是分冬麦。我和二哥从家里翻捡出两个长口袋，那口袋由山羊毛织成，黑白相间的纹路，看上去很养眼。每个口袋能装约五十公斤粮食。会计记账，父亲捉秤，按照劳动工分多寡，一家一户地分。从太阳高悬到夜幕四合，我们兄弟俩远远地枯坐在打谷场边，眼见着一户又一户人家装满了麻袋，喜滋滋笑吟吟地装上架子车离去，甚至已有人打着手电筒为父亲照明瞄看秤星，但仍轮不到我家。直到最后打谷场上稀稀拉拉没几个人，会计才叫到了父亲和大哥的名字，我和二哥兴冲冲地凑近粮堆一看，只剩下一小堆，但已然顾不上许多，便手脚麻利地装满了两口袋，一上秤，多了，只好倒回了一些，再称，还是多，又倒出来一些。会计李二哥从上衣兜里摸出一支"经济"牌纸烟，划着一根火柴点上，狠狠吸了两口，尖尖的喉结上下蠕动了几下，这才右手钳起香烟，弹了两下烟灰，看了二哥一眼，然后以善意的口吻，半开玩笑地说："别舍不得，多倒出来一些。"二哥磨磨叽叽很不情愿地从一只口袋里又倒出来了一小堆，最后上秤，一百三十多斤，刚好。我看了看那个竖直的装满冬麦的口袋旁，蜷缩着的另一个皱巴巴干瘪矮小的毛线口袋，想到一大家十几双期盼的眼睛，还有维系母亲性命的清汤白面片，心一瞬间坠向谷底，感到自尊心受到了极大的伤害。

第二次、第三次的分粮，情形也大抵如此。

我知道，这一百三十多斤冬麦，勉强够患病的母亲吃清汤寡水的白面片，再至多，也就只能盼大年初一的早上，全家人一起吃一顿热气腾腾的饺子。

事实上也正是这样。由于粮食少，安排一家人的伙食，明显地捉襟见肘。中午，勤苦善良的大嫂在伺候一大家人吃臊子荞剁面，吃到一半时，眼见炖汤的小锅臊子汤已不太多，大嫂便从煮面的大锅舀上一勺面汤，兑在小锅里，一顿饭的时间，有时要这样兑三到四次，到了最后大嫂吃饭的时候，那小锅的臊子汤，已然与大锅的面汤相差无几。但聪明贤惠的大嫂毫无怨言，还调侃地对锅台下烧火的三姐说："上锅的，吃多的。"言罢，匆匆吃完寡淡无味的汤汁剩饭，然后麻利地洗锅、喂猪，站在炕沿边给女儿喂几口奶，来不及休息片刻，又下地去了。

更多的时候，大嫂给我们做的是调和饭，饭里米和面都很少，只是多加些土豆、白菜和水，清汤寡水一大锅，开饭时只听得一大家人"呼噜噜"吃得海响，但过不了多久，那不争气的肚子又开始"咕咕"乱叫了。

有一天晚上，家里来了客人，我便去大哥大嫂的窑洞里夜宿。半夜里醒来，无意中偷听到大嫂压抑的啜泣声，还有大哥好言宽慰大嫂耐心柔和的话语。

我非常理解大哥大嫂为这个家所做的牺牲，一瞬间心头像撒了把盐似的刺痛。

"好好读书，将来离开这里，努力挣钱帮衬家里。"黑暗中，盯着窗外透入的月光，不由自主地，我的上齿狠狠地咬住了下唇。


2


1975 年的春节，说来就来。

家家户户赶在年三十的下午都贴上了对联，更衬托出火红喜庆的氛围来。陪伴对联的，是印有秦琼、敬德扛枪舞刀威风八面的画像，保佑黎民百姓四季平安的门神。

为了过个喜庆的春节，父亲特意从生产队借了五十斤麦子，磨出的白面用来做过年的油食。母亲手把手地教大嫂、二姐、三姐为全家做了黄澄澄香喷喷的油饼、馓子、麻花以及各式各样栩栩如生的翻果子，小鸡、小兔、小猪的形象惟妙惟肖，煞是可爱，拿在手里，都有点舍不得咬一口。在吴忠师范放寒假的当儿，心灵手巧的二姐，紧赶着为弟妹们做鞋，剪裁缝补衣裳，尽管双手被纤细的麻线绳勒出了一道道血口子，但她仍停不下来，她要赶在除夕，尽可能地让弟妹们穿上新鞋、新衣服，或者缝补好的旧衣服。

毕竟，所谓过年，过的就是老人和孩子。老人们盼望着儿孙绕膝团圆的热闹，小孩儿则向往着美食、鞭炮和新衣服。

从农历腊月二十三接灶神那天起，中国北方老百姓过年的系列活动，就拉开了序幕。在此之前，腊八肉粥里用荞麦面做成的"麻雀头"（吃了"麻雀头"，是取来年少了麻雀糟害庄稼的寓意），早已被我们狼吞虎咽进肚子里。腊月二十四、二十五，是扫尘的日子。腊月二十六、二十七、二十八几天，家家户户的男人们相互帮忙，挽袖子抹胳膊杀猪宰羊，女人们则攒在一起，东家进西家出，轮流着做油炸蒸煮的活计。从腊月二十九开始，鞭炮声便在村子里稀稀落落，此起彼伏地响起来。

因为家里经济拮据，父亲和大哥买了几支大红炮，在除夕夜和大年初一早晨分别燃放了，夜空中的火花算得上璀璨，白天里的响声也够得上清脆。适宜于小孩燃放的牛皮纸包装的一串串小鞭炮，我们家是没有的，四弟、五弟便追撵到村子里有鞭炮的人家，两眼紧盯着别人家的孩子一个接一个地燃放，羡慕的目光从地上移到天空，又从天空回到地上。

尤其是淘气的四弟，缩着双手，鼻尖冻得通红，清鼻涕在一阵冷风中流将出来，又被他抬起棉袄袖子，飞快地一抹。我瞧着两个弟弟可怜，心疼地连哄带吓唬，把他们领回家里。

年三十，是很忙碌的一天。这天午后，我和四弟会扁担接力，从窑洞垴畔近二十米深的水窖里，打上来一桶桶水，先饮好了牲口，再往返六百米一趟，一连挑六七趟水，直到把家里的两三个水缸，都盛得几乎漫过了缸沿，连两只水桶，也都满满当当地放在地上。听妈妈说，大年初一，是要悠闲享用美食的日子，如果这一天还是劳劳碌碌，那意味着这新的一年，苦命的你都不会清闲下来。为了一年悠闲享受的好兆头，大年三十男孩们早早挑好了水，喂养好牲口，女孩们在太阳落山前也手脚麻利地贴好对联窗花。

姜大哥是个很喜好传播民间故事的人，依照他的说法，除夕之夜，如果你蹲伏在打谷场的石磙下，屏住呼吸细听，便会有不同寻常的声响，从各家各户传递出来，昭示着这一家人来年的吉凶祸福。他绘声绘色地讲述，逗引得我和几个胆大的男孩子，在年三十晚上跟着他摸黑来到了打谷场。除夕的夜晚，黑得伸手不见五指，躲在石磙下，缩着身子，凝神定气地听了好半天，除了呜呜呼号的寒风，并没有其他异样的响动，正觉失望无趣，忽然听到一阵"噔……噔……噔……噔"的声音由远及近，从场院间传来。"什么声音？"我的心跳不由得加快，紧接着隐隐约约看到一个黑乎乎的暗影，正朝着石磙方向碾压过来，一时间我的身体不由自主蜷缩成一团，只感到头皮一阵发麻发紧，头发都要竖起来似的。姜大哥先是张开了微微颤抖的胳膊，环住了我们几个人的肩膀，紧盯着越走越近的黑影，直到那黑影距离我们不到五米的时候，姜大哥飞身跃起，一声大吼，便冲那团黑影扑将过去，紧接着便听到驴骡打了一个响鼻，沿着场院出口逃走了。

我的妈，原来是到打谷场寻吃夜草的牲口，虚惊一场。满头大汗的我们，如释重负，跟在姜大哥身后，赶紧回家。

回到家里，只见父亲独自一人在剁饺子馅，腾出时间让儿女们玩扑克、下象棋，或是聊天。怕招致被骂，我也没敢向家人叙说刚才惊险的一幕。

初一早晨的饺子，无疑是一场盛宴。清晰地记得，刚满十岁的我，竟然吃了四十多个饺子，直撑得腰都弯不下去了。趁大人不注意，我跑到外面院子里转悠了一阵，回来又挣扎着吃了好几个。实在太饱了，便肚皮蹭在炕沿边，擀来擀去。二哥到底比我年纪稍大一些，发生在他身上的故事明显也比我高雅了许多。记得除夕那天下午，他特意穿上了二姐买给他的新裤子，咧嘴憨笑着在地上走了几个来回，过度的兴奋使得走路的姿势都有点变形，晚上睡觉前，又小心翼翼把新裤子整齐地叠放在脚边，哪知道半夜里，梦里惊醒的他，于黑暗中在炕角惊慌地摸来摸去。被碰醒的母亲问他怎么了，他拖着哭腔说，刚才梦见新裤子丢了，刚才摸了摸，幸亏还在。初一早上大家听了这事，一家人说笑了好半天。

那些年，正月初一早晨，全生产队的年轻人，还有挨家挨户给老年人拜年的习惯。调皮的姜大哥遛在刘大妈家大门外，看刘大妈家的饺子刚一下锅，便带着几个小兄弟进了家门拜起年来，然后几个人脱鞋上炕，与刘大伯拉起家常。平日里过光阴有点仔细甚至不太大方的刘大妈，眼瞅着他们不走，急坏了，硬是舍不得把饺子捞出锅端给他们吃。姜大哥早料到了这一点，估计饺子差不多已煮烂在锅里，这才招呼着几个淘气的兄弟，坏笑着起身离开。

刘大妈的故事不一定真实，但鞭炮、饺子和裤子的故事，却发生在我身边。这些故事反映出的不只是那个年代物产的普遍缺失，而更多的，则是贫困、饥饿带给人们笑不出来的酸涩记忆，还有程度不同的精神创伤。

好在生活给人的，不只有苦痛，还有希望。

大约四月初的一天，下午放学后，我回到家里看到了一位陌生的客人。客人看上去三十岁刚出头，一张国字脸上，两道浓密的剑眉之下，一双英气勃发的眼睛，迸射出柔和而睿智的光芒。他不苟言笑，说话的声音不大，语速不疾不徐，字斟句酌似的，斯文而不失威严。此时，他正斜靠在炕角的一摞被子上，一件合身的鸡心领褐色毛衣，上面织出柳叶状的图案，一条黑白相间的方格围巾，恰如其分地围在脖子上，一头铺展在左前胸，另一头绕颈一圈，披挂在左肩后方，看上去俊朗儒雅，有几分疏淡高洁的意味。我走进家门的时候，他正在窗前和父亲对坐着聊天，忙着做饭的母亲在锅台边也不时插上几句话，窑洞里热气弥漫，气氛温馨而热烈。挑着一担水进门的大哥，朝炕上看了一眼，连忙惊喜地叫了一声："范老师！"马上又觉得不妥，赶紧补了一句："表叔来了！"然后急忙到水缸边卸下扁担，凑到客人面前。只见客人欠起斜躺的身子，伸长胳膊与大哥握手，一瞬间笑盈盈的脸上现出欢喜、满意的神采。我发现，这位客人的形象、谈吐、举止，与我以往见到的任何一位客人迥然不同，他气宇轩昂，文质彬彬，其亲和迷人的气质，在那一刹那，便深深定格在了我儿时的脑海里。

这位被我大哥也称作"表叔"的范老师，名叫范登科，原来是大队小学教师，大哥、大姐和二姐，都曾经是他的学生。他与我家交情颇厚，对我的父亲母亲以兄嫂相称。范表叔的父亲给儿子取了一个颇有寄寓的名字，期望儿子金榜题名光宗耀祖的意思显露无遗，高中毕业时，范表叔因家庭成分不好，被下放到大队教了几年书，但由于他实在优秀，现在又被调入公社做了党委秘书。这天他是以"路线教育工作队"成员的身份进驻村里。他爱人姓吴，是公社中学的老师，夫妻俩正直善良，喜读书，有文化，受学生爱戴、领导赏识，是货真价实的知识分子。

距离这次见面的十年后，当我在大学第一次观看电影《早春二月》的时候，著名表演艺术家孙道临扮演的肖涧秋，让我禁不住联想到了与之气质相似的范表叔。

范表叔对我家的情况非常熟悉，他仔细倾听了父亲母亲对我家当下处境的诉说，当了解到一家人在村子里处处受到挤压欺负的时候，他并不感到意外，只微微一笑，轻轻地反问了一句："为什么不送娃娃念书呢？"

尽管是微微一笑，轻轻的一句话，却如醍醐灌顶，点醒了迷惑茫然的父亲母亲，也从此彻底改变了我们兄弟姐妹们后来人生发展的轨迹。

在我看来，范表叔无疑就是知识的化身，就是我应该心之向往的楷模，他的出现，在我稚嫩的心中播撒下文化的火种，只待有合适的土壤、灿烂的阳光、清新的空气，积攒下足够的燃料，便可呈燎原之势，使懵懂无知的我凤凰涅槃，直达文明的彼岸。

进入学堂，就是直达文明彼岸的起点。

生产队的民办小学，创建于1972年春天，我开始上小学一年级的时候。仅有小学四年级文化程度的大哥，是全队识字最多的青年，理所当然被推举为民办教师。教室由生产队原来喂牛的一孔旧窑洞改造而成，近两米宽，五米深，洞口朝南，采光不太好，早晨、下午和阴雨天气，窑洞里光线就更加幽暗。走进窑洞，右侧是四排座位，每排东西两边各砌一大一小两个土墩，大土墩约有一米高，上面担放一块刚锯好的新木板，稍宽，做课桌用，板材散发出淡淡的木屑香味；小土墩约一尺高，上面担放的也是木板，略显破旧，稍窄，用它来充当凳子。每排能坐四五个小孩。自门而入，是只能容一人通过的甬道，直入尽头。学校创办三年来，陆续招收了一、二、三年级，十三四人。上课时，大哥站在窑洞尽头的黑板前讲课。一年级上课，二、三年级的学生背向黑板面朝门口，坐在木板上看书、写作业；二、三年级上课时，亦然，依此类推。空间的逼仄，自制教具的简陋，课外书籍的匮乏，都是显而易见的。陋室里的启蒙教育，从这里起步，倒也其乐融融。苦中作乐的原因，一是缘于求知的本能，二是囿于对外面精彩纷呈世界的懵懂无知。

1975 年初夏，我们从一年级起同时入学的五个学生，即将完成在窑洞小学的学业了。通过大哥的建议并经生产队长、大队支书同意，我们将从下学期起，告别生产队窑洞小学，到平庄大队中心小学就读四年级的课程。

五月底一个星期六的下午，大哥给我们全校的十几名学生教唱了一首歌，歌名是《颂歌献给毛主席》。学生中恐怕只有我知道，这是《战地新歌》第一集里收录的一首歌。大哥、二姐、二哥都识简谱，受他们影响，《战地新歌》第一集、第二集里的大部分歌曲，我都会唱。大哥先用遒劲美观的楷体板书，在黑板上写满了情意沉沉的歌词："东海扬波红日升，南岭起舞飘彩云。珠穆朗玛雪峰献哈达，草原上赞歌唱不尽……"，写罢，又深情地一句句教唱，只用了十几分钟，我们便学会了。然后，大哥让其他学生写作业，他又专门辅导我们五个将要离开的学生学写日记。因为以前从来没有写过，我们不知道咋写，大哥便口授，让我们按照格式，他说一句，我们写一句。那天下午，晚春初夏燥热的风沙又起，漫天的黄沙铺天盖地，本就不很亮敞的教室更加昏暗。我感觉到大哥有一点落寞，上课的气氛多少有点都德《最后一课》的味道。我自己也因为不久要离开村庄，有一丝不舍，于是，记录日记时，也不免有些恍惚，走神。

但时间不允许我有太多的感慨，一眨眼，暖风便赶走了黄沙，送来了丽日。

暑假来了。

这一年暑假，又添加了新的内容——农村扫盲和路线教育工作。

二十世纪七十年代，国家为了提高民众的识字率，在农村办起了夜校，开设了扫盲班。1975年暑假刚到，县教育局便指派大水坑学区的一名姓张的男老师，来到我们生产队开展扫盲工作，大哥作为民办教师，做张老师的助手。每天夜晚，小学校五盏玻璃罩子煤油灯，映照得窑洞教室一片光明，琅琅的书声为乡村的夏夜，增添了别样的景致。但更多的时候，几位大姑娘小媳妇，生字学会一个忘记一个，教会两个忘掉一双，张老师气恼而焦急，又不好意思发作，他站在黑板前唉声叹气、摇头苦笑的一幕，便永久地镌刻在了我的记忆里。

路线教育工作队进驻各生产队，由县委派出，公社、大队干部跟进，也是那几年政治生活的规范性动作。县委刘书记、苏县长，文教局张局长，交通局孙局长，还有来自县城姓田和姓路的两位干部，都先后进驻过我们生产队，他们白天与社员一起下地收麦、锄地，傍晚，便在夜校组织社员学习政治理论，讲解党的政策，循序渐进、扎实有序地开展党的群众路线宣教工作。广大社员投入路线教育工作的积极性还挺高，白日里的田间地头和晚上的村办夜校，都成为学习的平台。平日里，党中央的决策、毛主席的声音，总能在很短的时间里，通过每村每户安装的小广播，以及村头水泥杆上竖立的高音大喇叭，准时传到全国各族人民耳朵里。有趣的是，大喇叭与小广播，也常常成为生产队长催促大家出工和通知开会的工具，便捷而高效，社员如有动作迟缓或偷奸耍滑的，生产队长有时就急不择言地在高音喇叭或小广播里骂将起来。

## 3

这个暑假，大人有大人忙碌的事情，我也有属于我的活计。

我的主要活计是：帮生产队打草、放羊、放牲口，或参加"三夏"抢收，这既是劳动锻炼，关键是还能挣工分，贴补家用。

打草相对简单，主要是到小麦、糜谷、芸芥地里拔谷莠子（稗草的一种）、沙蓬、棉蓬等青草交到生产队，作牲口的夜草，以草的品种和斤数记取工分。这项工作常常是二哥带着我和四弟干，但毕竟我们哥仨年龄小，打草的数量有限，记取的工分也不多。

相形之下，放牧则能赚取更多的工分，当然，也更累一些。

放牧中最累的是放羊，尤其是山羊。一是山羊跑得快，追撵起来很辛苦，沟沟洼洼一天跑下来，至少也得十多公里的翻山越岭，十来八次的汗流浃背；二是山羊比绵羊嘴馋，羊群里总有几只不老实的家伙，趁你不注意，溜进嫩绿的庄稼地，狠狠地叼上几口糜谷嫩绿多汁的叶片，等你追过去的时候，它已撒开蹄子跑开了，如此反复，搅扰得我一整天不能消停，根本没法抽空看书。有一只四眉黑山羊尤其刁钻，我曾试图装作不留意，坐在地边佯装看书，但暗暗攥紧羊鞭，用余光偷扫慢慢靠近庄稼地的黑山羊。只见它一边啃着青草一边偷偷地向地边蹭去，同时一边用眼睛贼溜溜地观察着我的动静，等到确认安全无虞时，只见它一个箭步蹿进地里，几大口下去，几大株庄稼绿叶便被衔在嘴里，待我扬鞭追赶过去，它已口中含满绿叶，箭一般地跑向沟坎山洼里去了。恼怒的我当时虽然没能追赶得上，但等到晚上群羊回归进圈以后，我咬紧嘴唇，绷紧了浑身的肌肉，一步步上前，把四眉黑山羊逼到羊圈的一个墙角，双手朝前一扑，迅疾抓住羊角一把拎了起来，然后扬起余怒未消的巴掌，朝着那张可恶至极的馋嘴，狠狠地甩了一记巴掌。我真的不知道黑山羊嘴角有没有感觉到疼痛，倒是我自己，由于用力过猛，右手硌在了羊下巴骨上，疼得好几天缓不过来。

悲哀的是，第二天四眉黑山羊并不记打，依然如故。

我无语了。

当然，放牧并不总是烦恼，也有惬意，比如放牛。

与驴骡不同，牛性情温和，不急不躁，行走的步伐永远和缓而有力，也容易保持队形。牛也不像黑山羊那么挑食，凡遇到有草的地方，只见它伸出长长的舌头，自下而上同时向前那么一卷，一簇青草便揽进嘴里，紧接着牛头顺势向左或向右用力一甩，只听见噌的一声，这簇青草便被它从根部揪断，送进了嘴里，嚼将起来。只要有草，牛不大喜欢挪窝，常常会盯着那一片草地，一口接一口地直至吃饱，然后，它会原地卧下，半闭着眼，一边反刍，一边悠闲地遐想着遥远的心事。

大哥是民办老师，我家便会有许多大哥从生产队、大队甚至公社带回来的报纸、画报、小说等，加之在吴忠师范上学的二姐和在麻黄山公社中学读书的二哥，他们也会陆陆续续从学校带回一些书刊。出于好奇，也出于兴趣，我把他们带回来的报刊、小说一本本捡起，几乎读个遍，尽管也有些囫囵吞枣，一知半解，但也乐在其中。在我印象中，浩然的《金光大道》《艳阳天》、杨啸的《红雨》、黎汝青的《海岛女民兵》、张天翼的《宝葫芦的秘密》，甚至于《黄帅日记摘抄》等，我都读过。连环画《地道战》《闪闪的红星》《地雷战》《鸡毛信》《平原枪声》《渡江侦察记》《奇袭白虎团》《南征北战》等，有的翻阅超过一二十遍。偶尔村子里放电影，我们这些少年儿童自然是最忠实的观众，常常兴奋得连晚饭都吃不下去，等到电影结束，肚子饿得火烧火燎的。有时邻村有电影放映，我们也会约上一拨同龄伙伴赶场，来回一二十公里夜路，那完全不是事儿。记得过年时，二姐二哥把一张张报纸糊在家里几孔窑洞的炕墙上，以及地下桌柜上方的墙上，既显得大气，看上去也清爽许多。我常常一有空就蹲在炕角一隅，伸长了脖子，或者踩上凳子，顺着看，或者歪转脖颈倒过头来，读那张贴得颠倒了的报纸，反复地阅读报纸上的文章。这种阅读，对于我兴趣的培养、词汇的扩充、性格的塑造、思想的培育等，是潜移默化润物无声的，也是当时许多同龄孩子无法企及的。

有一天，我从二叔家囤粮的栈子里发现了一本竖版繁体字的书，如获至宝，趁一起玩耍的同伴不注意，便悄悄揣进怀里带回家，准备放牛时细细阅读。

这是八月的乡村，一个骄阳似火的午后。我背上雨毡、水壶，还有那本繁体字的书，吆赶着十多头生产队的耕牛，到刚收过冬麦和豌豆的地里放牛，我的身后跟着我家灰麻色皮毛可爱的小狗——赛虎。

天太热，光线太刺眼，又没有树荫，也没有草帽遮掩，我只能压抑着好奇，暂时把读书的欲望遏制一下。牛群似乎并不受暴晒的影响，在地里有板有眼地吃草，也许是一个上午的耕地劳作，它们太饿了，无暇顾及火辣的太阳。慢慢地，从东南边的天际，有几块雪白的云团生发出来，渐渐向西北方向飘移过来，当一大块云团终于遮住阳光的时候，我立刻坐在地埂上，迫不及待地打开了书。

书的前22页已被撕去了，也不知道书名，我只好从第23页读起。依我小学三四年级的知识水平，读这本书稍显吃力，更要命的是，书上好多繁体字我不认识，只能瞎懵乱猜地啃。主人公是个男孩，叫"保尔"（尔是繁体字，被我念作"雨"），他有一个叫冬妮娅的女伙伴，两个人一起工作、聊天，畅想未来，渐渐地友情升华为爱情，两情相悦，温馨甜蜜。

歌德说："青年男子谁个不善钟情，妙龄少女谁个不善怀春？这是我们人性中的至真至纯！"确实如此。两个大朋友纯真的爱情，直读得我这个小朋友心旌荡漾，好生羡慕，甚至想，如果也有一位冬妮娅突然出现在我眼前，和我结伴放牛，那该多好！

我追撵着故事情节继续读下去，只是每过一会儿，就要抬头扫一眼牛群。只见它们有的还在吃草，有的已经开始安逸地卧在地里反刍。只是，赛虎不见了。

随着故事情节的推进，两个异国他乡年轻人浪漫火热的爱情，已撩拨得我兴奋异常。偶尔云缝中透出一线炫目的阳光，射在有点发黄的书页上，有些刺眼，但我全然不顾，抬头匆匆扫了一眼渐渐铅云密布的天空，放下牛群，放下赛虎，又专注地读了下去。

保尔和冬妮娅明显出现了矛盾，感情有了裂痕，和谐的律动介入了一串杂音，我的心也随之陡然悬了起来。此刻的天空，乌云罩顶，云层越积越厚，云头越压越低，不一会儿，铜钱般大的雨点便打在了我身上，落在了地上。我只好合上书本，看见接二连三的大雨滴先是砸在松软的麦田里，冲起一星两点白色的烟尘，但很快，烟尘就被如注的雨线湮没了。眼看雨越下越大，我赶紧蹲起身子，撑起雨毡，罩在头顶，把书夹在腋下。透过雨雾放眼望去，远处对面的山峁，一片朦胧，白茫茫的雨幕使天地浑然一体。近处麦地边的糜谷，先前皱巴巴脏兮兮卷着的叶子，正舒展了身体，挺直了腰身，在凉风雨滴中"刷刷"作响，绿嫩欲滴，清爽无比。十几头牛全卧在地里，任凭风吹雨打，纹丝不动，眯着眼睛，不紧不慢地反刍，一副怡然自得超然物外的样子。一阵猛白雨倾泻过后，雨势减小了许多，我便双臂罩书，又埋头在保尔和冬妮娅的世界里。

恋爱永远都不只是两个青年人的事情，它关乎两个家庭的社会阶层、文化背景、家庭教育、生活习惯、审美爱好等，所以，它既是美好的，更是世俗的，既妙不可言，又俗不可耐。只可惜，这样的道理，对于我这个十岁的少年来说，是不可能懂的。保尔和冬妮娅还是分手了，我一厢情愿一腔成人之美的热望，最终化作从头而降的冷雨，击打在脑门，淋透在发际，冰凉在心底。冬妮娅远去的背影模糊了我的双眼，我甚至比保尔更加痛苦、伤感，于是难过地合上了书，从书中拔出脑袋来。

这时候，雨渐渐停了。放眼雨后的黄土高原，远山朦胧，沟峁的黄土一片赭红，与大地上一抹抹翠绿的碧草构成强烈的对比。广袤的田野上，淡淡的雨雾正渐渐散去，但空气阴湿、潮闷，让人几乎喘不过气来。我知道，这都是冬妮娅害的，我为我苦命的保尔兄弟深深难过，好半天缓不过劲来。正当我为一个女人远去的背影无比伤感的时候，猛然发现，赛虎不知什么时候回来了，此刻正趴在我身边的地上，浑身湿透，疑惑地抬头望着我肝肠寸断的苦瓜脸，见我瞅向它，马上摇了摇湿漉漉的尾巴，一双黑亮的眼睛，清澈见底。

刹那间，一股无以遏制的暖流迅即袭上了我的全身。"狗是忠诚的，至少它不会背叛。"我对冬妮娅产生了难以遏制的怨恨，恶狠狠地这样想。

六年后的 1981 年，在我上高中的时候，终于知道了我读的那本前后缺页、竖版繁体字、曾让我煎熬了好一段时间的书，书名叫《钢铁是怎样炼成的》，是一位名叫奥斯特洛夫斯基的苏联青年的励志小说。

4

九月初，炽热的暑气还没有褪去，大哥领着我，还有大我两岁的刘文军五哥，步行到八公里外的平庄大队中心小学，接着读完小学剩下的课程。

中心小学位于大队部西侧，是一排白墙灰瓦的砖土混合结构的两栋平房，共十二间。除了两间办公室，一间杂物室，其他的全是大小不等的教室。课桌板凳都是崭新的，表面覆着深黄色的油漆。每两个学生一张课桌，每人一个凳子，每个年级都有单独的教室。学校共有四名教师，其中三名是吴忠师范或盐池简师毕业的，分别是校长张廷汉和教师张廷武、饶文凯，他们都是公办教师的身份，挣的是工资，吃的是"皇粮"；另一位老师不到二十岁，初中毕业，姓范，是民办教师身份，一边教课一边复习，准备明年报考初中中专。四位老师都是男的，一年后，终于盼来了一位姓张的女老师，是高中毕业生，可惜她来了不久，我便离开了。

中心小学的学生有七十多人，来自全大队所辖的平庄、青山、孙嵝岘、谢畔子（含中滩）、徐畔子、史家湾六个生产队，男孩居多。

从教室、师资等条件与生产队里的窑洞学校相比，那可以说是质的飞跃。

不过住宿条件，只能说是差强人意。我们近三十名男、女住校生，就住在小学后院的窑洞，那是在依山坡剖下的约六米深的黄土层横截面上凿出的四孔窑洞，其中的两孔就是我们住校生的宿舍。我和刘五哥初来乍到，由大哥征得校长同意，和同村的李大爷挤住在大队部西把头的一孔坐西面东的窑洞里。李大爷名叫李生奎，五十来岁，既是本族同村的爷爷，也是我们中心小学的厨师，人很善良，但又很倔强，对我和刘五哥很关照，他的小屋也很暖和。

早晨，每当曙色照上窗棂的时候，李大爷早已为住校生做好了早餐。早餐极简单，就是半锅黄米粥或小米粥，一盘咸菜，没咸菜的时候居多。我们端起半碗稀粥，就着从家里带来的黑面馒头或杂面饼子，就着李大爷做的或自己家里带来的咸菜，简单吃几口，草草了事。

吃完饭，我信步来到大队部门外的硷畔，居高临下，坡底下的平庄生产队，沟对面的中滩、谢畔子、青山以及东边七八里外的徐畔子几个生产队，尽收眼底。时序刚入秋不久，朝阳如一团火球，从东方远处的山峦上探出头来，金色的霞光驱赶开东沟西坡霭霭雾气，霎时便铺满了远山近岭，也朗照在宁静的校园里。蔚蓝纯净的天空下，碧绿的青草和开始成熟泛黄的庄稼，胀满了庄户人喜盈盈的双眼。暖意融融的秋阳，毫不吝啬地普照着大地，不一会儿，走读的学生，三三两两地从坡下的平庄村口探出脑袋来，穿红戴绿的他们，一边喊叫着和远处的同学打招呼，一边叽叽喳喳说笑打闹着，一团团、一簇簇自坡底拾级而上，向学校姗姗走来。这时候，朝霞染红了东方的天际，二三十名小学生，铺洒在半坡上徐徐前行，与大地、花草、庄稼以及蜿蜒的小路、袅袅的炊烟，一同沐浴在金灿灿的霞光里。

我第一次惊喜地发现，由于万物之灵——"人"的加入，大自然变得如此生动、丰盈和美丽。

早自习前，照例是"拉歌"，也就是五个年级，你一首我一首此起彼伏地唱歌，比赛似的。常唱的歌曲是《东方红》《大海航行靠舵手》《三大纪律八项注意》《我们是共产主义接班人》《打靶归来》《红星照我去战斗》《红星歌》《我是公社小社员》等节奏明快、旋律铿锵有力的曲目，时代气息浓郁。大家你方唱罢我方登场，一时间，欢快的童音响彻校园的上空，偌大的平地和沟壑间，火红的青春、蓬勃的朝气便弥漫开来。

六一儿童节来了，六个生产队的师生蜂拥而至，学校除了组织田径比赛、歌咏比赛等一些庆祝活动外，还从孙崾岘生产队，请来了贫农出身的刘二叔，为师生们做"忆苦思甜报告"。报告会在大队院子里举行，由大队支书主持，大队干部、各生产队小学师生和中心小学师生，有200多人，端坐在台下聆听。报告会后，学校为我们师生特意准备了"忆苦饭"，是苦菜、糜谷糠皮熬成的稀汤，味道苦涩不说，没有一星半点油花，也不放盐，实在难以下咽，所以吃得我们一个个龇牙咧嘴，有胆大的学生，跑到无人处，把"忆苦饭"偷偷倒掉。

中心小学的老师，大多是一专多能，主讲语文、数学，兼授政治、自然，客串音乐、体育与美术，课程表总是排得密密麻麻。中心小学张校长，中等个头，面色稍黑，但线条分明，两道浓眉，高挺的鼻梁，加上一身蓝色涤卡中山装，把人衬托得英俊逼人清爽潇洒。他讲话时慢条斯理，脸上带着习惯性的微笑，兼授五年级数学课，课也讲得很好。刚从吴忠师范毕业的饶老师，大高个，仪表堂堂，给我们四年级上语文课时，讲普通话，虽不很标准，但听起来觉得新鲜，下午课外活动时间，他总是踩着脚踏风琴为我们伴奏，教唱新歌或排练节目。

开学不久的一天下午，课外活动时间，学校临时通知学生紧急集合，大家立即齐刷刷列队五行，等待校长训话。张校长站在校长办公室门前的屋檐下，抿紧了嘴唇，面色冷峻，饶老师、张老师、小范老师分列左右，气氛显得紧张、庄严。张校长威严的目光，先是扫视了一遍队伍，然后，撇了撇嘴，恢复了他那习惯性的微笑，突然间又收敛起笑容，以毋庸置疑的口气，宣布了各年级班干部和少先大队干部的任命决定。"四年级班长，范爱云；副班长，王海文。少先队大队长，张廷海；副大队长，王海文……"听到这里，我几乎不敢相信自己的耳朵，初来乍到的我，不经选举被直接任命为学生干部，那感觉除了突然、兴奋、紧张，被信任的自豪和感动，当然，还有向上的动力。

和我一样，同学张廷彪也极其喜欢读课外书，朗读文章语速快而准确，让我第一次发现了别人具备而自己达不到的优点，产生了追赶的冲动。女同学小方，穿着红色小方格的棉袄，长长的眼睫毛覆盖着一双水汪汪的眼睛，脸上有零星的雀斑，但并不影响匀称端庄的五官搭配效果。小方学习成绩好，性格很温柔，有两次偷偷塞给我爆米花和炒得咸香的麻子。她平时对我说话时，慢声细语，粉红的小脸上，挂着水莲花一般娇羞迷人的微笑，让我觉得亲切，不由得从心底滋生出些许好感和遐想来。

学校西侧的山峁上，有三十多个来自各生产队的男女青年，集体上工修路。这些年轻人大都没有成家，有刚刚初、高中毕业的学生，也有只上了几天学的小伙子大姑娘。修路为他们提供了交往恋爱的机会，后来还谈成了好几对。两个月的时间，他们便修出一条长近六百米、宽约四米的土路，这条土路沿着圆嘟嘟的山峁向西蜿蜒而上，划了一个硕大的圆弧，直到西边沟垴跟前，忽地向北又向东一拐，直通向学校后山北面遥远的山脊，那是通往后洼公社的方向。

周末，工地休息，只有遗留下的几辆架子车。我们七八个住校的男生，偷偷溜到土路上，两架车辕一搭，撅着屁股用了近半个小时，黑水汗脸地把架子车从坡底一直推到西边沟垴最顶端，然后由刘五哥与徐有明两个大个子同学，相向掌舵两个车辕，其他人面朝坡下猛推几步，然后七八个人快速跳上前后两个车厢，于是，两架搭在一起的车身，便沿着土路飞驰而下，只见一阵黄尘溅起，不消一分钟便滑到了坡底。那感觉真是刺激、过瘾极了，但那时毕竟年龄小，竟然不知道这种游戏潜在的巨大危险。

但并不是每个周日都是愉快的。

记得住校后不久的一天，大哥到大队开会，顺路来看我。这是我自从离家求学后，第一次见到家人，内心亲切得不知所以，心底涌上满满的依恋和温暖。我一下课就跑到大队部，仰起脖子远远地看大哥他们开会、发言，捎带着跟在大哥屁股后面，蹭了一顿有肉菜的香喷喷的会议饭。第二天下午，会议结束，大哥要回了，他鼓励我安心学习，不要想家，然后迈着迟缓却坚定的步子，向学校北边的山峦方向，也就是家的方向走去。我一眼不眨地紧盯着大哥的背影，热切的目光移向后坡，撵到山梁，直到残阳如血的画面里，大哥的身影越来越远，越来越小，直至一闪，连头顶的帽子也消失在我的视线里，一刹那，孤独无依的酸楚顿时涌上心头，泪水止不住盈满了我的眼眶。

在以后离家住校的读书生涯里，这样的画面还会重复多次，只是，眼泪总抵不过欢笑来得更多。流着墨香的书本，新鲜的知识，精彩纷呈的授课，甚至男同学的课外书，女同学的小花袄，都曾让我或全神贯注，如饮甘露，或啧啧称奇，思绪纷飞。

四年级如一本不厚的日历，很快就被我翻了过去。不经意间，岁月的时针指向了1976年。

这一年，我升入了五年级。

这也是我小学生活的最后一年。

秋季开学后不久的一天早晨，三年级同学小政和他一年级的弟弟小文，这天都没有到校上课。早自习后的第一堂课，饶老师缓缓走进教室，一脸凝重地对我们说："非常不幸，小政同学的妈妈，昨天晚上……去世了……"

老师的眼圈红了，我们惊呆了，教室瞬间一片哑然。

中午，一向消息灵通的张廷海同学就有了更为确切的消息：小政小文的妈妈是个哑巴，心灵手巧，不仅厨艺很好，而且擅长女红，一般的剪裁缝补活计不在话下。难得的是，她有一手剪纸的好手艺，凡天上飞的，地上跑的，目之所及，她都能剪出灵动的窗花，并栩栩如生。邻里乡亲过年贴的窗花，无论是"花开并蒂""喜鹊登梅"，或是"鸳鸯戏水""鲤鱼跳龙门"等，大都是她的大作。

但就是这样一位聪明贤惠的妻子、妈妈，在昨天半夜里，土窑洞塌下了一大块坷垃，不偏不倚，砸向了她。撇下了儿女和丈夫，走了。万幸的是，她左怀右臂下的一双儿女，却毫发无损。

两天后，下午课外活动时间，同学们大多都在玩耍，我一个人走出了校门，来到坡底，枯坐在草地上。小政家就在沟对面的中滩生产队，距离学校直线距离不到三公里。放眼望去，暖暖的阳光照在中滩一马平川的庄稼地里，十多个社员正在抢收荞麦或糜谷，但在滩头人群向西不远处，刚刚攒起了一个黄褐色的土堆，那是小政妈妈的坟茔，没有燃尽的纸钱和香火正在残阳夕照里袅袅升腾，久散不去。逝者去矣，生者又开始了面朝黄土背朝天的忙碌。岁月交替，生死轮回，谁又能说清这变幻无常的世事呢？活着总是那么艰难漫长，死，却只需要一眨眼的工夫。我坐在草地上，看着那缕缕青烟，心里湿漉漉的，低垂着脑袋难过了许久。

"福不双至，祸不单行"，很快，又一个坏消息来了，不过，这次牵动的，不仅仅是小政、饶老师和我，而是十亿中国人。

伟大领袖毛泽东主席，逝世了。

最先报告这一消息的，是每天坚持收听小收音机的李大爷。午饭前，他挑水回来，一脸严肃，一边朝水缸里倒水，一边对我和刘五哥缓缓说道："主席……走了……"说完，坐在炕沿上长长叹了一口气，神情呆滞，眼帘低垂，不再吭声，也忘了做饭，一副茫然无措、孤苦无依的表情。

什么？毛主席逝世了？这怎么可能？我和刘五哥顿时被说蒙了。

我傻了！

午饭时候，大队部和学校的高音喇叭，便传出了低沉凄婉的哀乐，紧接着，中央人民广播电台男播音员，以低沉发颤的声音，播报了伟大领袖毛泽东主席逝世的消息。所有的大队干部、学校师生，还有路过的群众，都不约而同地聚集在大队部门口，那个笔直高耸又架着高音喇叭的水泥电线杆下，屏声静气地听完新闻，然后，每个人都一脸戚容，缄默不语。

在接下来的半个月时间里，大队干部、中心小学师生自发或有组织地举办了一系列吊唁祭奠活动，连同周边村庄的村民，都簇拥到大队部院子里，在半垂的国旗下，在临时搭起的灵堂前，对着毛主席的遗像，脱帽致哀。又一阵高亢的哀乐响起，有两位老太太和几名妇女，禁不住悲从中来，号啕大哭，泪流满面，有几个小孩不明就里，也跟着大人哇哇大哭。平日里坚强的男人们，则一个个悄悄背过身去，擦拭着泪水。

这一年的一月八日、七月六日、九月九日，周恩来总理、朱德委员长、毛泽东主席，三位领袖先后逝世，犹如三颗巨星相继陨落。进入深冬，一切悼念活动告一段落，人们的情绪渐渐平复下来，我和我的老师、同学们又回到了书本中，百姓也回归到日常琐细的家常里。

好在熬过这个冬天，我的小学生涯将告结束，等到来年春天，七九河开八九雁来的时候，我将到离家更近的后洼公社，走进中学的课堂。

当然，这只是我一厢情愿的想法。事实上，随着政治形势的变化，尤其是恢复高考政策的出台、实施等原因，我的中学生活被延迟到 1977 年秋天。

5

1977 年夏秋之际，有三件与大集体劳动相关的农事故事，成为我极其难忘的人生经历。一件是烈日中收小麦，一件是月光下割糜子，还有一件是秋夜里偷分洋芋。

惊蛰之后，蛰伏了一个冬天的小麦苗，终于经受住了风霜雨雪的考验，随着解冻的大地苏醒。清明过后，噌噌上蹿的麦苗舒枝展叶，在和煦的春风里摇曳生姿。五六月间，它们拔节扬花、展叶抽穗，仿佛一夜之间，金黄的麦浪便开始从地头这一端，有节奏地滚涌向地头另一端，沉甸甸的麦穗随风起伏，既显得富足，又显得可爱。这是辛苦的农民盼望已久的丰收讯息，也是大自然对勤苦农民的又一次犒赏。

水沟台，位于村东头两公里外的坡下，是一片面积近五百亩的台地，台地北侧山沟下，有一条自西向东常年流动的溪水，故名水沟台。记得是七月二十日左右的一个早晨，时任生产队长的二叔在广播里喊话，要求各家各户无论男女老少，凡能下地的，自明日起全部到水沟台收麦子，"大战三夏，虎口夺食。"二叔的动员讲话显得急促、焦虑，但又不容置疑。社员们都知道，丰收的年景是可遇不可求的，麦黄的那几天，如果不能在短时间内收割完毕，熟透的麦穗将会爆裂，大部分都会撒落到田里，造成巨大的损失，因此抢收就成为刻不容缓的当务之急，这也是妇孺皆知的道理。于是，第二天早晨全村男女老幼匆匆吃几口早饭，便拎起早已备好的水壶、手套、干粮，三三两两向沟台涌去。

我十二岁了，如此紧迫的时段，自然不能再去放牛，而是跟着十六岁的二哥下地了。三姐快要考高中了，父亲咬了咬牙，让她在家里抓紧时间复习功课。

兵马未动，粮草先行。早在两天前，二妈和村子里另外两个厨艺较好的媳妇，已根据队委会的安排，把水沟台麦地东边的沟壑里凿开的两孔土窑洞，作临时厨房，铺开了为夏收的社员煮肉炒菜蒸馒头的战场。

太阳还没有出来，朝霞映红了东山的上空，但没有人顾得上欣赏那霞光。很快，出工的人们分成六组，每组一人"拉趟"，左右各两人"跟趟"。每两组后边跟一个小孩，把收倒的一行行一片片麦铺，抱拢到一起，由一位年纪稍长的男人"卷趟"，也就是把麦子捆成大小适中的麦捆。"拉趟"的一般是劳动能手，是年富力强充满朝气的小伙子，"跟趟"的是体力稍弱的男人或妇女，还有儿童。成年男女每人收三沟（一沟相当于一绺），中学生收两沟，小学生收一沟，一组收十八到二十沟不等，六组合计起来就是一百多沟，约三十米宽。队长吩咐，小学生和中学生的工分，按惯例分别按"四厘""七厘"计。年龄更小的孩子，有的抱麦铺，有的捡麦穗，反正都不能闲着。

第一组下地开收了，第二组数了数垄沟，立即跟上，第三组至第六组，很快也数好了垄沟，开始收麦。刚开始，我觉得土地挺松软，用手拔两沟麦子，也还容易，但干了不到两小时，才发现时间一长，每揪起一撮麦子，它们就会变得沉重，手指也开始隐隐作痛。再抬头向前一看，六个"拉趟"的小伙子你追我赶，早已开始"追趟"，也就是比拼谁收得又快又好，不一会儿，只见一道道尘土溅起，六个人已把其他人落下了很远，只能看到他们麦浪中向前蠕动的脑袋。再看"跟趟"的，也都在尽力加快节奏。大家都不说话，专注投入，疾驰而进，仿佛收下的不是粮食，而是生命。一时间，收麦的、抱麦的、捆麦的、捡麦穗的，前后连成一线，有条不紊，忙而不乱，夏收分明变成了一个庄重的仪式，四十多名男女老少，都沉浸在这仪式中，陶醉在丰收里。

火红的太阳升起来了，沉浸在"追趟"中的李大哥、李二哥、李四哥、刘二哥、姜大哥以及王小哥，已很快收到了三百米外的地头，但是他们不作一丁点儿歇缓，又点着手指数好了沟垄，蹲下身子折返着往回收。

等到他们和落在后面的大部队迎面的时候，我发现，刘二哥把拔下的麦子，顺手扔在左后方紧紧跟进的李大哥的麦垄里，李大哥跟上来，对这样善意的捣乱并不生气，他一把把扔过来的麦子和自己拔下的麦子顺手放在胯下的地上，宽大的手掌顺着麦秆用力朝前一推、又用力向后一扯，于是一大把麦子便被连根拔起，几分钟后，他已追到了和刘二哥平行的位置，再一眨眼的工夫，李大哥已超出刘二哥一尺多远，只见他顺手把拔下的一大把麦子，也扔到刘二哥的麦垄里。两个人争先恐后，默不作声，只听到麦秆摩擦的"刷刷"声，两张年轻英俊的脸上，一行行滚落的汗水沾满了飞扬的尘土，兵马俑似的，只能看到黑亮的眼睛在闪烁。他们两人左后方，姜大哥等四人也紧紧跟了上来，这一群勤苦麦客的后背，都是湿漉漉一片，额头滚落的汗水在面颊上冲刷出一道道泥水竖流的纹路，汗水和泥土在他们的脊梁上，织出了一幅幅斑驳的图案。他们用自己魔幻般的双手，在麦地里织出了一条条横平竖直、美丽别致的垄沟直线，一堆堆金黄的麦铺，听话般地平躺在地里。

歌声，永远是农民疏解困乏的良药。在我左前方的姜三哥，一边不疾不徐地拔麦子，一边唱起了婉转高亢的信天游："十五的月儿（那个）往上升，忽然听到外面有人声，哎呀，小妹妹（你）快开门……"姜三哥眯着眼睛，正陶醉在歌曲的情境里，不想他旁边心直口快的李二嫂当头一声断喝："姜三，你个死鬼不得活了，还有这么多学生娃娃在这儿呢，你听你唱的那个酸吆，啧啧……"姜三哥猛然间醒悟过来，歌声戛然而止，又冲着大家不好意思地笑了笑，摇了摇头。

太阳照到头顶了，二叔一声召唤，该休息了。于是，大家抽动着鼻翼，循着饭菜的香味向临时厨房聚拢了过去。今天的午餐，有清炖山羯羊肉、白菜猪肉粉条，还有雪白的馒头和包着茴香料的花卷……那可都是平日里家家户户都很难吃到的美味啊！

"饥饿是最好的调味品"，人们把染上绿色草汁的手指，在衣裤上胡乱地抹了几下，便不太讲究地抓起馒头，端碗执筷，只听得一阵阵吸食粉条的声音哗哗作响，那叫一个享受、畅快。

菜足饭饱，男人卷起旱烟棒或拿出纸烟，躺在草地上美美地吸上几口，微闭着双眼，歇缓着困乏酸痛的腰身；女人们有的争分夺秒在田头做起了针线活，还有两个哺乳期的婆姨，匆匆抓起两个馒头，顾不上吃饭，小跑着爬上山坡，一边费力地吞咽着馒头，一边赶回两公里外的家里给孩子喂奶。生产队长利用这短暂的时间，在地头召集大家开了个短会，传达县委、公社党委关于"大战三夏"的相关文件精神。大队赤脚医生虽然是临时工，却以领导干部的口吻，装腔作势地给大家传达文件，并对个别中学生没有下地投入夏收，提出了并不那么含蓄的批评，虽然他没有指名道姓，但所指分明是在家复习的我三姐，这还是很清楚的。我偷偷看向父亲，只见父亲并没有理会，也没有辩解，而是紧闭嘴唇，倔强而骄傲地抬头远望，目光投向远处蔚蓝色的高低起伏的山峦。

那一刻，我联想到了范表叔儒雅的风度，以及他建议父亲供养孩子上学的话，更读懂了父亲对知识的向往，对儿女的殷切期盼。

那一刻，我也体味了被人挤兑的屈辱，心头隐隐埋下了出人头地的种子，甚至还产生了一丝幼稚的仇恨。

不久，父亲再次出任队长，此后，凡是村子里爱学习、不下地的学生，从未被他责备和刁难过。

白露已过，一天晚饭后，村庄对面山梁电线杆上生产队的大喇叭里，忽然传来了队长急促的声音:"各位社员请注意,为做好'三秋'抢收工作,经队委会研究,今天晚上在黄记梁抢收糜子,请大家积极参加,收工后队里统一管饭。"李副队长话音刚落,各家各户便急忙开始磨刀、试镰,半小时后,人们从自家窑洞里出来、硷畔上走下来,翻过村庄门前五十多米深的沟壕,很快在村子对面的黄记梁糜子地,聚集成黑压压的一片。

夜色浓郁,凉风习习。月明星稀,四野沉寂。晚八时许,队长一声令下,四十多人的收粮队伍,齐刷刷挥镰收割。虽说是皓月当空,但那毕竟不及日光,大家的手上、镰下还是缺乏了白天的准星,更何况还有趁着夜色投机取巧、蒙混过关的人,所以,不仅收割的糜茬比白天高出一两寸,而且撒在地上的粮食,俯拾皆是。更可气的是,村子里平时不怎么出工下地的几个女病号,这天也赶来了,她们不是为了收粮,而是为了混那一顿免费的晚餐。几个年长的男社员一边跟在人群后捆粮食,一边咒骂糟蹋粮食的行为。队长盯盯这个,看看那个,大声叫嚷着让大家"慢点、仔细点",又让几个小学生把撒在地上的糜子捡拾起来。大约一个半小时后,约一百五十米长的地里,已收了一个来回。队长对这种败家子的收割法实在忍无可忍,宣布收工,于是一群人瞬间作鸟兽散,一起奔向生产队的打谷场。

打谷场的小平房里,临时支起了一只大锅,煮了满满一大锅加班夜宵——肉菜腊八饭,诱人的香味弥漫在场院里。我年纪小,分到了一碗;但大个子副队长李二哥,却狼吞虎咽,吃了三碗;更让人啧啧称奇的是,身高仅一米五的姜二哥,眼疾嘴快,在短短的十几分钟,竟然扒拉了整整四碗腊八饭,让人惊叹不已。惊奇于他吃饭的速度和饭量,李二哥开玩笑说,"就你这个长(身高),四大碗腊八饭咋能咥进去,真想不通这都朝哪里盛啊？"说罢，"啧啧"称奇的他直摇头，显得百思不得其解。姜二哥则拍了拍肚皮，捡了便宜似的，在场院里拧着八字步，打着饱嗝，得意地笑起来。

"偷分洋芋"的故事发生在十月下旬的霜降期间。在此前不久，公社张书记派两名干部专门来我家，做父亲的工作，让他再次出山，任生产队长。母亲坚决反对，但父亲犹豫再三，觉得不能驳了领导的面子，还是答应了。

因为按当时大集体的粮食收入，除上缴的公粮和完成的养猪任务外，各生产队分给社员的粮食基本都不够果腹。每年青黄不接的日子，都要靠洋芋和白菜、蔓菁、萝卜、胡萝卜等充饥了。洋芋浑身是宝，烤着吃，煮着吃，掺到米面锅里调和着吃，都能起到体积大、肚儿圆的效果。收洋芋时不小心铲伤或者冻坏了的，还可以喂羊喂猪，一丁点儿不会浪费。但这样的好食物，却不能在光天化日之下私分，不然会背上很多罪名，无奈之下，由父亲导演、全体社员踊跃出演的"偷分洋芋"的精彩一幕剧，在深秋的一个夜晚，上演了。

这天是星期日，夜晚开始阴冷，下弦月挂在西天。劳苦了一天的社员，在蒿瓜地梁的地里，攒起了小山似的一堆白皮的、沙皮的、紫皮的洋芋，小如鸡蛋，大如鞋底。各家各户早已把狗拴在地窖，免得狗听到人走动的声音，此起彼伏一番乱叫，让邻村生产队发现了这个秘密。一切就绪，天刚擦黑，大人小孩一起上阵，拿上麻袋口袋，推起架子车，深一脚浅一脚涌向坑坑洼洼的洋芋地。按照各户人口、工分，五六个年轻人装袋，父亲和姜三哥把秤，会计李二哥记账，打着手电，开始分。好在分工明确，有条不紊，悄声低语中，一袋袋、一车车洋芋被脸上荡漾着笑意的大人小孩一起推走。回家路上，大家都按捺不住欣喜，既不说话，也不和碰面的人相互打招呼，颇有点古代军队"衔枚疾走"的意味。那个夜晚，是我印象中生产队二百多名社员心最齐、行动最一致、心情最舒畅欢快的一次。

"民以食为天"，普通老百姓在精神受到禁锢的特殊年代里，物质生活也十分匮乏，但只要"吃饱"，他们就很满足，他们实在是这个世界上最可怜、最可爱的群体。那个冬夜发生的一幕，以及由此生发出的感慨，在此后的岁月中，一直深深地镌刻在我的脑海中，挥之不去。

## 6

1977年春，我告别了大队中心小学，转入新成立的后洼公社中心小学就读，但仍然上五年级。

随着"粉碎四人帮"这一重大历史事件的发生，《祝酒歌》激昂欢快的旋律已然响彻神州大地，教育的春天，在"杂花生树群莺乱飞"的季节，正伴着东风的脚步，向神州大地，席卷而来。

而这一特殊历史关口的标志性事件，就是全国的中小学生，从1976年到1977年上半年，都在自己所在的年级，就读了整整一年半的时间。

新成立的后洼公社领导班子，由一位土生土长的张姓老书记挂帅。张书记名世昌，文化程度虽然不高，但工作思路清晰，颇有领导能力。他矮矬的身子，十分敦实，平日里面带微笑，却目光如炬。说话时喜欢咬紧牙关，只言片语从牙缝里挤出来，字字千钧，说一不二。由于他眼界高，能力强，十分重视教育，并不时拿出工资，接济品学兼优的贫困学生，因而他也颇受群众的认可和青年学生的敬重。张书记把公社的办公地点，放在壕沟里几孔依山凿挖的土窑洞里，却挤出有限的经费，在壕沟对面的南山梁上，率先盖起了两栋十二间骑脊瓦房，给学校使用，青砖，白墙，红顶，煞是气派。

我坐进了桌凳焕然一新的教室，窗明几净，春光和煦，吮吸着桌凳新鲜的油漆味，开始了小学最后半年的学习生活。

与大队小学不同的是，这里的教师更多，学历更高，讲课内容更丰富更生动，整个学习、生活的节奏都明显加快，隐隐约约中，竞争的氛围要浓烈许多。小学毕业前一个月，学校特意邀请了从本公社走出去的第一个大学生胡培业老师，为初一年级和我们五年级的学生，讲了一节课。胡老师从宁夏大学中文系毕业，是工农兵大学生，在盐池二中高中部任教。他瘦高个儿，梳着分头，穿着整洁的蓝涤卡中山装，戴一副黑框眼镜，脚穿一双锃亮的黑色皮鞋，既文质彬彬，又干练洒脱。我清晰地记得，胡老师为我们讲授毛主席《抗日战争胜利后的时局和我们的方针》一文，文中引用了《朱子家训》中的"黎明即起，洒扫庭除"一句，他深入浅出地讲解了这句话的原义和引申义，让我大开眼界，折服不已，他在讲台上恰到好处的言谈举止、丝丝入扣的课文分析，在以后的岁月中，让我久久难以忘怀。

一个月后，我以全公社第二名的成绩，考上了初中。在这次考试中，我的语文成绩最高，但算术成绩没有高俊生同学高，总分算下来，他比我高出一分。这是我求学以来，第一次遇到了真正的竞争对手。我暗自寻思着，一定要赶上去。

秋季开学的时候，公社中学和小学，已搬迁到壕沟北山梁的新校址，那里平缓的塘地里，盖起了三排六栋整齐的青砖瓦房和两栋简易平房。

最南边的两栋，是初一、初二（当时还没有初三）两个年级三个班的教室，另有几间办公室、会议室、实验室，东把头是吴世荣校长的办公室。第二排的两栋，是老师办公室和宿舍。第三排的两栋，西边是女生宿舍，东边则是男生宿舍。学校后院的两栋简易平房，分别是粮库、教工食堂、水房和学生食堂。平房前停放着一辆手扶拖拉机，是专门到附近村庄或五十公里外的大水坑镇，为师生拉水的专用交通工具。

走进男生宿舍，是由三间平房构成的大房间，约六十平方米大小。空荡荡的地上，距北墙、南墙各一米八，自西向东并排砌起了两道约八十厘米高低的砖墙，砖墙中间留有约一米宽的走道。两道砖墙与南、北墙之间，没有盘炕，更不可能支床，是两个凹陷的类似于囤粮的大栈子，空空如也。一天下午，手扶拖拉机"突突"作响，冒着黑烟，从校园里进进出出几趟，满载着几大车厢金黄的麦秸秆，卸在了男女生宿舍门口。随后吴校长一声吆喝，我们男女生一拥而上，便把这些麦秸秆抱进宿舍，填充进两个栈子里，直到高度漫过了八十公分的砖墙上沿。这天晚上，我们的被褥枕头，便铺展在松软不平的麦秸秆上，而同学们规格不同、颜色各异、盛着油瓶瓶菜缸缸的简易小木箱，便被挤放在各个墙边和角落里。

后来我才明白，学校之所以没有为学生宿舍盘炕，是由于当时煤炭的严重匮乏，公社和学校也无力支付购煤这笔开支，何况还有煤烟中毒的潜在危险，而麦秸秆在寒冷的冬天，隔潮散热，正好可以为学生提供聊以越冬的温暖。当然，它也容易招来蜘蛛、蚰蜒、臭虫、蟑螂等丑陋可怖的小动物，滋生虱子、跳蚤等寄生虫，让人不胜其烦。

初二的那年冬天，学校申请到了一点经费，为学生宿舍配置了火炉，条件改善了许多，但煤炭还是很不够用。记得有一天晚上，经不住寒冷的侵袭，以及对温暖的无限向往，几个年龄稍大一点的同学，顶着月黑风高，悄悄摸到了吴校长办公室东侧的墙角下，那里有白天手扶拖拉机刚刚拉回卸下的一车煤。几个人偷偷摸摸捡了几大块儿，压抑不住紧张慌乱，抱起就跑，"咚咚咚……"的脚步声在静夜里格外清晰。机敏的校长，瞬间明白了一切，他迅速翻身下床，裹了一件军大衣，光脚趿拉着皮鞋，第一时间循声追到了我们男生宿舍。黑暗中，校长站在宿舍地上，厉声责问："你们刚才干什么去了？嗯？"早已吓得魂飞魄散的同学，用被子蒙住头，连大气也不敢出。等不到回答，校长更生气了，直接将枪口对准了我："王海文，你说，刚才都谁去偷炭了？"我装作入睡，哪敢吱声，虽说我没有参与偷煤，但从心底却是支持偷煤行动的。校长接着发火："你是咱们学校唯一的共青团员，你告诉我，这是什么行为？"顿了顿，校长喘着的粗气，稍稍平伏了些，"明天你把今天晚上参与偷炭的学生名单报给我，等待学校严肃处理，太不像话了。"说完，校长摔门而去。

危机解除了，大家这才撩开被子，大口地喘气，甚至有几个没心没肺的家伙，竟然偷偷笑出声来。

第二天，我一直提心吊胆地躲着校长，但好心的校长并没有追问，我顺坡下驴，也装作忘记了这个插曲。我知道，生气归生气，但善良的校长还是心疼、可怜自己的学生的。猜想到这一点，我心里有点感动。

也许是应了那句"好人命不长"的古谚，进入新世纪不久，刚刚退休的吴校长，谦和善良的吴校长，在一个冬天清冷的早晨，因突发脑溢血猝然离世，令人扼腕叹息。

也许是刚刚经历了"十年动乱"的缘故，全国上下崇尚科学、尊师重教蔚然成风，即使在我们这个山大沟深、天高地僻的乡村中学，也概莫能外。几位给我们授课的老师，乐于清贫，甘于奉献，敬业爱岗，倾其所有，成为我们日后事业起飞的垫脚石，他们是无私的伯乐，是燃烧的蜡烛，是弟子心目中最可爱最可敬的人。

语文老师包汉臣毕业于盐池简师，三十三岁，是两儿三女五个孩子的父亲。他口才极好，雅号"包铁嘴"，写得一手好字，尤好阅读，知识面广，对学生严厉多于温和，生起气来，铁青着脸让人看了胆寒。有一天他查晚自习，发现几个男生竟然跑到公社偷看电影，怒不可遏的他，把这几个学生带回办公室，大声责骂，命令他们双臂上举，罚站了近两个小时。其实，包老师平素倒也和蔼，与同事开玩笑，对学生也温和。也许是孩子多负担重，我记得他几年间总是穿一件墨绿色条绒上衣，蹬一双圆口布鞋，经常抽旱烟，偶尔也抽"恒大""芒果"等牌子的纸烟打打牙祭。课堂上他跟我们讲授标点符号的妙用，还列举了父亲和儿子偷食火烧，又被父亲的父亲无意中偷窥到了的故事。他慢慢吟起那首打油诗："隔着门缝往里瞧，我儿我孙吃火烧，我儿正将他儿喂，他儿日后学我儿。"吟罢，包老师有意停下来，启发我们领悟其中的道理，多年后我才懂得，这正是既教书又育人的素质教育啊。

数学老师韩广智，也是我们班主任，二十三岁，个头不高，未婚。他瘦长脸，走起路来步伐很快，身体微微前倾，上课声音大，语速也快，斩截利落，很受学生欢迎，只是发怒的时候，三角眼一吊，目光灼人，让人不敢对视。但课堂以外，他对学生十分关爱，也十分看重对学生的培养。作为学校团委书记，初一时，我就被他吸收加入共青团组织，此后的近两年时间里，由于上一届学生毕业，全校学生团员仅剩我一支独苗，所以这也是那个偷炭的夜晚，吴校长对我发火的原因。韩老师对着力培养的学生要求很严格，有时到了不近人情的程度，曾当着全班同学的面，恼怒地摔坏了我的竹笛，生生将我的艺术爱好扼杀在摇篮里。但我知道，他这样做其实是为了我好。在我们读初二的那个秋天，韩老师请假出了一趟远门，三天后从陕西定边回来，满面春风的他，身后跟着一位身材苗条、面容姣好的姑娘，那是他的未婚妻。端庄的姑娘低头紧紧跟随着未婚夫的脚步，两条粗黑的大辫子悬垂到后襟腰际以下，在秋日的阳光下，随着快捷的步幅，忽左忽右灵动地跳跃着，引发我们一群男女生无限美好的遐想。

物理课的李荣老师，三十一岁，有三个女儿一个儿子。他和包老师一样，妻儿都在农村，每逢周末回家团圆，捎带着干些力所能及的农活。他烟瘾很大，但是唯独钟爱"芒果"牌香烟，每遇到开心的事，毫不掩饰"咯咯咯咯"快意的笑声，笑声里，被烟熏黑的牙齿便显露无遗。李老师上课很讲究技巧，喜欢用启发式教学方式，串讲定理，推导公式，丝丝入扣，无懈可击，尤其是他拍照冲洗照片的绝活儿，更是让我们佩服不已。他经常引导好学上进的学生学习课本外的知识，而对不思进取、调皮捣蛋的学生，无论男女，他都会厉声批评，或蹙起眉头，毫不掩饰自己"恨铁不成钢"的情绪。李老师课堂上的要求非常严格，有一次黑着脸把全班同学罚站了一节课，但课后他又耐心讲解，循循善诱，还不时自掏腰包，为学生冲洗照片。他张弛有度的教书风格及育人艺术，运用娴熟，令人钦敬。

教化学课的景维科老师总是面带微笑，微眯的眼睛透着善意，讲课慢条斯理，但解读化学分子式，严丝合缝，板书也很漂亮。体育课史存锋老师天生一张娃娃脸，两个虎牙十分可爱，平时一身蓝色的运动装，运动裤两侧两条笔直的白杠自腰间垂向裤脚，清爽利落令人羡慕。音乐课李忠老师年龄最小，手风琴拉得悦耳动听，边拉边唱，常常忘我地沉醉其中……平心而论，这些大多毕业于吴忠师范或盐池简师的老师，无论年龄、学历还是教学经验，都不占优势，但是他们却以全心的爱、强烈的事业心和毫无保留的奉献，弥补了这些短板，他们燃烧了自己，照亮了学生前行的道路。

教师敬业地教，只是外因；学生刻苦地学，才是内因，才是王道。可喜的是，二十世纪七八十年代，全社会青年及在校学生，似乎一夜之间，全都染上了知识饥渴症，如一头头饥饿的牛犊，无意间闯进菜园子一样，捧起书本，先是大口吞咽，继而细磨慢悟。"青年自学丛书""追科学""攀登高峰"等，一时间成为全社会的热词。初一时，我因病休学一年，再次回到校园后，沉甸甸的黄色军用书包里，塞满了从二姐三姐处淘来的一套《青年自学丛书》，让班里的同学既羡慕又自卑。走在街上，"世上无难事，只要肯登攀"的指示，以及"攻城不怕坚，攻书莫畏难，科学有险阻，苦战能过关"等励志诗句，被刷成或红色或白色的标语，在公社大门口，在校园的内外墙上，赫然醒目，鞭策着年轻人衔枚疾进。1978年秋的一天下午，韩老师利用课外活动的时间，专门召开班会，学习杨乐、张广厚两位青年数学家的事迹，以及徐迟撰写的报告文学《哥德巴赫猜想》，直听得我们一个个热血滚涌，直冲颅顶。一周后的下午，学校组织了一场声势浩大的作业展览，把平时作业完成出色的学生作业，铺展在全校三间大教室的课桌上，组织全校师生参观评点。那整齐的书写，洁净的页面，大红的对钩，以及老师热情洋溢的评语，一一呈现在作业本上，尽收眼底，欣赏者啧啧称赞，被夸赞的学生，则在自豪之余，更激发起不断向上的使命感。

这哪里是学校？分明就是没有硝烟的战场。"把被耽误的时间夺回来""向科学进军"，已经不只是响亮的口号，而化为实实在在、时不我待的气势，以及自觉向前冲刺的行动。

1977年底恢复了高考，1978年冬召开了全国科学大会，这一切都标志着，教育的春天，科学的春天，正以排山倒海之势，扑面而来！

7

伴随着"学好数理化，走遍天下都不怕"这句口号烘托出来的热烈氛围，思想上的禁锢已然被打破，全社会除了"一万年太久，只争朝夕"狂飙激进式的学习劲头，另一个突出的现象是艺术体育类课程的加强和文体活动水平的显著提高。

1979年6月，盐池文教局要举办两项重大赛事，即全县中学生田径运动会和全县中学生文艺汇演。作为离县城最偏远的后洼公社中学，我校也紧锣密鼓地为参赛做着相应的准备。

每天下午课外活动时间和晚自习时间，教音乐的小李老师挑选了近20名有文艺专长的男女生，抓紧排练文艺节目。节目种类包括独唱、合唱、舞蹈、相声、快板、话剧等，应有尽有，算得上麻雀虽小，五脏俱全。王宇宙老师，五十多岁，一头灰白的头发理成板寸状，喜欢穿中山装，风纪扣扣得紧绷绷的，走起路来总是挺胸抬头，目不斜视，衣着、布鞋，永远都一尘不染。据说新中国成立前，他曾担任过国民党军队的团长。

有一天他讲授《卖油翁》时，特别介绍了欧阳修与文中主人公陈康肃公尧咨的关系，以及先生写这篇文章的缘起，他的这个讲法让我大开眼界，耳目一新，觉得他老人家不像个团长，更像是个见多识广的教授。王老师还写得一首漂亮的美术字，尤其擅长仿宋与隶书体，学校的办公室、教室、食堂、宿舍、库房甚至厕所，都钉上了他书写的或方正或圆润的书法门牌，看上去正规庄重了许多。王老师创作了七人群口快板《说礼貌》，一边对师生礼貌要求娓娓道来，一边对不符合礼貌的粗鲁行为进行善意的调侃、规劝和抨击，听者在捧腹大笑之余又反躬自省，羞惭不已。这个节目，也在后来的全县汇演中斩获了一等奖。和王宇宙老师一样，关心参与节目创作排练的，还有吴校长、张廷兰副校长、王贵升主任，以及李荣、包汉臣、李忠等老师，他们或参与编导或器乐伴奏，体现出可贵的团队精神。临近演出，另一位文体课商建国老师，特意从县文工团请来了他弟弟商建华，为我们指导排练舞蹈《世世代代铭记毛主席的恩情》等几个节目，他是小号演奏员，个头不高但热情干练，黑亮的长发飘逸潇洒，其脆亮悦耳的号声，划破乡村校园寂静的夜空，悠扬辽远，又略带一丝感伤，让我们这些穷乡僻壤孤陋寡闻的中学生，仰慕得一塌糊涂。

由于时间紧，任务重，学校只好把文艺排练与体育训练齐头并进。从上一年冬天开始，每周一至周六早晨7点，史存锋老师便带着我们二十多名男女学生，顶着刺骨的寒风，在公路或乡村小路上跑步，每天晨练至少一个小时。好在我们这些参与晨练的学生大都来自农村，有着"夏战三伏，冬练三九"的童子功，大冬天放羊、拾粪、喂牲口等活计都干过，对这种晨练也觉得稀松平常。冬去春来，高强度的训练既锤炼了意志，我们的竞技水平也明显提高。

一眨眼，比赛的日子就要到了。

这是六月初的一个下午。凡是参加文体比赛的老师和同学都没有吃晚饭，聚在校门口整装待发。同学们大多与我一样，因为是第一次去县城，心里充满了好奇与兴奋，还有缤纷的幻想。我有一件崭新的黄布衫，这是在中学任教的二姐特意给我买的。穿上新布衫，我忍不住悄悄一个人溜进吴校长办公室旁边的会议室，装作不经意地对着会议室拐角的穿衣镜照了又照，觉得挺帅气，挺攒劲，心里美滋滋的。其他男女同学也都换上了新衣裳，就连鞋帽头巾也都专门拾掇了一番，一个个显得比平时精神、靓丽了许多。领导和带队老师满意地看了看我们，难得地与我们谈笑风生。一直等到太阳快要落山的时候，公社唯一的那辆绿色解放牌卡车，才缓缓驶进了校门。车刚停稳，不由分说，我们师生40多人，迅疾登上了车厢。皮肤黝黑、一脸喜气的司机文师傅，点了点人数，又拿出一根粗长的棕绳，沿车厢外上部四周，箍了两圈儿，叮嘱大家，拐弯儿时，务必抓紧绳索，当心晃出车厢，酿成事故。

夏日的田野，公路两旁绿草如茵，牛荆条、猫头刺、芨芨草、打碗碗花、冰草等点缀了漫山遍野。一片接一片长势喜人的豌豆，在晚风的吹拂下，摇摆着嫩绿的腰身，舒枝展叶，粉白和蔚蓝的花朵交相辉映，竞相开放，煞是可爱。眺望东边的远山，金黄的阳光铺洒在起伏不平的黄土高原，一畦一畦的庄稼和稀疏可数的弯榆旱柳交错闪现，使无垠的田野显得更加空寂、旷远，而那夕阳下远方圆嘟嘟的山峁、沟壑里瓦蓝的阴影，又给人悠闲恬淡的感觉。

毕竟是第一次出远门，一百公里外的县城是什么样子？我想象不出。在车厢里挤成一团的同学们，也都不说话，但脸上都写满了热切和幸福。

车行至山梁上一个转弯处，一阵微风吹过，不知哪位女同学雪花膏的香气，很顺溜地钻我的鼻孔，我一下子就闻出来了，正是大嫂也喜欢用的"百雀灵"牌，那香味使人慵懒，令人沉迷，让人禁不住浮想联翩到男女青年搞对象之类的事情来。就正如不久前，韩老师身后相跟着低眉顺眼的女朋友第一次走进校园，那粗长的大辫子诱发我们无限的遐想一样。正冥想间，车又拐了一个急弯，我面前的两位女同学突然被甩过来，一下子靠在了我身上，女同学慌乱中，一把抓住了我的胳膊，一刹那，雪花膏再次袭击了我毫无准备的鼻翼，我干瘪单薄的胸腔和女同学松软温热的前胸，紧紧地贴在了一起，顿时，一股幸福的战栗，立即传到了我周身的每一个角落。这是我进入青春期，第一次感受到异性的美妙，同时又觉得这样的心猿意马不那么光明正大，眼看着对面的女同学也羞得满脸通红，我赶快把目光移向远处的山峦。

卡车轰鸣着一会儿爬上山梁，一会儿碾过谷地，向着县城的方向疾驰。学校远去了，豌豆地远去了，稀疏的柳树远去了，家乡熟悉而亲切的沟沟坎坎，也远去了。太阳落山后不久，卡车终于驶出了大山，来到了平地，接着，马儿沟被甩在身后，大水坑被甩在身后，青山也被甩在身后，晚九点左右，卡车终于驶进了华灯初上的县城，停在了文教局大院。

我们从车上跳下来，一边捶着酸麻的双腿，一边急切地打量着四周的景致。这时，文教局餐厅的师傅们，已端来了几筐雪白的馒头，还有每人一大碗香味四溢的猪肉炖粉条。

天哪，原来县城的日常饮食，竟也有着乡下人过年一样的丰盈富足啊！

我一边大口吞咽着香喷喷的饭菜，一边愤愤不平地想：一定要好好地念书，争取将来到县城工作。说实话，县城留给我的第一印象，实在是……太美好了。

全县中学生田径运动会，在盐池一中400米的标准土操场举行。按照年级和年龄划分，我作为初一学生，被划归为乙组，将参加男子乙组3000米长跑预决赛。

这天上午，在激扬雄壮的《运动员进行曲》中，各项赛事依次进行。100米、200米、400米、跳远、跳高、标枪等几项比赛，我校的成绩明显不行，全军覆没，没人能够进入决赛；但800米、1500米中长跑，还有铁饼，我校却有四个人挺进决赛。尤其是徐向全同学，出人意料地斩获了全县男子乙组铁饼冠军，使得代表队群情振奋，欢欣鼓舞。大徐的成功，使我对下午的长跑，充满了信心和期待。

午休后的操场，骄阳似火，热浪灼人。全县各公社中学十五个代表队的师生都到场了，尤其是一中、二中、三中几个代表队的教练员、运动员，穿着各式红蓝黄白不同色彩的运动服，在操场周围簇拥、穿梭。我年纪小，个头也小，没有运动服，并不是代表队计划中可能获得名次的角色，所以独自找到检录处等待检录。一中代表队的大本营，在检录处左前方，有专门为教练员、运动员提供的橘黄的汽水、雪白的冰棍等，嗓子焦渴的我，看在眼里，只能暗暗吞咽了几次口水。当我从冰棍、汽水方向收回目光，只见一名比我个头稍高的女生，正侧身站在我的正前方，我猜想她应该比我大一两岁，她穿一件白色短袖运动衫，微微隆起的胸脯，勾勒出青春健美的曲线，粉红的嘴唇，鹅蛋形的圆脸，直溜挺拔的鼻梁，秀气端庄的眉眼，正如清水芙蓉，亭亭玉立。她光洁饱满的额头，已渗出细密的汗珠，挺拔俊俏的鼻翼轻轻翕动，使得白皙圆润的小脸，更富有迷人的动感。我的目光顺着她微微隆起的前胸、凸凹有致的腰肢缓缓向下游移、滑动，只见两条白皙笔直的长腿，粉白的皮肤与棱角分明的肌腱浑然一体，优雅，妩媚，迷人，芬芳，似乎有遏制不住的青春气息，正在我面前汩汩流淌，袅袅升腾。正当此时，突然我的脑袋不由得嗡的一声，我分明看见，女孩儿白色的三角运动短裤，已勒到了大腿根，最要命的是，那白色的确良质地的短裤，透明度实在是太好，让我一览无余地瞥见了它勾勒出的曼妙身躯……

我可以向上帝保证，自己绝无意偷窥，但瞬间的心理变化，还是让我觉得自己有点猥琐。我双手本能地搓了搓有些发烫的面颊，赶紧收回目光，低下头来，几乎能听到自己"咚咚咚"的心跳声。我坐不住了，马上站起身子，走到操场的另一边，从口袋里摸出五分钱，买了一支冰棍，含在燥热的嘴里。

一个小时后，已经平静下来的我，专注地站在了3000米比赛的起跑线上。比赛开始后，和我猜想的一样，前半程，城里的孩子营养好，爆发力强，一直处于领先，但到了后半程，来自山区的我则明显耐力强，韧性足。我牢牢地咬住一名一中的男生，跟跑了他整整五圈，到了最后100米，我拿出当初追撵馋嘴山羊的狠劲儿，几乎咬破了嘴唇，一个冲刺把他甩在了身后，取得了第六名，成绩是12分21秒1，而那位被我超越的男生，冲过终点后瘫倒在地，泣不成声，泪流满面。

谢天谢地，运动会每项比赛，只取前六名，第一名到第六名，有积分，还有奖品。我得到了一张黄底红字的奖状，还有一块艳丽的大枕巾。运动会后，我把枕巾送给了二姐，奖状则高兴地存放在了箱底。

参加这次比赛，对我来说，象征意义远大于成绩和名次。关键的是，在运动中超越别人，其实也是在超越自我，这如同青春期，第一次悄然萌动的感觉一样,让我看到了大山以外的世界,体味到了竞争的严酷惨烈。还有,那位优雅妩媚亭亭玉立的城里女孩,让我平生第一次懂得,在她们身上,有着远比乡村姑娘雪花膏更让我神往的另一种迷人的气质。

"一定要考上大学,获得体面的工作,成为可以平视城里女孩子的男人。"我奋斗的目标,在这个烈日炎炎的下午,在这次县城之行后,变得非常清晰而具体起来。

两年之后,又一个烈日炎炎的夏天,经历了严苛的中考竞争,我以全公社第一名,总分 348 分的成绩,如愿考到了盐池二中高中部,连同我一起通过中考并走出大山的七名同学,清一色的都是男生,可怜的女生们,则全部落榜。

生活,向着我幼稚却不失纯真的目标,又靠近了一步。

## 8

后洼公社,下辖后洼、李塬畔、平庄、胶泥湾、沙嵝岘 5 个大队。根据上级指示和公社部署,从 1978 年夏秋开始,5 个大队便各自组建了一支文艺宣传队,排练节目,计划在 1979 年春,统一在公社汇报演出。

二哥的文艺专长,在这一刻,便派上了用场。

因为小时候得过伤寒病,在初中毕业回乡务农两年多的时间里,二哥挺着清瘦单薄的身子,与生产队的大人们一起犁地、播种、除粪、收割、装运粮食上场,繁重的体力活,过早地碾压在他依然孱弱的肩上,毕竟,他才刚刚 16 岁。

但倔强的二哥,还是硬生生地咬牙坚持了下来,尽管他为此晒脱了脸上、胳膊上、肩上一层层皮，每天下地回家，腰酸腿疼得龇牙咧嘴，甚至被犁铧戳在右脚上，划出了一条近三寸长的伤口，汗洒耕地，血浸田野。

好在 1978 年夏天，会吹竹笛又有写作专长的二哥，被平庄大队作为文艺骨干，抽调到大队部，与二十多名同龄男女青年一起集中排练文艺节目，二哥这才暂时从闷热汗蒸的庄稼地里，被解放了出来。

1979 年 4 月初，是后洼公社一年一度的"四月会"，会期十五天。"起会"的那段日子里，公社自东向西不足二百米长的主街道两旁，摆放着一个紧挨一个的小摊点，有售卖零食的、五金农具的、布匹和鞋帽衣裤的，还有各种地方小吃摊，在街道南北两侧，汇成两道"一字长蛇阵"。脑筋活泛的当地青年，开始加入商贩的队伍，但更多的，还是来自川区的商贩，他们操着被当地人称作"水鸭子西声"的口音，高一声低一句地叫卖，那叫卖声热情大方，悦人耳目，不多时，只见扣在他们头顶上的小白帽，随着一阵阵飘起落下尘土的覆盖，渐渐失去了原本雪白的颜色，特别是帽檐边浸过汗水的地方，与尘土亲密接触后，便有一道道污渍汗迹，渐渐爬上额头、脑后和耳际，使人显出灰不塌塌的落魄模样来。但这只是我的感觉，小贩们并不在乎飞扬的尘土，口齿伶俐的他们，正忙不迭休热情招呼着路过的人们，"大哥大姐，叔叔阿姨……"叫得那叫一个亲热，似乎他们和这些人有着几辈子的交情，觉得你不买一件他的商品，觉得都对不住人家似的。更有一些本地或来自陕北姬塬、冯地坑的大姑娘小媳妇，穿戴红绸绿缎的棉袄长裤，裹一条大红大紫或金黄瓦蓝的头巾，在攒动的人群中穿梭，东瞅瞅，西瞧瞧，好奇挂在脸上，兴奋溢在眉梢。其实对她们来说，逛街并不真的是想买什么物件，她们在意的，是这个

"四月会"带给自己勤苦劳作之余，片刻的轻松悠闲，当然，还可以"搂柴打兔子——捎带着"暗中端详未婚的小伙子，捕捉潜在的婚配对象。《诗经·氓》中写道："氓之蚩蚩，抱布贸丝，匪来贸丝，来即我谋。"那说的是小伙子，在集市上与姑娘约会，跟眼前的情形是一个道理，只是男女角色转换了一下。她们姑嫂、妯娌或姐妹，三三两两结伴而行，在街边小摊买上一两毛钱的葵花籽，顺势装进衣兜里，边走边伸手入兜，钳出几粒丢进嘴里，随即"噗……"的一声，两瓣葵花籽壳便从红润的樱桃小口飞出，划出一条气韵生动的抛物线，飘落在脚下，地上。偶尔也有嗑麻子的蓖麻壳，顽固地粘在她们嘴边，逗留许久，不肯下岗。虽然早春的凉风吹落了眼泪，干燥的尘土落在脸上、头巾上、衣裤上，眼角也堆上了一星半点的泪渍，但这丝毫不影响她们逛街的兴致。有时一阵言笑，或彼此几句调侃，就有一位泼辣的小媳妇或大姑娘，追撵上前边逃跑的伙伴，照着后背送上两记老拳，一群人银铃般的笑声，在灿烂的春光里，欢快地抖动起来。

公社西边街北一侧，是一年前刚刚落成的广场。走进广场，主席台上空"后洼广场"四个红色的大字，一眼认出，是中学老师王宇宙的隶书。隶书的上方，后来加上了"后洼广场"的英文字母，那是出自中学英语教师三姐的手笔。广场正中的北头，是一个入深6米、宽20米、高近2米的大土台，既是主席台，也是舞台。各大队文艺宣传队精心排练了大半年的文艺节目，在"四月会"的前五天里，依次登台亮相，暗中相互比拼，精彩的表演，赢得一阵阵掌声，一声声喝彩。

轮到平庄大队表演的那天，二哥手擎红旗，在乐声中第一个从幕后闪出身来，只见他左脚蹬地，右脚先一个虚步，又一个垫步，紧接着，左右脚几个跳步，继之一个跨步，从东北角杀出，眨眼间便到了舞台西南角，手中的红旗猎猎生风，飒飒做响。另一位身材微胖但面容俊俏的姑娘，手攥两束鲜花，跟在二哥身后杀将出来，两人身体前倾，挺胸抬头，手掌和双臂同时向右上方伸展，又用力一个后摆，那动作要多攒劲儿有多攒劲儿，两个人脸上都涂上了厚厚的一层红色，浓妆包裹中，黑亮的眼珠滴溜溜打转。

只听他俩朗声交叉领诵道：

"东风浩荡，凯歌嘹亮。

抓纲治国，大干快上……"

朗诵完毕，两个人急速转身，又一个爽脆地亮相，随后十多名男女青年，顷刻从幕后两侧登场、列队，一曲无伴奏合唱款款响起："向阳的花，春天的苗，社会主义新生事物好……"歌声一停，锣鼓音乐瞬时大作，一时掌声如雷。

在这次汇演中，平庄大队的表演唱《洗衣歌》，胶泥湾大队六个小伙子扮作老汉唱得声嘶力竭、跳得尘土飞扬的舞蹈，沙崾岘大队的陕北秧歌剧《夫妻识字》等几个节目，留给我的印象尤其深刻。为期半月的"四月会"最后一周，有盐池县秦腔剧团献上的《铡美案》《王宝钏》《白蛇传》《穆桂英挂帅》《宝莲灯》《辕门斩子》等经典剧目，那激越的板胡，低沉的二胡，伴着铿锵的锣鼓，辅之以苍凉悲壮的男腔，或清丽婉转的女音，生旦净末轮番登场，加上令人捧腹的小丑，让观众如痴如醉，欲罢不能，把乡村文化大餐推向了又一个新的高潮。无论是各大队朴拙本色的表演，还是专业团队的秦腔唱段，雅俗共赏的节目组合，为静谧的山村，平添了许多喜气和亮色。

这是在我的记忆里，时代色彩足够浓烈的最后一届"四月会"。

这年暑假，仅仅办了两年的麻黄山公社中学高中部，奇迹般地给宁夏大学培养输送了三名全日制本科大学生，他们分别是中文系志远、数学系王建国和李学军。凑巧的是，这三人都来自我们后洼公社，其中，建国兄的妹妹，后来也考上了大学，嫁给了我。

他们是恢复高考后，这个偏乡僻壤的公社，不是被推荐，而是通过正规的高考，昂首阔步走进大学校门的第一批全日制本科大学生。

历史的车轮，终于碾进了划时代的拐点。

与此同时，这一年稍早前，安徽凤阳小岗村的一个夜晚，18户不想永远忍饥挨饿的农户，冒着很大的风险，斗胆签下了一张"生死契约"，从而揭开了中国农村改革的序幕。尽管他们的举动比较隐秘，但责任田包产到户的消息，几乎一夜之间，仍然传遍了神州大地的每一个角落，多年来苦累了也穷怕了的庄稼人，终于盼到了除缴纳国家征购、集体提留外，余粮完全归自己所有的待遇，小岗村人"吃不愁，穿不愁，腰里别着十块头，又娶媳妇又盖楼"的好日子，已不再是海市蜃楼般虚幻的愿景，而成为美好得几乎让人不敢相信的活蹦乱跳的现实。

这一时期，政治生态微妙调整带来的变化，不仅体现在物质经济方面，也波及精神文化领域，而思想界的萌动，首先反映在文学创作中来，譬如"伤痕文学"的横空出世。

一天，我在二姐的书包里，翻捡到一本名为《神圣的使命》的书，书中收录了几部短篇小说和中篇小说，其中就有卢新华的《伤痕》，捧起一读，便爱不释手。此后不久，大哥手中张扬的《第二次握手》、二哥书桌上戴厚英的《人啊，人！》，也被我先后抓在手中，读了个酣畅淋漓。读罢，我明显感觉到，这些作家的作品，无论叙事风格，人物形象刻画，心理与细节描写，还是贯通全篇的隐约含蓄的主题，都与我以往读过的书大相径庭，淡淡的忧伤中，渗入了沉郁不平的基调，完全没有了此前电影或者小说中"高大全"式的人物、脸谱化的形象、口号式的说教、皆大欢喜的结局，而是深刻蕴藉，意味深长，令人在失落遗憾中掩卷长思，沉吟良久。

依照我仍然稚嫩的认知水平，还是觉得这样的书，才更真实，也更耐读。

我不能忘记，这类反映新时代、新气息，具有新叙事风格的文章，大多登载在当时的大型文学刊物如《当代》《十月》《收获》《钟山》《花城》等杂志上。其中，1982年底，李存葆反映对越自卫还击题材的中篇小说《高山下的花环》，曾被紧张备考中的我熬了一个通宵，追赶着读完，梁三喜、高蒙生、靳开来三个战士的形象立体饱满，尤其是靳开来遭受的误解、不公，直读得我忍不住泪流满面。

等到后来上了高中，我有幸接触到刘心武的小说《班主任》，张贤亮的小说《灵与肉》，叶辛的《蹉跎岁月》（电视剧版）、周克芹的《许茂和他的女儿们》（电影版，北京电影制片厂和八一电影制片厂各拍了一遍）等，使得我对伤痕文学有了新的认知。上了大学，音乐故事片《生活的颤音》，王蒙、张贤亮、从维熙、冯骥才、张洁、王安忆等作家的作品，更是纷至沓来，启示我对伤痕文学有了更立体的理解。鲁迅先生有一句名言："悲剧是将有价值的东西毁灭给人看。"是啊，生活的本质是普通、平淡，甚或严酷、残忍，幸福往往伴着艰难和辛酸，而现实中悲剧总是要远远多于喜剧，那些脸谱化的人物，程式化的情节，假大空的主题，恍若水中月、镜中花，毫无生命力，更没有审美教育功能可言。

遥远的悲剧且不说，二姐的悲剧，就发生在我眼前，我身边。

要强又心灵手巧的二姐，是我家，也是全公社第一个从吴忠师范毕业，又吃上皇粮的中学女教师。特殊的角色，使得媒人络绎不绝地往我家跑，年仅二十四岁的她，在家人和亲戚们此起彼伏的催婚声里，草草完婚，对方是一位高中教师，工农兵大学生，浓眉大眼，身材高大，看上去文质彬彬，实际上性格刚烈。按说这应该是理想的婚配对象，然而结婚还不到一年，两人还是因为婚前缺乏了解，个性差异太大，自我意识太强，彼此又不会包容和忍让，最终以离婚收场。黯然神伤的二姐，独自带着女儿，调离了让她伤心的家乡中学，到遥远的另外一所公社任教。

1980 年寒假，全家人热火朝天地忙碌着，推磨、碾米、蒸煮炸煎，准备着来年正月初八迎娶二嫂。年关迫近，细心的大哥派我到 80 公里外的冯记沟，接二姐和外甥女回家过年，于是，我把羊鞭交给四弟，拔脚就走。

我先坐班车到大水坑，又通过亲戚介绍搭了拉煤的便车，折腾到第二天下午，才赶到二姐的学校，这天已经是腊月二十八。与女儿相依为命、望眼欲穿的二姐，见我突然笑吟吟地出现在面前，专程来接她母女回家过年，一刹那眼圈发红，立即背过身去，盯着墙上的挂历，几分钟没有说话，还偷偷抹去眼角的泪水，我鼻子一酸，假装没有看见，一把抱起刚刚半岁的外甥女，夸张地大声逗小家伙玩，只见小宝贝粉嘟嘟的脸蛋，荡漾着天真烂漫的笑容。

二姐取出所有的存款，又预支了一个月的工资，为二哥置办了结婚所需的各种衣物、鞋帽等，第二天，我们一行三人，搭煤车，赶班车，于腊月二十九日傍晚，跌跌撞撞地回到家中。

二姐孝顺父母，尊重兄姐，关爱呵护弟妹，资助弟妹们上学、成家，总是那么大方无私，尽心竭力，这样的胸襟和爱心，正如大哥、大姐、二哥一样。此后的我们，无论是三姐，我，还是四弟，都承袭了这个光荣的家庭传统。

正月初七，我陪着大姐夫、大嫂一行人去娶亲。我吆喝的骡车是头车，土黄色的骡子健步如飞，身后跟着一队共六辆骡车，蹄声嗒嗒，轮声辚辚，唢呐声声。正月初八下午，在亲友们一阵阵欢声笑语里，身材修长又漂亮的二嫂，在众目睽睽之下，羞答答地被二哥抱进了洞房。

这一天，是二嫂角色转换的开始，也是一家人新希望的开始。

## 9

从首府银川，乘车向东南行驶，海拔不断抬升，沿途的植被层次也极其分明。先是银川平原黄河两岸，浓荫如盖的垂柳，芳香宜人的刺槐，金黄翻滚的麦浪，翠绿如织的稻田。五十公里后，进入吴忠，麦浪与稻田依旧，但公路两旁更多出现的是银灰的沙枣树，笔直的钻天杨。自吴忠继续向东南行进，过了被称为"九公里""十八公里"两个集镇，进入白土岗后，沿途没了庄稼，也少了绿色，扑入眼帘的则是绵延起伏的一堆堆沙丘、裸露的土地，如同疤痕斑斑的胸膛，焦渴地仰望着碧蓝无云的苍穹。极目四顾，沙丘中偶尔有一处处一丛丛低矮的荆棘，透出一星半点的绿意，或有火红的柠条、沙柳点缀其间，更反衬出这里的干涸、贫瘠。

大水坑镇，就位于吴忠东南一百五十公里的地方，距离银川二百公里，海拔也比银川高出了整整三百米。

单纯从镇政府的地名来推测，这里应该是个水源丰盈的地方，但事实上却正好相反。大水坑镇位于黄土高原西北边缘的山脚下，盐池县城以南60公里处，东连陕西定边红柳沟镇，南接甘肃环县秦团庄公社。这里地面上并没有水，地名，只能反映善良的人们一种奢望一种念想而已。但这里地下却蕴藏着丰富的石油，这也算得上是"有一亏也有一补"吧。

从二十世纪七十年代起，长庆油田勘探局，便在这里设立了钻井三处和采油三厂。镇子的布局大致是这样：西高东低——一条大约六百米长的主街，东街是镇政府文化站、新华书店、批发站、盐池二中、镇医院、回民食堂、汉民食堂、供销社、镇政府大院、镇小学，以及住有大水坑大部分当地居民的"东队"。西街除了住有少许当地居民的"西队"外，更多的则是长庆油田的地盘。自东街沿坡而上，沿途依次是邮局、旅社、拖拉机修理厂，爬上半坡，就能看到更多属于长庆油田雪白敞亮的办公房。办公房前，一座接一座的院落里，停满了各式各样奇形怪状的采油车辆，以及车厢上张牙舞爪的钻井设备。坡顶平缓处是石油招待所，还有几家档次较高的餐厅。主街西尽头处，是转盘柏油公路，转盘路东南角，是一排装潢考究的长庆油田采油三厂供销社，货架上的物品琳琅满目，色泽新鲜艳丽，比镇政府的供销社明显繁华了许多。进门去，首先能闻到一股沁人心脾的水果糖的香味。女售货员烫卷的长发，蓬松、飘逸，显得时尚大方，额前的刘海，几分妩媚，几分俏皮，几分超凡脱俗，外地口音的普通话，较之本地人以"去声"为主沉重朴拙的口音，听起来更加温婉柔和，热情中带着几丝自信和优雅。供销社门口两边的空地上，来自温州的鞋匠，一字排开，一双膝盖上铺垫着一大块黑色胶皮或深色厚布，承揽补鞋钉掌的生意，晒得通红的脸庞、头皮和脖颈渗出一粒粒细密的汗珠。同样来自浙江售卖衣裤鞋袜的商贩，和补鞋匠比邻而居，背依供销社北外墙，身边栽几根木桩，悬起几条绳索，绳子上挂满了五颜六色的短袖、长衫、背心、短裤、外套。其中，崭新却浆染得发白的牛仔裤，膝盖处窄窄、裤脚处宽宽的喇叭裤，这些新潮款式，颇受年轻人青睐。商贩坐在小马扎上，戴一副墨镜，在骄阳下招揽着生意，我从他那里，买了一条咖啡色的裤子，依稀记得是九元钱。那时，当地流行着"银川是小上海，大水坑是小银川"的说法，说明这里一直在领风气之先。转盘路西北角，是一座能容纳四百人左右的影剧院。影剧院东边有一条自南向北的柏油马路，通往另一个石油重镇——马家滩，而这条柏油马路东西两侧，几十排青砖瓦房星罗棋布，每户一个独立小院，幽静而宽敞，那是家属区——石油工人野外归来歇脚的幸福的港湾。

每到夏日，长庆油田的生活区或西大街上，常常能看到戴着金项链、烫着卷发、短裙卡腰、裤缝笔直的女人，踩着高跟鞋，挺胸抬头，目不斜视地从人群中走过；偶尔，穿着粉红拖鞋，端着粉红脸盆，穿着粉红睡衣的女人，刚刚从澡堂里出来，一头湿漉漉的长发，随意地披在肩上，慵懒自在地徜徉于街头，那洗发水迷人的香味儿，凸凹有致的身材，总会引发路人居高不下的"回头率"。男青年则穿着紧身喇叭裤，长发及肩，在草绿色的军帽里塞上一团纱巾，或是折叠一张报纸箍起一圈衬在里面，然后戴在顶上，看上去便有了高高隆起、桀骜不驯的视觉效果。他们有时手提"三洋"牌收录机，播放着邓丽君情切切意绵绵的歌曲，和着歌曲的旋律，扭腰摆胯，三五成群结伴而行，招摇过市，旁若无人地从街上走过，很有些江湖义士和嬉皮士的做派。

相形之下，镇政府在坡下的坑里，就显得寒酸许多。居民分住在东队、西队，两个生产队的分界线，是一条由南向北通往县城的碎石公路。乍一看，这里的居民、教师、干部、学生一个个衣着朴素，踏实诚恳，都在按传统的节奏，有条不紊地投入工作、生活和学习，对外面的世界，他们似乎充耳不闻，内心笃定淡然，宠辱不惊。如果说，西街荡漾着一派追赶潮流的现代气息，那么东街，则坚守着古朴悠然的田园诗情。

盐池二中就坐落在东街中央，马路北边的院落里，我将在这里度过两年的高中生活。

"北七南八"，是当时全县十五个乡（镇）的基本布局。地理位置靠北的六个公社，加上城关镇的学生，通过中考，可以就近在县城的盐池一中读高中；而南部七个乡和大水坑镇的初中毕业生，过了中考关，也只能在位于大水坑的盐池二中读高中了。

两相比较，一中无疑近水楼台，名气大，设施全，师资强，生源好，各项资源都占优势；二中在设施、生源、资金等方面和一中相比，就相形见绌了。好在那个时代，无论师生或学生家长，对于这一差距看得并不太重，老师教得投入，学生学得刻苦，校风、师风和学风，都焕发出蓬勃向上的气息。

我端坐在教室里，对新学校的一切，都感到新鲜，满足。

高一共两个班，高一（1）班，成为我人生新的驿站。

我们班的同学，有长庆油田职工子弟，有镇干部子女，但更多的则来自农村，衣着朴素，面色黝黑，言语间充斥着鼻音很重的方言。油田职工子弟三五人，学习成绩好，衣着整齐光鲜，谈吐落落大方，讲一口字正腔圆的普通话。班长是镇上一位杨姓男同学，对人很友好，尤其与我情趣投合。一个周末，他邀请我去参观他家里的小书屋，还把自己读过的书，大方地推荐并借给我阅读，并且挽留我住在他家，这让我倍感温暖，也对未来两年的学生生活充满了信心。

新学期的第一节课是语文。

一阵清脆的铃声响过，老师疾步而入，登上讲台。他一米八左右的个头，身板挺得笔直，乌黑蓬松的头发，微微向右梳理，蓝色涤卡上衣，风纪扣扣得严严实实，灰蓝色的长裤，笔直的裤缝垂直于地面，显得干练利落。眉清目秀的老师，长着一张娃娃脸，看上去还不到二十岁，是刚从银川师专毕业的高材生。他自我介绍道："我姓买，买东西的买，全名买学锋，大家可以叫我买老师，叫老买也行。"说完一拧身，在黑板上刷刷写下"伐檀"两个遒劲有力的大字。啧啧，这气质，这风度，比起我初中的老师，太赞了。我对高中学习生活的好印象油然而生。

"《诗经》是我国最早的一部诗歌总集，它收集了自西周前期到春秋中叶，共 500 年间的 305 首诗歌……"老师高亢标准的普通话，回响在教室上空，轻轻地敲击着我的耳鼓。买老师的知识面很广，授课旁征博引，由浅入深，写作背景交代清晰，课文分析鞭辟入里，写作特点总结得水到渠成，课堂设计丝丝入扣，表述流畅，妙趣横生。有趣的是，我发现刚出道的老师，讲课时总喜欢把头颅高高扬起，盯着天花板口若悬河，偶尔平视一下台下的学生，目光也只是匆匆逗留片刻，旋即又扬起了脖子。

也许是与女学生目光交汇害羞吧，我私下想。

老师一边板书，一边提了一个问题。他先点名杨班长，可惜班长没有回答上来；他又点到来自长庆油田姓张的学习委员，但也没有答对。老师略作停顿，转身继续板书，边板书边向我提问。当我心跳加快、面红耳赤站起来准备回答问题的时候，他正好停下了板书，转过身来，倏然，一丝惊讶和隐约的失望，从老师的眼中一掠而过，那眼神是如此短促，但还是让我捕捉到了。我立即猜想到原因了：入校前，老师已经知道，我的语文中考成绩在南八乡（镇）考区最高，但他却没有见过我。此刻他眼中的我，穿着一件无兜的蓝布上衣，不仅矮小，而且土气，实在与老师想象中的语文状元，有些距离。我冷不丁杵在那里，先是紧张、羞怯，继而尽力冷静下来，顺利地回答了问题。在此期间，老师双臂抱在胸前，左手托着下巴，目不转睛地盯着我回答问题，目光由挑剔、怀疑，慢慢转为欣赏、赞许。等到我回答完问题，老师抱在胸前的双臂舒展开来，斩截明快地说："很好，回答正确，请坐。"我赶紧坐下来，好一阵子手抖个不停，竟不能握笔写字。

买老师酷爱中国古典文学，也十分重视对我们的启蒙。每周他会选两个早自习的时间，在黑板上写下短小精致的诗词、小令，为我们郑重推介。在他的引领下，高一两学期，我们对唐宋五代的诗词名家名作，多有涉猎，如饮甘露，受益良多。李白的《忆秦娥·箫声咽》，温庭筠的《梦江南·梳洗罢》，韦庄的《思帝乡·春日游》，李煜的《虞美人·春花秋月何时了》《相见欢·无言独上西楼》等脍炙人口的诗词名句，都让我反复咀嚼，惊叹不已。

岳辉是我三姐的老师，从北京师范大学毕业后，自愿支边来宁夏工作，她爱人也追随着爱情，来到偏僻的长庆油田工作。由于三姐的提前介绍，岳老师的名气，在我读初中时便已如雷贯耳，崇拜不已。岳老师为我们讲授世界历史，哥伦布、麦哲伦的探险，幼发拉底河、底格里斯河两河流域的文明，令我兴味盎然，无比神往。岳老师上课有个习惯，一边讲课，一边喜欢把学生可能生疏的词或成语，随机写在黑板上，一节课下来，黑板上密密麻麻的全是字，乍一看有点凌乱，但讲述的内容条分缕析，已经在学生脑海里深深扎根。岳老师慈爱细心，授课时她既讲课本的内容，也穿插传授做人的道理，常常结合自身的经历，现身说法。有一天她说："每个人都有长处，但也有短项，十全十美的人是不存在的。比如同样语文学得好，但将来有人善于创作，有人长于研究，还有人擅长讲课，这都有个性化差异。所以，你永远不必太自负，天外有天，人外有人，学无止境。"岳老师推己及人，拳拳之心殷殷之情溢于言表，让学生感到无比温暖和贴心。

　　上李若君老师的物理课，是一种莫大的享受。李老师总是踩着铃声走进教室，分秒不差。他上课从来不带书本，只是捏两根粉笔便开讲了。先是回顾上节课的内容，然后自然过渡到新课的内容，是标准的"温故知新式"教学法。他的板书总是分为三个部分：中间是本节课重点内容，如定理、公式等；左右两边用于演示、计算与画图。李老师上课很严肃，很少笑，但能把抽象枯燥的理论，讲得通俗易懂，具体可感。他还有一手绝活，那就是对课堂进程精准地把控。他的课不疾不徐，由浅入深，娓娓道来，常常最后一句话刚刚说完，下课铃应声响起。我曾暗暗观察了好几次，李老师向来不戴手表，教室里也没有挂钟，但他总是课结铃响，毫厘不差，真神！

　　高二最后一个学期，我们终于盼来了历史课老师，姓骆，宁夏大学历史系毕业。骆老师戴一副黑框眼镜，人挺斯文，身材挺拔，衣着洁净，看上去清爽干练。随着他的到来，我们的历史课，开始分步骤、有条理地备考。骆老师对我们很好，对我们几个成绩突出的学生的高考寄予厚望，让我们增添了一些信心。但地理课没有老师，学校临时抓了一名后勤管灶的师傅客串，这个师傅很努力，但明显地不得要领，不几天便"下岗"了。政治课老师是临时从长庆油田中学聘来的，老头讲课有很浓的河南口音，听不太懂，只好课后重新自学。外语老师是从盐池简师毕业后，送到宁夏教育学院进修了一年的一名青年男教师。

总的说来，我们这一届高二文科班的二十八名学生，除了语文、数学、历史老师，其他的师资实在匮乏，但形势使然，老校长也一筹莫展。虽说二中也有许多优秀师资，但由于拨乱反正先后都调离了二中，离开了盐池，他们离去造成的这种师资青黄不接的情形，又正巧被我们赶上。

## 10

与我读初中时睡麦秸秆栈子不同，二中学生宿舍，则全部是土炕。出于安全和经费有限两个因素的考虑，这些土炕从来不会被烧热，一年四季都是冰冷的。宿舍由两间平房组成，外屋北墙的土炕正对着宿舍门口，可以睡五六个学生；里屋套间南北墙，又各盘了一条土炕，能容纳十人左右挤睡在一起。

冬天来了，学校给每个宿舍发一个铁皮火炉，架在宿舍外屋的地上，竖起的两节烟筒又通过烟拐横向连接了三节烟筒，伸向屋外一尺许，冒着断断续续的炉烟。五节银灰色的烟筒煞是好看，但每月配发的煤，却很少，这样，炉膛的烟火便常常难以为继。好在我们年轻，耐寒抗冷，从炉火熊熊的教室回到冰冷的宿舍，大家照样说说笑笑，打打闹闹。每晚十点整，学生宿舍区每个宿舍十五瓦的灯泡，会准时全部断电熄灭，可是有时候大家意犹未尽，还要夜谈一阵。谈资除了课本知识和作业，更多的无非是谈论哪个男同学喜欢上了哪个女同学，或者说哪位女同学，对哪位男同学芳心暗许什么的，纯粹的生活版。大家调侃小林喜欢上了女同学小番，那是个脸圆圆的学习挺好又文文静静的姑娘，在同学中享有很好的口碑。小林没有否认对小番的好感，脸微微一红憨笑着说："等考上大学再说。"是啊，考不上大学，任你喜欢谁，那全是白搭，这一点大家还是清醒的。我们有时也议论教化学的武福老师新婚妻子的优雅气质，校团委书记关老师在国营汉民食堂卖票的妩媚婀娜的女朋友，言语中，充满了现实主义的羡慕，以及理想主义的向往。

寒冬的夜晚每次回到宿舍，我总要站在地上迟疑一阵，才咬牙跳上炕，迅速剥去外套，穿着线衣和线裤，一骨碌钻进冷得揪心的被窝。那真是一种刺骨的冰冷啊！只好先蜷缩起双腿，瑟缩着脖子，这么坚持着半小时以上，冰冷的双脚，才开始有一丝丝的温热，但脸颊和鼻尖，还是拔凉拔凉的。一天晚上，我班一位姓尚的男同学，不知道从哪儿搞到了几张旧报纸，他点着了报纸，烘烤自己冰冷的被窝，不承想没控制好火势，把被子烧了个窟窿，尚同学哭丧着脸，其他同学还在一旁凑热闹瞎起哄。

学生食堂的早餐，是千古不变的稀饭、馒头，稀饭通常由前一天剩下的米饭熬制，色相和味道无从谈起，馒头也不白，麦麸的痕迹很重。至于小菜，那是没有的。午饭一般是黄米饭，配菜是粗粗的土豆棒熬白菜帮子，黑乎乎的汤汁里，看不到一星半点的油花，但这也不是每个同学都有份儿的，要先掏钱买菜票，预订。没有菜票的日子里，便只有端着米饭碗发愣，愁闷得不知如何才能下咽。穷则思变，后来有同学从学生食堂偷拿回来一碗用来腌菜的大颗粒盐，于是我们便到开水房，打回来一塑料桶开水，把开水和颗粒盐一股脑儿冲进盛饭的搪瓷碗里，再用筷子搅拌一番，用咸开水就着粗糙的黄米饭，胡乱吞咽下肚。也有雪上加霜的时候，那就是冲了开水和盐，却发现碗里的水面上，突然漂浮起肉色或白色的虫子，于是不觉一阵恶心，但犹疑片刻，最终把碗沿一斜，鼓起腮帮吹落水面的虫子，还得狠狠心吞咽下去，倒霉的是快要吃完的时候，又见几粒赭红色的小石子儿，躺在碗底。后来夏日的一天，食堂对面的空地上，晒了一摊黄米，我路过时不经意看了几眼，竟然发现许多小虫子，在骄阳下的米堆里蠕动，实在恶心。至于碗底的石子，那是因为大水坑、马儿庄、冯记沟、惠安堡几个乡镇的庄稼地，大多都是碎石地，收割、加工粮食的时候，石子被带进了黄米里，但这也是难以避免的事情。

晚餐大多是馒头。生活委员和值日生，从学生灶抬回一大筐，大家便按照预定的量分别领取。二两一个馒头，有吃两三个的，也有一顿能干掉五六个的。

上学阶段，特别容易饿，所以每到开饭的时候，食堂窗口总是早早地排起了长队，有的学生还把饭盒举过了头顶，用饭勺或筷子不耐烦地敲打了起来，叮叮当当作响，嚷嚷着快点开饭。记得高二有几个大个子男生，总爱插队挤到窗口跟前打饭，这让我们低年级矮个头的学弟们十分气恼，又毫无办法。有时候实在挤得厉害，年轻气盛的食堂小伙子，会从窗口伸出自来水管，气哼哼地冲着挤成一团的学生直刺过来，有人闪躲不及，衣服便被淋湿，脚下也形成一团水洼。那时学生的维权意识和抗争精神稍显淡薄，最多埋怨几句，打上饭气咻咻地离开了，而我们被人插队的，看到插队的人这幅狼狈模样，心里反倒是舒畅了不少。

学生食堂的卫生状况，也不敢恭维。秋日的一天，县教育局工作组暗访二中，适逢雨天。只见一位男厨师脚蹬一双雨鞋，踩着一路泥泞的污泥浊水，自然大方地跳上锅台，一边用硕大的锅铲在煮米饭的大锅里搅拌，一边嘻嘻哈哈地与同事聊天，不承想脚底一滑，一只脏兮兮的雨鞋，很顺溜地甩进了锅里。只见他"临危不乱"，迅速用锅铲捞出雨鞋，接着没事人儿般干起活来。当时这位厨师被工作组严厉批评，但我们听说这个插曲后，很是气恼。

两年的高中生活中，我们的学生食堂也有过一次意料之外的惊喜，让我既兴奋又难忘。那是1982年6月的一天，学校宰杀了一头猪，为住校的300多名学生，做了两大锅猪肉烩菜。午饭时分，香气漫溢在校园晴天丽日的上空，学生们奔走相告，欢呼雀跃着向灶房涌去。虽说肉少人多，但学校的善举，还是让我们这些许久没沾到荤腥的住校生，感念了很久。

当时，我们的课外生活，还是比较丰富的。现在回想起来，还有几件不能不提说的往事。

第一件事是电视剧《蹉跎岁月》的播出。作为"伤痕文学"的代表作之一，被改编成电视剧一经播出，便引起了我的注意。那段时间，我下午尽量多写作业，一到晚上八点左右，就偷偷闪出教室，溜到学校会议室，躲在角落里不易被老师发现的地方，深情款款地追剧。随着故事情节的发展，耳边不时响起电视剧主题曲《一首难忘的歌》那深沉悱恻的歌词："青春的岁月像条河，岁月的河啊，汇成歌，汇成歌，汇成歌……"关牧村磁性十足的女中音，听上去忧伤、旷远又带有几多迷惘，使我几度暗自垂泪，情不能已。这部电视剧带给我心灵的冲击，已远远超越了冬妮娅对保尔的背叛，那挽歌一样的旋律，开始唤醒我这个高中生，第一次思考人生的无奈和辛酸，体味到文学对于人的审美教化作用。那一代人的青春，是知识青年们用汗水和眼泪、苦涩与艰辛、希望与憧憬共同演绎的蹉跎岁月之歌。作者、导演和郭旭新、肖雄等演员们一起，把知识青年的命运和祖国的前途艺术地勾连起来，作了完美的演绎，作品在痛苦中反思，在反思中奋进，主题鲜明，基调健康。1983年底，这部电视剧斩获了"金鹰奖"、最佳男女主角奖和"飞天"最佳女配角奖。

第二件事也和电视有关，严格地说应该是两件事。首先是1981年11月，中国女排在日本东京，首次战胜了素有"东洋魔女"之称的日本女排，夺得了世界杯冠军，书写了中国传奇。自此以后，"女排精神"在华夏大地，已然成为一股汩汩流淌、源源不竭的精神动力。意外的是，同学们挤在学校会议室收看决赛直播，校领导和老师们破天荒地一致默许了同学们不上晚自习的自由行为。除了排球，1982年的世界杯足球赛，也撩拨得许多师生兴奋不已。有一天晚上，我去二中对面的镇医院探望生病的亲戚，碰巧看到一堆人，里三层外三层地围在医院会议室里，盯着一台9英寸的黑白电视机看球赛，我凑近一看，是西德和法国的半决赛直播比赛。电视机虽小，图像却很清晰，宋世雄老师的解说，依然如同解说中国女排夺冠一样，音色响亮，语速极快，那叫一个煽情。普拉蒂尼领衔的法国蓝色军团，在2∶0领先的大好形势下，惨遭鲁梅尼格挂帅的西德红白部队，以3∶2顽强逆转，饮恨西班牙，泪洒绿茵场。也是从这天晚上开始，我记住了西德，记住了日耳曼民族，他们冷静内敛、坚韧不拔、永不言败的民族精神，令全世界观众肃然起敬。此后每一届世界杯，但凡看到德国队比分落后，我总是气定神闲，坚信他们一定会笑到最后。

第三件事，则与电影有关。那时的文化生活还相对单调，到了周末，有时我们会花一毛钱，到镇文化站看一场露天电影，聊作繁忙学习生活的一种犒赏。记得自 1979 年起，《甜蜜的事业》以及《小花》，题材已经更贴近生活，不再回避甚至张扬追求爱情的桥段，打破了以往人们思想上的诸多禁锢，而音乐剧情片《生活的颤音》，更是开启了影视作品吻戏之先河，让人耳目一新。1980 年，《庐山恋》横空出世，那对"银幕情侣"一时撩拨得年轻人趋之若鹜。1981 年，两位演员又出演了另一部电影《小街》，风格与前者不同，是一部非常唯美的作品，表现手法充满了隐喻和象征，有着散文诗一般的韵味，尤其是主题曲《妈妈留给我一首歌》，把作品主题演绎得忧伤、深沉、旷远，让我深陷其中，久久难以自拔。

除了这几部影片，最铭心的记忆却是 1982 年夏天上映的电影故事片《少林寺》，那真正称得上是盛况空前。长庆油田的电影院，在那段时间里，每天从上午到晚上，要不停歇地连续放映七场。而且一周过后，从镇上和乡下涌来的观众仍然络绎不绝。这天终于等到学校包场，当我和同学们兴冲冲赶到电影院时，上一场还没有散场，只听见电影院屋顶那两个硕大的扩音喇叭，正传出"叮叮咚咚""噼噼啪啪"的武打声响。刀枪砰砰，马蹄嗒嗒，诱惑得我们心驰神往，一个个竖起耳朵，伸长了脖颈，驰骋着想象。终于等到开演，果然发现情节跌宕起伏，扣人心弦，李连杰斩截利落的动作，看上去确实解恨、过瘾。导演张弛有度的艺术处理也很巧妙，刚才还是血腥的打斗场面，镜头一个切换，又转向了牧羊女白无瑕和觉远和尚朦胧的情愫中来，这让观众刚才提到嗓子眼的心，又款款地放回到胸腔里来。就连郑绪岚演唱的《牧羊曲》，也和残酷的武打场面刚柔相济，相辅相成。

第四件事是评书《杨家将》的风靡。

这年夏天的每天中午12：30到13：00，二中门前镇街道旁的高音喇叭，会准时播出刘兰芳演播的长篇历史评书《杨家将》。尽管一个上午四节课，已经很让人疲惫，但评书的魅力实在让人难以抵挡，刘兰芳浑厚又略带沙哑的声音里，曲折紧凑、悬念丛生的情节，抑扬顿挫、惟妙惟肖的模仿，甚至于活灵活现的叠字和拟声词的频繁运用，把我一次又一次带到金戈铁马的宋辽战场。杨氏几代人忠君报国的感人故事，总是让人心驰神往，热血沸腾，听得人难以午睡。

## 11

上初中那会儿，因为学校离家很近，几乎每周我都会回家住上一两天，顺便改善一下伙食。上高中以后，情形大为不同。倘若沿公路走，盐池二中距我家有五十公里之遥，回趟家，就成了一件奢侈的事，不仅要花1.7元的车费，而且班车每两天才通一趟。

办法总比困难多。1982年深冬的一天，星期六，因为已有一个多月没有回家，我和几个一起从后洼中学考入二中的男同学商量了一下，计划周六上午步行翻山回家，补充一下早已空空如也的肉瓶瓶和菜罐罐，赶星期日中午进山的班车返校。

说走就走。上午十点，我们上完了两门主课，一行六人便立刻上路。天气很阴沉，浓云低垂，冷风拂面，但这并不会影响我们回家的好心情。抄近道步行三十多公里山路，对于自小赶牛放羊的我们来说，也不算个啥。

冬天的黄土高原，远远望去，光秃秃的一派萧条。植被除了稀疏枯黄的草木，便是一块接一块灰褐色的耕地。有些收割了荞麦、糜谷、玉米、芸芥的地皮上，还残留着紫色或黄色的庄稼根茬，杵在那里，没有一点生气。路过的村庄，有时会碰到几棵老榆树或者杏树，但也早就凋尽了落叶，瘦削的腰身，在冷风中瑟瑟发抖。

爬上任新庄梁，风已越刮越紧，脸上也刀割般地生疼。天空中开始飘起了雪花，先是零零星星，轻歌曼舞似的，不一会儿便越下越大，柔软的雪花变成了坚硬的雪粒，粘在了头发上，挂在了眉毛上，还灌进了衣领里。刚才还在说笑打闹的我们，很默契地一声不吭，加快了赶路的脚步。

下午一点，我们赶到了大姐家所在的村庄——井沟畔。

此时，我们的行程，才刚刚走了一半。

我提议到大姐家稍作休息，吃顿饭再接着走。那五个人却说："还是走吧。"我认真地审视了一圈大家的表情，觉得他们的语气和态度并不那么坚决，便猜想他们是怕给大姐增添麻烦，不好意思。我心想，大姐夫是教师出身，现在又是大队支书，识文断字，目光深远，一向同情和善待求学的人，如果我带几个同学去他家吃顿饭，应该不是问题。想到这里，我执意邀请他们进家吃顿饭，暖暖身子再继续赶路。那几个人相互看了看，稍作踌躇，答应了。

大姐夫不在家，大姐见了我们，既意外又高兴，姐夫的老爹，一位年逾古稀的老人，也热情地招呼我们上炕。虽然他们一家刚刚吃过午饭，但大姐还是手脚麻利地为我们做好了油汪汪、香喷喷的荞面饸饹臊子面。大姐的厨艺一向很好，我没忍住吃了三碗，其他五位同学的饭量，也都跟我差不多。毕竟是高中生了，尽管很饿，但我发现他们一个个吃得内敛、文雅，并没有放开肚皮。胖乎乎的三外甥羔蛋刚满四岁，聪明可爱，一脸福相，凑在我身边一个劲地催促我："三舅，你吃——"他爷爷眯缝着眼睛，无比慈爱地端详着孙子，又捋了捋花白的胡子，对我说："他三舅，你别看这才是四岁大的人人儿，我这个孙子啊，那可是一串钱搭在了肩膀上——"说到这里，老人有意停顿了一下，看到我们几个高中生好奇探询的目光，这才微笑着接着话头说下去："从前头看，是个半吊子；从后头看，那还是个半吊子嘛。"说完，老人仰起头，得意地哈哈大笑起来，花白的胡子，在爽朗的笑声里欢快地抖动。我们几个人恍然大悟，同时也被老人这种夸孙子欢蹦乱跳的语言风格，逗得忍不住笑了起来。

吃饱了，身暖了，雪也停了，我们要继续赶路。大姐依依不舍地把我送出了约一里地，趁其他人不注意，她从裤兜里掏出身上仅有的两元钱，悄悄塞进我的手心里。

我本来想拒绝，但大姐用目光制止了我。我感激地看了一眼手指皲裂的大姐，心里一暖，又有一点儿心酸。

这天傍晚，我终于赶回家里，老妈显然没想到我这个时间点回家，高兴得连夜忙着为我烙好了饼，又把油瓶瓶菜罐罐塞了个满满当当。第二天下午，我便乘班车赶回了学校。

我们后洼是全县最后一个开通班车的公社，从后洼到大水坑五十公里山路，车票仅 1.7 元，算不上贵。但正在求学的我，觉得那差不多是够买四盘炒揪面的费用（二中门口东侧的两个国营食堂里，一盘炒揪面都是 0.45 元），所以能省就尽量省。也正因为如此，我曾经有过两次尴尬的乘车经历。

第一次是高一那年秋天的一个星期六。公社那辆唯一的绿皮卡车来到镇上，我和同学小林想搭车回家。矮个子的司机是个脾气古怪的人，徒弟正是小林的二舅。我俩从午饭后便围着那辆车苦等了好几个小时，太阳快要落山的时候，司机才磨磨叽叽地来了。他低着头走到车跟前，耷拉着眼皮没有理会我们，直接钻进驾驶室，示意让小林上车，但明显是拒绝了我。小林和他二舅有心无力，眼巴巴看着我，一筹莫展。那一刻，一阵屈辱和愤恨涌上心头，我狠狠地吐了口唾沫，掉头走开，眼泪几乎夺眶而出。

第二次是高二那年初夏。我和二哥要去大水坑，为了省车费，哥俩从家里出发，搭乘了公社一台"铁牛—55"拖拉机。这台拖拉机要到距离大水坑七公里的新泉井拉水，拖箱里放了一只方方正正的大铁水箱。与班车相比，拖拉机颠簸得实在太厉害，我和二哥站在拖箱尾部，扶着水箱后沿，觉得肠子随时都会被颠断了一样。突然路面一个大坑，水箱被高高颠起，又重重落下，下沿不偏不倚，正砸在我的左脚拇指上，顿时脚下传来一阵钻心的疼痛。我咧了咧嘴，没有吭声，咬着牙一直坚持到了新泉井，我跳下拖拉机拖箱脱鞋一看，左脚大拇指已肿胀变形，指甲盖完全呈黑紫色，发出火辣辣的阵痛。二哥只好驾着我的胳膊，哥俩顶着烈日一瘸一拐又走了两个多小时，才回到了学校。一年多后，我的左脚大拇指结着黑紫色血痂的指甲，才完全褪去、脱落。

其实，在上高中之前的 1981 年 6 月，刚参加完中考的我，还曾有过五小时步行三十公里的壮举，不过那次远足，与炒揪面和班车票都没有关联。

中考结束后的第二天早饭后，我便到长庆油田影剧院附近的转盘路北侧，等待搭便车去冯记沟公社中学，准备帮二姐带孩子，因为大水坑到冯记沟还不通班车，只能想办法搭便车。从早晨一直等到中午，眼看着百十辆卡车、班车呼啸而过，但我竟然不能拦停其中的任何一辆。这让我由着急而失望，由失望而恼恨，由恼恨进而发展为愤怒。眼看着下了上午班的工人、放学的孩子在街上熙熙攘攘起来，而我却还在原地打转。我抬头看了一眼火辣辣的太阳，没舍得花钱买瓶汽水或一根冰棍，紧紧咬了咬嘴唇，又狠狠地在地上跺了一下脚，拔腿就走——我决定不再犹豫，不再求人，就靠自己两条腿一双脚板，丈量这三十公里的柏油马路。

　　决心已下，便心无旁骛，健步如飞。根据路标的提示，前两个小时我就走完了十五公里。盛夏正午，黑黝黝亮敞敞的柏油路面，被太阳炙烤得松软发烫，发出刺鼻的沥青味来。路两旁的草木，脏兮兮的尘土落在叶片上，蔫蔫地耷拉着脑袋。远处的绵羊群，已无心吃草，而是十只八只头抵着头，屁股朝外，攒成一团又一团地躲避烈日的暴晒。由于急慌慌地赶路，使得我实在是又饥又渴，但路边既没有村庄树荫，也难得见行人，于是我沮丧地放慢了脚步。正当我被烤得头昏脑涨眼冒金星快要撑不住了的时候，不知何时东南风起，乌云沉积，几声炸雷头顶响过，一阵瓢泼大雨倾盆而下，劈头盖脸把我浇了个浑身湿透。仅仅十几分钟，雨柱北移，不到半小时，竟然云开雾散。

　　天哪，这是连老天也看不下去了，专意来眷顾我的吧？我喜滋滋地想。

　　沐浴了甘冽的雨水，嗅着雨后清新的空气、泥土的馨香，眼见着草木庄稼舒枝展叶，远处的山峦蔚蓝如洗，缠绕了我大半天的气恼情绪，顿时一扫而光。我歪头瞅了瞅西斜的太阳，心情无比轻松地继续信步而行，直走得忘了饥渴，直走得晒干了衣裤和布鞋，下午五点，历经五个小时的步行，我终于赶到了二姐的学校。二姐听说我是走着来的，惊讶得瞪大了眼睛。其实她不知道的是，我一连"咕咚咕咚"豪饮了半铝壶凉开水，嗓子起了不少水泡，咽喉为此疼痛了十几天，食物都难以下咽。

现在回想起来，出行交通之所以让我有了这些悲壮的经历，留下铭心的记忆，根本的原因无非两个方面：一是交通资源的严重匮乏，使当时的人们出行受阻；二是经济上的贫困使然，贫穷使人不能不低下倔强的头颅，甚至忍受屈辱。

当然，饥饿和贫穷，在那个年代，远不止我们一家。

我家有一个远房亲戚，被我唤作表叔的，此人矬矬的身子，两只不大的眼睛，眼珠总在滴溜溜乱转，核桃般的圆脑袋上，镶嵌着一张能说会道的嘴巴。可惜表叔是个嘴勤屁股懒的主，并不认真营务庄稼，扔下残疾的妻子在家，自己带着几个孩子，一年四季在亲戚朋友家穿梭游走，其实就是稍显体面的乞讨。天长日久，亲戚们见了他，就有点嫌弃和躲避，因为那个年代，各家各户的口粮都不够自己吃，何况表叔的每次造访，都会带上三五张嘴巴同行。

这天下午，表叔带着一儿一女，外加两个侄子，又来到我家串亲戚。父母依旧热情，但姐姐却很不高兴，嘴上嘟嘟囔囔的，没什么好脸色。这其实也不能怪姐姐，我家劳力少孩子多，一年四季的口粮，原本就不够吃，更何况，这是一个月内，表叔第二次拖家带口来我家"扫荡"了。

晚饭时，表叔和他的孩子们吃完了大半锅调和饭，使得我们兄弟姐妹只够吃个半饱。第二天早上，在我家休养生息了一宿的表叔要去邻居二叔家，老妈从米缸里盛了一碗金灿灿的黄米，装进表叔肩上那只脏兮兮的已看不出底色的白褡裢里。表叔假装不好意思地推让了一下，见火候已到，转身便走，母亲送到院门口，说："过会儿来吃早饭啊！"表叔连说："不了不了，你看这，吃也吃了，拿也拿了，真不好意思。谢谢嫂子，你缓着，我走了。"慌慌急急一转身，圆圆的脑袋便消失在院墙拐角的尽头里。

妈妈的善良大方，以及对穷人的同情心，让我想起了另一件往事。记得一年冬天，一对乞丐夫妇带着三个面黄肌瘦的孩子，在太阳即将落山的时候，来到我家门口。妈妈像对待其他上门乞讨的人一样，施舍给他们米面，还特意多舀了一点。乞丐妈妈感恩戴德地连声道谢，又倚着门框，低眉顺眼小心翼翼地哀求妈妈，能否借宿一晚，并借我家的锅灶为全家五口做一顿饭。妈妈看了看这可怜的一家人，叹了口气，稍做犹豫还是答应了，又送给她几个土豆一棵白菜，还把油盐调料端放在锅台上供她使用。那女人喜出望外，立即手脚麻利地做了大半锅"调和饭"，一家人抱着饭碗头也不抬大快朵颐，直吃得额头大汗淋漓，好不畅快。吃饱喝足了，女人一边洗锅，一边讨好地笑着说："姨姨真是好人，我们一家，好久没吃过这么香的一顿饭了。"这天晚上，他们一家人挤住在我家的库房窑洞里，第二天清早，那对夫妇领着三个孩子，向妈妈深深地一鞠躬，这才千恩万谢地走了。

到底是孩子，也许是妈妈一贯的好客大方，在我的印象里太过牢固。这天早晨，我把母亲的客套话当了真，早饭快熟的时候，我赶到邻居二叔家里，拉起表叔的手，请他们来家里吃饭。表叔面露难色，眼巴巴地瞅向二妈，但二妈正忙着喂猪，没有吭声。表叔有点尴尬，犹豫了一下，被我牵着手，又回到我家。

家里的早饭刚刚上桌，走进院子的表叔，难为情地对迎上前来的父亲说："说是不来了，不来了，你看这娃又把我硬拉来了！"我也正一脸得意。父亲的微笑有点僵硬，母亲先是一刹那的惊讶，旋即马上恢复了常态，连忙招呼五个客人上炕吃饭，姐姐则铁青着脸，勺铲击打着锅碗瓢盆，当当作响，并狠狠地瞪了我一眼，低声责骂道："今天不要给小家伙吃饭。"母亲看了我一眼，双眉紧锁，没有吭声。

到了这一刻，我才知道，大人间的邀请，有时那完全是出于礼节客气。"让人是个礼，锅里没下的米。"这么深奥的道理，哪是我一个六岁的小孩子能懂的？我自知做错了事，听着前炕客人狼吞虎咽饭菜刺耳的"滋溜——滋溜——"声，独自窝在后炕的角落里，偷偷抹去了眼角的泪水。

这天早晨，我没有吃饭；这天中午和晚上，我也没有吃饭。这与其说是与姐姐赌气，莫如说我是在惩罚幼稚的自己。

平心而论，这件事中，不能简单地说谁对谁错，也不能说，父母姐姐薄情寡恩。事实上他们平时已然做了许多，山村的民风，总体说来还是足够淳朴。

只能说，在我六岁的这个早晨，贫穷与饥饿，给我上了人生的第一堂课。


## 12


步小岗村后尘，1982年春天，地处西北腹地的盐池农村，分田单干也开始逐步实施。

父亲虽然当了多年的生产队长，也是最后一任生产队长，但对于大集体、大锅饭的体制，并无半点留恋，却对以排山倒海之势到来的农村改革，充满了好感和期待。

因为人口多，我家分到了生产队最好的一头骡子。黑色的皮毛油光发亮，四蹄雪白，长鬃飞扬，下地上路虎虎生风。但一头骡子无法耕地，不几天，父亲去邻村，用这头骡子换回了两头耕牛。父亲说，这次交换虽然有点吃亏，但好歹有了两头牛，可以保证耕种庄稼不误农时，也还划算。

一天早上，父亲把黄牛套上车辕，下地干活，我们兄弟五人，列队跟随。牛车走得很慢，让我不由得很挂念那头疾步如飞的大黑骡子。再说，整个生产队，也只有我家套了牛车，这让我有点羞惭和难为情，所以低头走路，并不言语。但父亲并不这样认为，他坐在左前方车辕上，用手指着路旁的庄稼地，有板有眼地谋划着：这块地今年种什么，那块地明年倒茬种什么？三年后，家里会怎样？再过五年，家里还会有哪些变化？沉浸在蓝图规划中的父亲，满眼笑意，一脸憧憬。对于父亲描绘的愿景，我深信不疑，因为对于种地，父亲绝对是行家里手，他这个多年的生产队长，也绝非浪得虚名。几年后，坐在大学的图书馆里，回忆起那个早晨的情景，让我联想到朱自清《背影》里的那对父子。那位青涩自负的儿子，不正是我自己吗？所以我既为自己当时的虚荣而惭愧，也为困境中仍乐观规划家庭发展前景的父亲，深感自豪。

其实，父亲的奋斗目标，并不停留在种地打粮、衣食无忧的物质层面，更专注于培养儿女读书考学、自强超群的精神层面。

1983年夏天的一个周末，我回家到乡政府办理参加高考的相关手续，适逢家里其他人不在，于是我们父子便有了一次难忘的彻夜长谈。

正是这次长谈，使我对家世，对父亲，有了更深刻更清晰的认知。

父亲是爷爷抱养的儿子。

1935年腊月十八，父亲出生在邻村一个清贫的农家。呱呱坠地的父亲，有一个哥哥，一个姐姐。不幸的是，父亲的生父患有严重的骨髓炎，下肢溃烂不时流出黄脓、血水，由于缺医少药，只好吸鸦片止痛。等到父亲降生时，一份大好的光阴，被久吸上瘾的病人，败落了个精光。父亲的生母食不果腹，干瘪的乳头没有奶水，只能面对家徒四壁，眼睁睁地看着嗷嗷待哺的儿子，小手小脚无望地哭喊着抓向空中……

好在天无绝人之路。父亲出生四十天，一对父女走进了这个破败的院子，也彻底改变了父亲的一生。

这对父女，正是好心的爷爷和善良的姑姑。

凑巧的是，父亲的生父曾经是爷爷的妹夫，虽说爷爷的妹妹已经死于难产，但曾经的妻哥与妹夫之间还有来往。好心人看到爷爷已一连天折了三个男孩儿，就热心牵线，建议爷爷抱养父亲。

要不要抱养？爷爷奶奶为此颇为踌躇。在此之前，这对苦命的夫妻，三年内已先后夭折了三个儿子，一个七岁，一个五岁，还有一个竟然不到四岁。这三个孩子，都患上了同一种被当时人们称为"嗓喉"的怪病：咽喉处先长出粉红的疙瘩，不久后红肿、溃烂、流脓，不能饮水、进食。附近医术最好的尉先生，用烧红的火针刺破了疙瘩，顿时一股恶臭从口腔里喷了出来。尉先生收好了银针，说："应该没问题了。"谁知道仅过了两天，小男孩旧病复发，终归不治。

第二个小孩患病、夭折的过程也是如此。

到了第三个男孩儿又患同一种疾病的时候，已经如惊弓之鸟的爷爷奶奶，再次请来了尉先生。尉先生翻遍了自己所有的医书，选用了最粗最长的火针，倾其所能医治，并在孩子旁边守护了三天三夜，但最终依然没能挽留住这条可爱又可怜的小生命。气恼无比的尉先生对爷爷说："他王叔，我的本事用尽了，没办法。这三个孩子没救活，我这名医也实在当得惭愧。今后这医病的营生，我也收手不干了。"又说："我说句话你也甭多心，你是好人，也是能成人，但也许命中无子。实在不行，就抱养个儿子吧。"说完，尉先生用锅底灰掺和着旱烟锅里掏出的焦黑的烟煤，搅拌起来，用筷子蘸着，从第三个奄奄一息的小男孩儿右耳背下方，点了下去，说："他王叔你看，如果你儿子转世来了，自己生的也好，抱养别人的也罢，你留意一下，右耳背下方，一定会有我留下的这块黑色的印记。"说完，尉先生分文不收，告辞出门。

尉先生是南路人，老家在甘肃庆阳一带，他异乡行医多年，医术、医德闻名遐迩，深受老乡信任与尊敬，但三个男孩医救不治，他便兑现诺言，自此金盆洗手，告辞还乡。爷爷一贯信服尉先生，但对于他临走时留下的话，还是将信将疑。此后的几年里，奶奶并未生下一男半女。

好心人建议爷爷抱养父亲，就是在这个时候。

爷爷奶奶在家里纠结了一个多星期，最后决定还是去看看再做决断。

当爷爷带着姑姑走进前妹夫破败院落的时候，凄凉的家境和颓废的气氛，还是让他大吃一惊。

姑姑曾给我描述了当时的情景：

父亲的生父歪身斜躺在炕上，身后靠着一床破被，身下衬着半截绵羊毛制作的旧棉毡，面无表情，凹陷的眼窝里，一双幽暗无神的眼睛，落寞地看向窗外。一双病腿皮包骨头，脓血斑斑，人已骨瘦如柴，看起来将不久于人世了。父亲的生母衣衫褴褛地站在锅台边，偷偷拭泪。他们可怜的儿子——我的父亲，出生仅四十天的婴儿，躺在炕角稍微暖和些的"狗窝"（即锅台与烟囱相连的烟道）处，一小块山羊毛擀成的黑色的纱毡上，浑身一丝不挂，瘦骨嶙峋的他正赤条条地伸胳膊蹬腿，发出微弱而沙哑的哭声。爷爷看着这么恓惶的一家人，叹了口气，又摇了摇头。他站在地上犹豫了几分钟，最终还是爬上炕去，凑近了婴孩。

爷爷这一凑近不要紧，刚看了一眼，顿时惊呆了：他眼前的这个婴儿，右耳背后下方，一块筷子头大小的黑色胎记，赫然入目。爷爷顿时心底一颤，一下子难过得闭上了眼睛。愣了一会儿，回过神来的爷爷，回头用眼神示意女儿，十二岁的姑姑心领神会，双手撑住炕沿轻捷地跳上炕去，又麻利地打开随身带来的包裹，父女俩三下五除二，为父亲里里外外，穿戴一新。"我高兴地一把把你大（爸爸）抱了起来，没想到刚抱进怀里，他就尿了我一身。但我一点也没嫌弃，心想这回我总算有弟弟了。"年过七旬的姑姑，完全沉浸在往事的回忆里，眉飞色舞，抬眼看向远处，一脸掩饰不住的幸福。"你说怪不怪，你大（爸爸）右耳背后的那块胎记，一直到他三十岁以后，才慢慢消失了。"姑姑补充说。

事实上，从姑姑抱着父亲回到孙崾岘那天起，姐弟俩朝夕相伴着一起长大，互亲互爱，手足情深。即使姑姑出嫁后做了母亲，还经常带着两位表姐一位表哥，吃住在娘家。从我记事起，每过一段时间，父亲母亲都要派我们赶着毛驴车，去接姑姑回娘家小住。姐弟俩一见面，总有拉不完的话题，叙不够的亲情，这样的彼此呵护依恋，直到晚年，岁岁如此，经年不衰。他们认命、惜缘，爷爷奶奶若九泉有知，一定会欣慰无比。

后来的情况，奶奶在世时告诉了妈妈。听妈妈讲，父亲被抱养到家，爷爷对奶奶说："命中注定，这就是咱们的儿子，只不过是借别人的肚子，生了一回。"那时正是天寒地冻的隆冬。1936年的西北乡村，炼乳、奶粉这些东西，是没有的。因连年干旱歉收，加之兵荒马乱，一向光景不错的爷爷家，生活也开始拮据起来。爷爷奶奶和姑姑，不分白天黑夜，把炒熟捣成粉末状的米糊或山羊奶，放入铁勺中，架在芨芨草燃烧的火苗上焙烧加热，喂养父亲。最艰难的时候，甚至剪掉奶山羊乳头周边的绒毛，再给羊身上盖上人穿的衣裳，抱起父亲凑到羊奶头上，想哄骗父亲直接吮咂羊奶，但即使是婴孩，敏感的父亲似乎也还是能分辨出人和羊的区别，摇头啼哭，拒绝吮吸奶山羊的乳头……

妈妈的转述，让我们兄弟姐妹们听得一个个忍不住鼻腔酸辣，潸然泪下。

五十六年后的今晚，是只有我和父亲的夜话。父亲苦难的家世故事，使我对父亲对这个家，有了更多的了解。

也许是记牢了尉先生的那句话，也许是顺天应命的心理，爷爷奶奶对父亲视如己出，极其疼爱。爷爷自小把父亲搂在被窝里，稍大些下地一直带在身边，言传身教，悉心培养，传授农事活动的规律，教导为人处世的道理。父亲十六岁时，二老为父亲娶亲成家，尔后，含饴弄孙，直至病逝。

"但有一件事，一直让你爷爷耿耿于怀，到死都不能够原谅他妈，也就是你老太太。"父亲说。

原来，爷爷的姥爷姓李，雅号"李大汉"，行侠仗义，在当地颇有声望。李大汉在盐池县衙当差，是个小头目，天长日久，积攒下一点银两钱财。

可惜膝下只有一女，便只好招女婿入赘，这就是爷爷的父亲——老太爷。临近退休时，"李大汉"秘密吩咐老实本分的女婿，抽空去县衙一下，把这些金银细软，瞒着女儿悄悄运回家贮藏起来，以备不时之需和养老。

这一年秋天，秋粮刚收割完毕，老太爷便赶着两头毛驴到县衙去找老岳父。临出发前，老婆问他去县城有什么事，他支支吾吾，说没什么事，就是出去转转，放开腿脚散散心。精明的老太太微微一笑，不再追问。

过了一周，每天晚饭后、太阳落山前，老太太都会赶着家里的小牛犊，到"烂庄子"放牧。"烂庄子"是清末时期遗留下来的一个大村落，曾居住过二百多人，但现在早已遗弃，只留下残垣断壁和几十孔黑沉沉的破窑洞。再加上这里离现在的新村庄有一里地之遥，所以这地方白天人们都躲着走，更不用说晚上了。所以，一个女人如果没有过人的胆量，夜晚是断不敢涉足这里的。

"烂庄子"，是老太爷从县衙返回家里的必经之地。

连续守候了两天，没见丈夫现身。第三天，老太太白天把小牛犊拴到槽头，不给喂草。太阳快要落山的时候，她和她的小牛犊又一次来到"烂庄子"蹲守。

饥饿的小牛犊，被拴在一大簇芨芨草丛中，拖着一截缰绳，摸黑吞咽着嫩草。老太太则躲在一处芨芨草丛后面，紧张地盯着渐渐模糊了的路面。功夫不负有心人，天几乎完全黑下来的时候，她终于盼到了那个影影绰绰，她再熟悉不过的身影，正赶着那两头毛驴，各驮着一副鼓鼓囊囊的褡裢，气喘吁吁地从水沟台坡底爬了上来。说时迟那时快，只见她不失时机地从芨芨草丛后冷不丁闪身出来，把埋头赶路的老太爷吓了一大跳。

"你个老婆子，我还当是谁呢？"被吓得头皮发麻、头发几乎要竖起来的老太爷，当他看清了原来是自己的老婆后，惊魂未定的他，嘟哝了一句："这么晚了，你在这儿干啥？"

"小牛犊丢了，我找了大半天。这不，才找到。"老婆指了指小牛犊，对答得很从容，既合情又合理，演技爆棚。"我看这褡裢里是什么？"说着，一双手早已摸将过去。

大块小块的都有，硬硬的硌手，不是银子，还能是啥？正与她猜想的完全一样。

阻止已来不及，隐瞒也不可能。翁婿两人的密谋，就这样败在了一个有心计的女人手里。

"李大汉"的两个外孙，爷爷为长，二爷为幼。按照翁婿、父女三个大人的约定，这笔银子，将来留给爷爷和二爷。因为爷爷姓李，为李家顶门开户，二爷姓王，继承老太爷血脉，所以，到时候理应给爷爷多分一点。

老太爷驮回银子后，和老太太两个人悄悄把银子埋在了窑顶垴畔的庄稼地里。过了几年，一个秋天的夜晚，老太太老太爷带着二爷，准备把藏银子的地方挪个窝儿，三个人等到夜深人静时，便去挖找那些银子。说来也怪，在那个月明星稀的秋夜，爷爷竟然失眠了。辗转反侧了好久，觉得心慌意乱的他，穿衣下炕，信步来到垴畔，正巧碰见父母弟弟三个人，在月色下用铁锹挖找着什么东西。走近一问，迷信又心虚的老太太说："年夕（去年）在这儿埋了点东西，这挖了半天，咋也找不到了，日怪得很。"爷爷一瞬间就明白了那东西指的是什么。爷爷接过二爷手中的铁锹，说："拿我看看！"说着跳下近两米深的土坑，顺着侧面只挖了三锹，便有瓦缸瓷罐一类的东西，硬硬地硌到了锹舌上。小心地腾掉沙土，三个大小不一黑亮的瓦缸，便完全显露了出来。老太太喜不自胜，扑上前去把盛满"囫囵宝"（大块的银锭）和细碎银子的缸缸罐罐，一把揽进了怀里。揭开缸盖，爷爷一眼选中了一块"囫囵宝"，想抱回家，不料老太太一把夺过来，说道："都是你们弟兄两个的，急什么，等我们百年前，会分给你们的。"不由分说，掂着一对小脚，在月光下迈着细碎快捷的步子，指挥着老伴儿和小儿子，三个人各抱了一罐，回家去了。爷爷眼看着三个人渐渐走远了，仍呆呆地站在土坑边，久久不去……

等到父亲快要成家立业的时候，爷爷向老太太提出分银子。那时老太爷已经作古。老太太先是拖延说："不急，不急！"后来慢慢开始推脱、不认账，一会儿说银子花了，一会儿又说让土匪抢光了，实在催得急了，竟然给大儿子撂下一句狠话："儿子又不是你亲生的，让他刮草皮，也就够吃了。"

老太太的绝情，让爷爷陷入了深深的内疚，还有绝望。母子为此大吵了一架，彻底反目。爷爷，这个自十六岁起，开始掌管家事并打里照外的长子，在二十八岁这一年，重起炉灶，在仅仅分到了不到十升荞麦的情形下，与老妈分家另过。不仅如此，不久后，他又撇开老妈，请了阴阳先生，为自己和奶奶单独选好了坟茔，算是与老妈，彻底恩断义绝。

父亲说："这事当然是你老太太做得不对。所以你爷爷临终前嘱咐我说，老先人把良心坏了，咱们也不指望银子，咱们指望人。钱是死的，人是活的。钱财是什么？钱财是好汉身上的垢甲怂汉子的命，咱不稀罕它，咱好好培养娃娃，人有了，啥就都有了。"

爷爷当时还给老太太撂下一句狠话："银子指望不上，我指望儿孙后辈。你贪那么多银子，留着给你小儿子多娶几房媳妇吧。"果真，后来二爷前后娶了四房媳妇，耗了不少家财，结果死了三房女人，临到最后，叨娶了邻村一个寡妇。"唉，做了亏心的事，有什么好？"父亲感叹道。

父亲为什么不计成本、忍辱负重，勒紧腰带供儿女上学？这个夜晚，我终于知晓了更为完整的答案。

<h1 style="text-align:center">13</h1>

其实，父亲竭尽所能供我们兄弟姐妹上学，除了爷爷遗嘱的因素，还有一个现实的考量，那就是全家老小在村子里的处境。

因为是抱养来的缘故，父亲在村子属于单门独户。二爷、二叔虽说也是本家，但受到前辈人相互疏远的影响，两家关系也算不上密切，所以诸多时候，父亲就显得单帮独立，又因为性格，时时处处被人挤兑欺压。

性格决定命运。

父亲首先是个善良无私、律己到严苛程度的人。

父亲的大部分时间精力，都奉献给了生产队的农事，对于家庭生活细节，很少操心过问。记得我八九岁时的冬天，家里煨火做饭的柴火没有了，连烧火用的牛羊粪，也没有了，好几天没法做饭，母亲着急上火，催父亲想办法，但父亲又一头扎在生产队永远也处理不完的事情上。无奈的母亲把这件事告诉了放牧员李三哥，请求帮助。李三哥是自治区优秀放牧员，曾经到银川开会，住过当时全区最高档的贺兰山宾馆，戴了大红花，领回了大红奖状，是个善良诚实的好心人。他知道我家人口多，烧火的柴火、牛羊粪总不够用，于是把紧邻我家的生产队羊圈门钥匙，悄悄递给母亲，让晚上去羊圈揽几背篓羊粪，烧火做饭，暂且救急。

那是个深冬腊月的夜晚，月黑风高，奇冷无比。恰逢大哥不在家，出门揽粪的营生，父亲只好亲力亲为。我清晰地记得，手里攥着钥匙的父亲，在家里的地上来回打转，看上去很发愁，极纠结。过了一会儿，似乎下了决心，出了门，但在院子里盘桓了几圈，又折回窑洞里。如此往复几次，折腾了一个多小时，仍杵在那里。不偷、不赌，这是父亲做人的底线，也是他教导儿女的要求。平日里的父亲不仅从来不参与赌博，也不许我们观看别人赌博；对于生产队频频发生的偷盗粮食等集体财物的行为，他一向深为痛恶。母亲在油灯下缝补衣裳，看父亲还在犹豫，对他说："可惜我不是个男人，不然我去，也用不着你这样为难……不过娃娃们明儿早上要吃饭，你看着办。"父亲听出了母亲的抱怨，又看到我们兄弟姐妹几个，正不合时宜地从被窝里探出头来，眼巴巴地盯着他，终于，现实打败了理想，只见他一跺脚，把厚重的门帘一掀，出去了。不到半小时，冻得一脸通红、喘着粗气的父亲回来了。母亲急切地问道："咋样？"父亲说："揽了两背篓。"母亲说："求人一次不容易，羊圈又这么近，咋不多揽几背篓？"父亲一听急了，扬起脖子梗直了粗红的颈项嚷嚷道："哎呀，快不要再说了，一辈子都没干过这种事情，你就别再逼我了……"母亲放下正在缝补的衣裳，随手把针在头发上划了几下，叹了一口气，低下头去接着干活，不再言语。

父亲又是个公道正派、不善通融转圜的人。

自从"低标准"期间辞了公职回家起，父亲因财务工作方面的天赋和令人惊叹的记忆力，接任了生产队会计一职。但没过几年，他便因耿直、倔强，付出了代价。

起因是围绕钱粮分配，父亲与生产队长产生了分歧。按队长的意思，凡是队干部，或者与队长家关系亲近的农户，都要想方设法地多分。但父亲却认为不妥，觉得应该尽可能公平地照顾到每家每户，毕竟那是缺吃少穿的年景，大家都在艰难度日。队长对父亲不听话、不识相的表现相当恼火，先是会上会下吵，后来彼此破口大骂，最终发展到有一天，队长纠集了他侄子等几个人，趁晚上开会之机，有人借口点烟，故意吹灭了油灯，随后在黑暗中，队长的几个帮凶对父亲一阵猛烈地拳打脚踢。当一脸血污，被打掉了两颗门牙的父亲，拖着一路血迹回到家的时候，惊恐不安的母亲为他擦拭胸前的血迹，不料想稍一用力，毛巾揩到哪里，衣衫就破烂一块到哪里，由此可见父亲当时穿着的破旧。愤怒和委屈，使父亲不理会妻子女儿的劝阻和哭喊，就穿着那血迹斑斑的破衣烂衫，连夜向大队、公社走去。他要讨回一个公正，一个说法。

由于黑暗中并不知晓是谁下的黑手，最终队长背了一个党内警告处分，这件事也只能不了了之。

后来听妈妈讲，在这件事发生后的大半年时间里，父亲除了辞去会计职务外，只是白天闷头干活，一言不发，夜晚躺在炕上，辗转反侧，难以入眠，甚至连听力，也急速下降。

父亲后来告诉我说，那大半年，他每天白天黑夜都在想同一个问题：我一个人受欺压了可以忍，那我这些儿女，将来怎么办？孩子们的出路又在哪里？

这类似于困扰哈姆雷特关于"生存，还是死亡？"的艰难抉择。

也正是在这段时间，公社党委秘书范登科表叔来到我家，耐心地听了父亲的诉说，范表叔有了那句举重若轻的发问：

"为什么不供娃娃念书呢？"

一句话点醒了梦中人。

父亲抉择的最终结果是：克服一切困难，即使砸锅卖铁，也要供儿女上学，走出家乡，远离这些愚昧野蛮的人。

目标既已明确，接下来的行动就变得简单许多。于是，已超龄的二姐重新上学，三年级读了一个学期，就跳级升到五年级，又顺利考入初中，以惊人的刻苦，如愿被吴忠师范录取，成为全村也是全大队，第一个走出家乡、远离愚昧野蛮地吃皇粮的女教师。

但二姐走出的这一步，极不容易。

那是1975年夏天。当时由于信息闭塞，二姐被择优选拔并通过县文教局审核的时候，预选过关的通知辗转了一个多星期，才有口信送到家里。于是，父亲和大哥，用二姐借来的二叔的自行车，开始不分白天黑夜地连续奔波办理相关手续。大哥先是追到大队、公社，不巧领导们都已经下到各生产队"估产"，好不容易追上了领导，研究同意盖章后，赶紧捎上二姐翻山越岭赶到大水坑。当时已经是夕阳西下的时刻，又累又渴的兄妹俩还来不及吃上一口饭，正巧在西街口碰到了准备开往县城的一辆卡车，二姐捷足先登跃上了车厢，叮咛大哥赶忙去亲戚家寄存自行车，速速返回乘车。但等到大哥放下自行车气喘吁吁折返回来的时候，卡车却开走了。

眼看着大哥没赶上好不容易碰到的便车，零花钱又都装在大哥的衣兜里，窝坐在车厢的二姐沮丧得耷拉着头，一筹莫展，甚至都不知道到了县城，落脚在哪。同她一起搭车的一位中年妇女，看她心事重重的样子，便问二姐遇到了什么难肠事。自尊又害羞的二姐只好如实道来。

那女人再一打问，他男人竟然在我们生产队蹲过点，还在我家吃过酸汤荞剁面，品尝过我妈妈的好厨艺。女人与二姐越聊越亲近，车到县城，便热情地邀请二姐当晚在她家吃住。

什么叫无巧不成书？什么又叫天无绝人之路？二姐庆幸自己遇到了贵人，吃饱了饭，躺在温暖的被窝里感动了许久。

没赶上卡车的大哥，在亲戚家借宿了一晚，焦虑得了无睡意。第二天天刚蒙蒙亮，便骑上自行车向县城赶去。二姐陪他到文教局领上表格，他迅即返回。性急的大哥，因往返近二百公里不停蹬车用力过猛，到最后五十公里，腿裆已疼得骑不上车座，只好推着自行车徐徐前行。当推着自行车摇摇晃晃走进我家院里，天马上要擦黑。已经一天一夜没有合眼的大哥，一头栽倒在炕角，昏睡了过去。父亲二话不说，推起自行车拿起表格跑到大队、撵到公社，好不容易盖好了两枚大红的印章，于是在下午 5 点左右，迎着西斜的太阳立即上路，朝一百公里外的县教育局赶去。在坑坑洼洼的土路上骑行一段、推一段，上坡，下洼，五个小时后，父亲来到了新泉井。实在腰酸背痛疲惫不堪，他倒在路边小睡了一下，没想到睡得很沉。幸亏意念中有事，睡梦中一个激灵猛地惊醒，只见满天繁星入眼，几缕夜风扑面。凭星位的方向，父亲判断已是下半夜了，而离县城还有七十公里，好在最难走的三十多公里山路已经迈过。父亲扶起自行车，接着披星戴月地赶路。这天上午十一点，父亲摇摇晃晃地挪进了文教局的院子，终于赶到散会前半小时，把拼上父子俩身家性命备齐的材料，送进了会场。文教局张德一局长笑着说："再晚半个小时，这个女娃上学的事情赶不上开会研究，就不顶事了。"父亲一听，后怕得一下子瘫坐在地上，但欣慰的笑意却挂在脸上。

二哥其实也是很有希望考上中专的。1979年夏天，他报考了初中中专，成绩也上了预选线，还接到了体检通知。接到通知的那天中午，他几个蹦子跳进院里的菜园里，面对着绿汪汪的满园子的大白菜，脸上荡漾着掩饰不住的笑意，一会儿遥望蓝天，一会儿低头沉思，很幸福地遐想了半天。但理想很丰满，现实很骨感，半个月以后，终因成绩比录取线低4.5分，黯然落榜。大喜大悲的遭遇，挫伤了他的自尊，更打击了他的信心，第二年，二哥放弃了再次报考。此后，身体单薄的他，养过蜂，教过书，但都没能坚持下来，最终没能继续求学，非常可惜。

　　继二姐之后，1980年，高中毕业且成绩优异的三姐，顺从了家人的意思，委曲求全地报考并毫无悬念地考上了中专。记得那又是一个夏日的中午，三姐母校盐池二中的"东方红—28"拖拉机，翻山越岭来到我家门口接三姐去体检，我们一家人明显地比三姐还要兴奋，尤其是我，内心的豪壮庄严和骄傲毫不掩饰地挂在春风荡漾的脸上，像迎接凯旋的英雄一样，陪着三姐走上垴畔，眼巴巴地盯着三姐登上拖拉机，绝尘而去。只是后来，不甘于向命运屈服的她，终于考上了心仪已久的大学。这是后话。

　　二姐、三姐考学成功的意义，不仅仅在于改变了她们自己的命运，更关键的则在于对其他弟妹的引导示范效应。她们俩在学校的所见所闻，我们这些弟妹总会饶有兴致地打听，在新奇中联想，在联想中向往。她们俨然弟妹们的航标，招引着奋斗前行的方向，提供着汩汩不竭的动力。

　　当然，招引着我不断向往外面世界的，也不止两个姐姐。

　　也许是天生的气质使然，从我记事起，母亲油灯下缝补衣裳哼唱的小曲、大哥拿回家的报纸、二姐书包里的小说、二哥从学校背回来的画报、三姐在磨窑里边推磨边讲述的电影情节，甚至冬日傍晚或夏夜里，姥爷坐在炕头一边搓着双脚，一边绘声绘色讲给我们全家听的"三国""聊斋"故事，都为我提供了丰富而鲜活的知识启蒙。

姥爷没来的那些个夏夜，我和四弟最喜欢做的事，就是在院子里的架子车上，铺上一条棉毡，哥俩并排挤躺在车上，面对浩瀚无比繁星无数的天际，先是寻找北斗星和南斗星，咂摸"北斗七星一杆旗，南斗六郎一张犁"的意象。找到了，数完了，再遥望银河两岸更辽远的苍穹，品咂姥爷讲述过的"牛郎织女"的动人故事。在中国，有《孟姜女哭长城》《梁山伯与祝英台》《白蛇传》《牛郎织女》四大民间传说，而《牛郎织女》，是我最先听到并被感动得稀里哗啦的传说。在一个个碧空如洗繁星满天的夏夜里，我无数次仰望星辰，同情挑着扁担的牛郎，还有他扁担筐里两个没娘的孩子，以及隔河相望思子心切却无计可施的织女，憎恨狠心的王母娘娘，恨不能把她划出银河的簪子折断扔掉。想啊想，只感到蔚蓝如水的夜空，是那么洁净、宽广、邈远、神秘，大自然的深邃辽阔，反衬得人类是那么的渺小和微不足道。

姥爷来了，则是另一番气象。

姥爷是方圆百里闻名的阴阳先生，清癯的面孔，眼神慈祥又不失严厉，留着一撮花白的山羊胡子，人很倔强，这与温顺随和的姥姥构成了强烈的对比。我家和大姨家住在相邻的两个生产队。姥姥来我家还没有住几天，大姨兄就赶着毛驴车来我家抢姥姥去他家，每当此时，我家大哥和大姨兄，便会拔河一般拉拽着可爱又可怜的姥姥，直到大哥败下阵来。姥爷则很有主见，无论在哪个女儿家串门，觉得尽兴了，一觉睡起来，说走就走，谁都别想拦着。这天，他老人家走进我家院子的时候，戴着黑色的瓜皮小帽，背着手，打着绑腿，悠闲地迈着"八字步"，后颈别着两尺多长的旱烟锅，脸上浮起讳莫如深的笑意，形象滑稽又略显深沉。已考上高中的三姐热情地迎过来，老头从颈项间抽出旱烟锅，轻轻一抡，正打在三姐的腿上。三姐摸摸腿，一脸纳闷："外爷你咋打我？"老头儿头一歪，嘴一咧："咋也没咋，高兴呗。"三姐忍住疼痛粲然一笑，赶紧搀扶他老人家进门上炕，歇缓腿脚。

姥爷读书挺多，也挺杂，但不太系统。他最喜欢的书是《三国演义》和《聊斋志异》，对刘备、诸葛亮、赵子龙的推崇和对曹操的嫌弃厌恶，总是毫不遮掩地被带进他的故事里。相形之下，我更爱听他的"聊斋"故事：神出鬼没的人物，悬念迭生的情节，诡异又甜蜜的爱情故事，总让人痴迷到了欲罢不能的地步。但我既爱听又怕听，听完了，那些狐仙厉鬼的影子，一时半会儿徘徊在脑子里，挥之不去，甚至连晚上出门、裹被褥睡觉，都不时会出现幻听，提心吊胆。

尽管如此，还是忍不住爱听。

姥爷的夜场故事讲完了，大家来到了院门外，准备撒尿回窑洞睡觉。乡村的夏夜，静谧安详，皓月当空，洒下一地皎洁。门前山沟对面的那棵老榆树，和蔼娴静地伫立在月光下，勾勒出一团模糊不清的暗影。偶尔几声狗吠，从远处传来，更衬出夏夜乡村的宁静和美好。

突然，眼尖的二哥指向天空："你们看，那是啥？"顺着他指的方向，只见一团白色的光雾，从蔚蓝天空的东南方升腾起来，拖着长长的尾巴，正不断地向中天方向旋转、移动。

"扫帚星！"姥爷仰着脖子看了几眼，然后皱着眉头说，"这可不是什么好东西。"

我们听他一说，都不再说话。在中国乡村，老百姓习惯把彗星俗称"扫帚星"，视为不祥之物。今晚，只见那"扫帚星"拖着比屁股冒烟的飞机略短的尾巴，从东南方生成、升起，慢悠悠挪到当空，又缓缓西移，那一团白雾和长长的尾巴，在漆黑的夜晚，亮得耀眼，刺得炫目，大约二十分钟后，一步步沉向西南远方的地平线而去，模糊在我们的视线里。

二十多年后，当我读到陈忠实《白鹿原》中的朱先生形象，眼前立即浮现出姥爷这个干巴老头儿的身影，还是那么熟悉，那么可爱，那么亲切。尽管那个时候，姥爷已作古十多年了。

对我来说，读书也不会一帆风顺的。"在清水里泡三次，在血水里浴三次，在碱水里煮三次。"这是阿·托尔斯泰在《苦难的历程》第二部《一九一八年》题记中写下的一句话。这是对苦难人生最恰切的凝练和预言。

我的人生，注定要捆绑在读书上。

即将来临的高考，正是我读书的拐弯处，人生的十字路口。

## 14

1983 年的春天，来得比往年更早了一些。

春节刚过，新年炮仗喜庆的烟火还没有散尽，火红的对联和窗花依然簇新清爽。崭新的门神秦琼与尉迟敬德，还龇牙瞪眼坚守在每家每户的门板上。大年初五，新年的第一趟班车刚刚开通，我就不得不返校上课了。

为什么走得这么匆忙？因为我即将奔赴高考的战场。

这一年，宁夏高考的情形与往年有所不同。全自治区八所重点高中——银川一中、银川二中、银川九中、宁夏大学附中，还有吴忠中学、平罗中学、中卫中学、固原一中，全部是学制三年的毕业生，他们一个个充足了气，攒足了劲，张满了帆，拉足了弓，准备随时杀向考场，实力自然不容小觑。而山区个别中学，是最后一届学制两年的高中毕业生，学制、学校实力、师资水平、生源质量等方面，自然无法望八大重点中学之项背，两相比较，差距是显而易见的。我就读的盐池二中，我们81级正是最后一届两年制高中毕业生，比我们低一级的82级师弟师妹们，学制三年，他们则要等到1985年才能毕业，参加高考。

时间短促，形势逼人。面对这样的压力，校长、班主任、任课老师，一个个如临大敌，大会小会对我们毕业生循循善诱，谆谆教诲，那架势，恨不能亲自披甲上阵，斩敌于马下。紧张的气氛、压抑的情绪弥漫在校园里，胀满了我们考生的每一根脆弱而敏感的神经末梢。

我们这一级只有两个班，高二分班的时候，文科班28人，理科班61人，比例严重失调，不过这也正是当时"重理轻文"社会风气的真实写照。

语文是我的强项，几乎用不着复习；数学是我的弱项，除初中时期的代数、平面几何有较好的基础外，高中部分的立体几何、解析几何，我便完全迷失了方向，高考只能听天由命；地理课没有老师，只能随便翻翻，自学而已，兴趣也一般；外语高一从26个英文字母学起，也是七窍通了六窍——一窍不通；政治课我有自信，重在理解和逻辑记忆，可以在高考前一个月突击；只有历史，时间节点多、人物多、事件多、考点也多，而且让我兴味盎然。

于是，高二最后一个学期的大部分时间和精力，我便都倾注在历史

这一门课程上来了。

虽然春节已过，但天气仍十分寒冷。清晨五点半，天空还很晦暗，平日里最要好的同学饶彦久，悄悄推醒了我。我俩飞快地蹬裤穿衫，蹑手蹑脚披衣下床，听到舍友们鼾声四起，两人会心一笑，轻轻带上门，向教室走去。

因为我们是毕业班，又是"西文东理"并排连体的两间教室，所以校长特别吩咐过，这两间教室全天二十四小时供电。当我俩来到教室的时候，已有三名女生早一步先到，在灯下看书了。

原以为自己早起可以多学一阵，不料想还有比我们更拼的。三名女同学的捷足先登，让我俩刚才的暗自得意，打了个折扣。

每晚十一点以后，偌大的校园里万籁俱寂，各办公室、教室、宿舍的灯光，渐次熄灭，只留下我们这一排的两间教室，依旧灯火通明，人影绰绰。深夜零点已过，半数以上的同学挺不住了，恋恋不舍地从书本里拔出脑袋来，揉一揉布满血丝的眼睛，打着哈欠，摇摇摆摆走出教室，摸黑回了宿舍。我也困极了，正想起身离开，但抬眼一看，还有几个同学纹丝不动地钉在座位上，便沉沉叹了口气，又坐下来打开书本。大家很默契，彼此心照不宣，为即将到来的那场决定一生命运的考试，铆足了劲儿，暗暗较量着，煎熬着。

当然这还算良性的竞争。另外几件能反映人性阴暗丑陋的恶性竞争，伴随着高考的不断临近，也在上演。

两名关系向来很好的男生，一名学习优秀，一名成绩平平。眼看着高考正大踏步走近，那位成绩平平的同学，忽然间心生妒忌，总攀牵那位成绩好的同学去干这干那，有意打乱他的复习计划，故意消耗他宝贵

的时间。学习优秀的同学识破了"好朋友"的险恶用心，两人为此争吵了几次，还差点打了起来。

另一个是频频丢失书本的事件。有人出于嫉妒，或是别的什么目的，偷盗了同学正在复习使用的课本或参考书籍，这无异于釜底抽薪，丢失书本的同学急火攻心，欲哭无泪。由此引发的连锁反应是，不断有人丢失了书本，或书本被人撕去了多页，一时间同学间人心惶惶，陷入了恶性循环。

还有地痞流氓的滋扰。镇上的几个小混混和长庆油田的不良青少年，相互勾结，沆瀣一气，时不时蹿到二中的教室、宿舍甚至厕所，堵截、抢夺学生本来就少得可怜的现金和粮票，或是强拿卡要他们中意的腰带、帽子等，不一而足。这些家伙隔三岔五如幽灵般在校园出没，又没有固定时间，学校也管不过来。有一次两个小混混把我堵在厕所里，准备洗劫我新买的腰带，我急中生智谎称自己是大水坑镇的，他们这才作罢，我得以及时脱身。有一天晚上十点已过，镇上臭名昭著的混混小头目喝醉了酒，戴着垫着纱巾高高耸立的草绿色军帽，拖着皱巴巴脏兮兮的蓝色牛仔喇叭裤，大摇大摆闯进我们教室，身后跟着三四个小喽啰。他坐在讲桌上，跷起了二郎腿，满口污言秽语，发表了近一个小时的演说。男生们敢怒不敢言，可怜了女生们，走也不敢走，留也不想留，被困在教室，一个个低下脑袋看书，其实又哪能看得进去？直到小混混要够了酒疯，扬长而去，大家这才松了口气。

从三月下旬起，大地开始松软润湿起来，不时有一星半点的绿色从墙角，从树根底部探出头来，杨柳枯干了一个冬天的枝条，悄然泛出了绿意，翠茸茸的柳梢映入眼帘，不几天，青草的嫩芽由一簇簇化为一片片，

在大地上渐次弥漫开来，"草色遥看近却无"的诗意胜景，让我们这些整天绷紧了弦的学生，心情为之轻松舒展了不少。这时候，我们毕业班的大多数课目已授完停课，进入完全自主的复习阶段。

每天早饭后，我们文科班的同学，因为不需要做海量的习题，便三五成群，腋下夹着历史、政治，或者外语、地理书本，向学校后墙外北边广阔的庄稼地走去。

早春的寒气还没有褪尽，习习凉风不时钻进衣领和袖筒。好在天开始亮得早，不一会儿，火红的太阳喷薄而出，一大片金色瞬间铺洒在无垠的旷野里，寒气也随之消解了许多。同学们大多两个人一组，类似于我和彦久搭档的模式，你问我答，过一会儿，互换角色，我问你答。答错了，恼恨地直晃脑袋，或捶胸顿足；答对了，则眉开眼笑，手舞足蹈。也有喜欢"单干"的，独自"嘤嘤嗡嗡"读上一段，然后合上书本，闭着眼睛摇头晃脑逐项背诵，背得顺溜了，暗自高兴，背到卡壳处，再翻出来看，一下子恍然大悟起来，便狠狠地拍砸自己的脑袋。太阳渐渐升高了，这时理科班背政治的同学，也三三两两地来到了这片开阔地，一时间，一组又一组的同学，一个又一个独自战斗的考生，一如野地里刚刚冒出的一簇簇、一片片蓬勃的小草，铺排点缀在原本空旷的野地里，也一同沐浴在暖意融融的春光里。

但两人组合在一起的同学，清一色是同性。1983年，以农村包产到户为切入点的改革开放刚刚起步，拨乱反正后的思想解放和经济发展初见成效，但人与人之间的关系仍然单纯而谨慎。在我们高中生之间，男女生日常的交往、交流十分普遍，青春萌动中的暗自喜欢也时有发生，私下里，偷递情书、眉来眼去的插曲是有的，但公然互诉衷肠、投怀送抱的桥段，却绝少上演。这一方面受益于当时社会风气的影响，另一方面，也因为学生大多来自于农村。高考，是出身农家的孩子告别"二牛抬杠"离开黄土地走向城市的唯一跳板，跨过这座"独木桥"，杀开一条血路，那是需要高度凝神聚力的，更何况两年高中生活转瞬即逝，谁还有心思侍弄那八竿子打不着、几辈子靠不住的少年情事呢？

当然也有例外。来自长庆油田和镇上的几名男女同学，家庭条件不错，学习成绩却不太好，眼看高考无望，加上暗中传阅了《少女之心》等读物，越加催发得早熟起来。白天，他们身在教室却心猿意马，夜晚，有时偷跑到校外，也干些偷鸡摸狗的勾当。饱暖思淫欲，这几个人便在课间、晚自习后或周末，暗自大尺度地交往起来。这些事，班上的同学都知道，但大家既不说破也不议论，更没有时间去关心。倒是我的一位同乡男同学，也许因为凤慧和情商太高，对班里一位长辫子的女同学，喜欢得不得了，而这位女同学不以为意，倒是很崇拜英俊知性的男老师。有一天女同学去老师办公室，好长时间没有出来，惹得这位多情公子哥儿焦躁地围在老师办公室门前的柳树下，抓耳挠腮，不停地来回兜圈子。

没有意外，也没有奇迹，这些过早陷入情网中的同学，在这一年的高考中，全部落榜。

四月下旬，盐池县团委，要召开全县共青团大会，给了盐池二中两个学生代表名额。我以团支书的身份，被同学们一致推选为代表，前去参会。

紧张的学习，因为这个插曲，让我的神经暂时舒缓了几天。

作为会议代表，我们乘坐免费的班车，住进了免费的盐池县招待所。两天的会议，议程紧凑，场面庄重严肃，县委书记莅临会议讲话。团县委书记是位三十岁出头的小伙子，姓赵，为人谦和，又精爽干练，口才极好，一看天生就是当领导的材料。会议伙食也非常好，雪白的米饭、馒头，荤素搭配、香气四溢的菜品，可以敞开肚皮吃，而且不收一分钱，这让人不由得滋生出些许优越感来。

还能说啥呢？还是公家人好！

这也正是我们这些农民的后代，应该努力追寻的方向。

高考是需要付出巨大心力的。离考试还有两个多月，我们几位平时关系要好的同学，相约每周打一次牙祭——到校门外东侧的国营食堂，吃一盘四毛五分钱的羊肉炒揪面，也犒劳一下寡淡已久的肠胃。小林同学平时比较节俭，于是我们几个会动员他一起去，他推辞了几下，也只好同去。"那么抠干什么？考上大学，再朝回挣嘛！"有同学调侃小林，又在小林屁股上轻轻踢上一脚。戴着黑框近视眼镜的小林躲闪着跳开一步，斯文地笑笑，于是大家搭伴而去。

国营食堂卖票的窗口，是一位皮肤白皙、身材姣好、容貌秀气的姓周的姑娘，棱棱的鼻子，大花眼睛，粉红的嘴唇，披肩烫卷的长发，穿一件白色的大褂，说话慢声细语，看上去既漂亮又端庄，让人忍不住产生想多看几眼的冲动。"秀色可餐"，应该说的就是这种情形吧？我们几个人吃完了炒揪面，正准备离开食堂的时候，猛然间发现，曾带着我去县城开会的学校团委书记、帅气的物理课关老师走了进来，漂亮端庄的姑娘立刻笑吟吟地迎了上去，两个人于是肩并肩坐在售票的亭子里，开心地聊天。"原来他俩是一对！"我嘀咕了一句，心里有点莫名地受伤。其他几个同学也很意外，大家不约而同，都不言语，从侧门鱼贯而出，但看得出来，我们都有那么一点点怅然若失。

# 15

距离高考还有一个月了，天气也渐渐燥热了起来。

也许是自春节后开学以来，大家的弦绷得太紧，冲刺得太猛，一百多天以后，同学们一个个显出疲态来。早饭后的背书，我们大多还是去二中北边的庄稼地里，但主要是踩着田埂歪歪斜斜地走，糜谷的青苗早已破土而出，长势喜人，谁也不忍心踩踏上去。再往北一公里，庄稼稀少，林草渐多，便成为我们的新去处。背书是单调乏味的，好在阡陌纵横的田埂和庄稼地里，到处是绿汪汪的青草和各色鲜艳的花朵，蒲公英的黄蕊、苦苦菜灰嫩的叶片、猪耳草长长的藤蔓及粉色的花朵，看上去既苍翠欲滴又悠闲恬淡。太阳出来得更早了，花心、草叶的晨露正悄悄收起，一阵微风掠过，花草的馨香钻入鼻腔，直抵腹腔，沁人心脾。稍不留神，脚下一只只"沙婆婆"（一种小蜥蜴）以迅疾的节奏扫过脚面，拖着长长的尾巴，爬上前面的小沙丘，又停下来，歪着脑袋，黑亮的小眼睛东张西望几下，旋即又钻入草丛中去了。有胆大的同学抓住一只，倒提起来仔细看，小东西身长十公分左右，浑身灰黄，腹部发白且光滑平展，背部呈暗黄色，凹凸不平，三角尖头，尾巴占据身长的一半，据说这小东西是鸡鸭极爱吃的动物。没种庄稼的草地和树林里，偶尔会发现从冬眠中醒来的黄鼠，以后肢为依托，全身竖立起来，挺胸昂头发出几声急促的尖叫，见有人走近，"刺溜"一声，钻入洞中去了。凑近鼠洞仔细察看，那洞口掩映在一簇蒿草下面，直径两到三厘米，圆得匀称、清爽，近乎呈直角深入地下，洞口有爬进爬出留下的细微的爪痕，还有零星地啃食过又被晒干了的草茎。自幼在农村长大的我，对黄鼠习性了如指掌，知道这季节的它们刚刚从蛰伏中苏醒过来，骨瘦如柴，要等到夏末深秋时，吃美了粮食和苜蓿的黄鼠，才会身材肥胖动作迟缓，但那时候的它们已然长大，也更具生存经验，很少直立尖叫暴露目标，行为更为隐蔽。

六月下旬，天气更加燥热，老师和我们也更加焦躁起来。各科老师更加频繁地出入教室，在分析往年命题规律的基础上，把自己认为重要的内容，一遍又一遍为学生讲解，殷切期盼的心情，令人感佩。

一天上午第四节课，数学老师正在跟堂上辅导课。当大家都专注于黑板与习题的时候，教室南窗外，一位系着褐色头巾的农村大娘，鼻尖紧贴在玻璃窗上，向教室里窥看。说时迟那时快，只见我班最漂亮，平时衣着最为光鲜的那位女生，迅疾从座位上弹了起来，挤出身子如陀螺般旋出教室，不由分说，上前一把用力把大娘推开。可怜的母亲见女儿面带愠色，不知自己做错了什么，无所适从，只好将随身携带的油瓶瓶菜罐罐从一个旧布包里拿出来，准备交给女儿，没想到女儿脸涨得通红，蹙起眉头低声阻止："快走，别在这儿丢人现眼了。"说完，扔下她那着装土气、一脸茫然的母亲，径自折身返回教室。

因为我知道这位女同学村庄的位置，所以我推想，那位母亲应该是一大早出发，步行二十多公里才赶到学校的。尽管经年累月的劳作已压弯了她不再挺拔的腰身，冷风烈日也早已吹皱晒黑了她曾经白皙光洁的面颊，但她自豪于自己生了个好女儿，崭新的衣服穿在女儿身上最为合体，艰涩难懂的课本习题一经遇到女儿聪慧的大脑，便如摧枯拉朽，根本不在话下。所以，当她一腔热望一脸汗水赶到学校的时候，没想到竟然被女儿这般责怪嫌弃。

这一幕，被我无意间尽收眼底。我又一次想到了《背影》，只是觉得，我这位外表光鲜的女同学，比那位不懂事的儿子更虚荣、更幼稚、更可恨。

我的心隐隐作痛。

过了几天，父亲两年来第一次走进了校园。父亲站在教室门前的那棵柳树下，面带微笑，我很高兴地跑过去。父亲给了我五十块钱，叮嘱我吃好休息好，只字没提学习和高考的事。因为是搭顺路车来到镇上采买农具，父亲说马上就要返回。

我把父亲送出学校大门口，父亲回身向我摆了摆手，示意我快点回去。开明的父亲虽然没提高考的事，怕儿子有压力，但他老人家也知道，高考，正不可逆转地大踏步向我们走来。

为了节省食宿开支，我直到七月十四日下午，才乘班车赶往县城，迎接第二天的高考。与我搭档复习的彦久同行。这几个月来，我俩几乎形影不离。当晚我们住进了"三八饭馆"旁边的城郊旅社，条件很简陋，八人一个房间，大通铺，比较拥挤，但价格便宜。好在我们关注的是考试，对于食宿条件，并不在意。

这天晚饭时间，我们一行六名考生，就近来到"三八饭馆"吃饭。精明的小武同学，守住窗口，脚下踩住一名男青年掉落在地上的两元钱，等那位浑然不觉的男青年走出饭馆，小武捡起钱来，为我们每人买了一碗三毛钱的肉丝粉汤，外加四个馒头，大家又凑钱买了八个馒头。六个人在庆幸和不安的纠结中，默默地吞咽了这顿晚饭。我知道，其实大家并不想这样，但那时，的确，我们大家都实在是——太穷了。

四年前，因为参加全县中学生田径运动会，我第一次来到了县城，那个晚上文教局食堂提供的香味扑鼻的猪肉炖粉条、雪白的馒头，还有在盐池一中运动场边邂逅的那位身着短衣短裤玉树临风的女中学生，以及三个月前参加全县团代会的那些体面的待遇，都曾在我脑海中留下了美好而铭心的记忆。四年后的今天，时过境迁，当我又一次来到这里，已没有丰盛的免费午餐和晚餐，也没有余暇留意身材曼妙的青春少女，我将从这里出发，走上考场，拼尽身家性命，去赌吉凶难卜的命运。没人送行，也没人陪伴，只有孤身一人奔赴沙场。晚上躺在旅社的大通铺上，随手翻了几页书本，但根本看不进去，身心紧张，思绪纷飞。起身到院子里转悠了一个多小时，心情才稍稍放松了下来，回屋躺下，决定不再触碰书本，脑海中把高中两年来的主要经历过往，放了一遍电影，不久，伴随着其他舍友此起彼伏的呼噜声，自己也沉沉进入了梦乡。

第二天早饭后，彦久从床底摸出一瓶苹果罐头，用事先备好的小改锥小心地撬开瓶盖。买这瓶罐头花费了一块两毛钱，内装四块金黄的苹果，我俩每人吃了两块，面对香甜可口的汁水，我俩尽可能收敛起贪婪，各呷了几口，算是行将上场前，为自己鼓劲、壮行。

到了考场盐池二小，发现有几位衣着朴素的男生，看上去也是高考生的模样，正拿着一瓶橘子罐头，但没有工具无法打开。突然间，一阵刺耳的预备铃声响过，情急之下，有个考生索性把罐头往教室拐角砖墙上一磕，罐头瓶应声而破，几双手立即伸到破瓶下方捧接，于是，橘瓣、汁水，还有玻璃碴，都被捧在了手中，他们低头在手掌连忙吮吸了几口，又捡了几块橘瓣胡乱塞进嘴里，还有更多的汁水、玻璃碴和零星几块橘瓣，无情而刺目地淌落在地上。

突如其来的这一幕，使我难过地闭上了眼睛。

第一门考的是语文，这是我的强项。尽管如此，当考卷发放下来，我不由自主"砰砰砰砰"的心跳声，连自己都听得清晰如鼓。我摊开试卷浏览了一下考题，翻来覆去竟然看不进去，大脑一片空白，直急得手心冒汗。校长、班主任、任课老师们早就说过，今年我们参加高考，不过是"陪太子读书"的角色，全区八大重点高中的毕业生，正磨刀霍霍阵前等我们前来"送死"呢。想及如此，我感到无比地气恼、灰心和悲壮，就安慰自己：别紧张，就当是热身吧，大不了明年再来。这么一想，心跳慢慢平缓了下来。十几分钟后，我终于看明白了考卷，静下心来，从容答题。

三天的高考很快结束了。

波澜不惊，不悲不喜。

因为有了落榜复读的思想准备，考试刚结束，我回到二中草草填报了志愿。第一志愿是宁夏大学中文系，第二志愿是宁夏大学历史系，第三志愿是宁夏固原师专中文系。填报完志愿，不做丝毫停留，我立即赶乘班车回家。家里有好多农活，最适合我这样的考场败将去做，考不上大学，庄稼地就是最好的去处。

我愿意在盐水里泡三次。

一股自虐的情绪，从心底潮潮泛起。

冬麦熟了，颗粒饱满，沉甸甸的。我跟随家人一起下地收麦。收冬麦是用手拔而不是用镰刀割，刚开始拔，觉得土地松软并不艰难，但时近中午，戴着护套的小拇指，已疼得几乎不敢搭在麦秸秆上，双手的无名指不知什么时候，也已起了几个晶莹透亮的水泡，那水泡不小心被蹭破，又是一阵钻心的疼。

但我不想停下来。正午的骄阳炙烤在胳膊、背脊和颈项上，刚晒了两天，就开始蜕皮。麦芒扫在脸上，汗水流下来，蛰得脸颊火辣辣生疼。泥土撒落在头发里，呛人的灰尘钻入鼻孔，刺激得咽喉干涩而疼痛，咽一口唾液都很艰难。

但我咬牙坚持着。

终于熬到太阳落山了，折磨了人一整天的燥热渐渐褪去，一股股清凉的微风吹过来，轻轻拂上面颊，让人体验到一种久违了的舒泰与松弛，不由得从心底涌起一种莫名的感动。一大块冬麦已经收完，我平躺下来，把酸疼麻木的腰身，尽可能地紧贴在略带潮气的麦地里，一瞬间觉得，劳苦后的休息，是多么惬意的人间享受啊！侧脸迎着晚霞向西望去，收尽了庄稼空旷的麦地里，一株株谷莠或稗草，在晚风中摇曳生姿，一簇簇猪耳草、灰条、沙蓬与棉蓬，没有了麦秆的羁绊，正舒展着嫩绿的草茎，散发出熟悉而亲切无比的草香。

在此后的岁月里，每每闻到青草的香气，我总会从心底滋生一种难以遏制的熟悉和亲切。我知道，那香气，承载了我太多儿时的记忆，那记忆里，有我终生魂牵梦萦的母亲——黄土地。

冬麦收尽，开始犁地、除草，但比起秋收来，这些农活，根本算不了什么。

每年八月中旬至九月，是一年中最苦焦的"秋收"。秋收的主要对象是糜谷、荞麦、芸芥、胡麻，最后才是玉米和土豆。收割期前后是不间断的一个半月。

这天，我们一家正在蒿瓜地梁收割荞麦。与一个月前相比，我对于疲惫、疼痛已产生了"抗体"，面颊黝黑，头发如毡片般爬在额头，脖颈、胳膊已蜕了好几层皮，变成了暗红色，但肌肉力量明显增强了不少。

裤子膝盖处顶出了两个大包，严重变形，庄稼和青草的汁液染绿了衣襟、裤腿，整个人看上去既落魄又邋遢，但对此我处之泰然，安之若素。在我看来，自己这一身行头，颇有点地道的"麦客"的派头了。

沉浸在新的角色中，突然觉得，人，是多么容易适应环境的动物。思想使人痛苦，欲望使人煎熬。如果人能把需求降低，那么，生活就会变得简单，幸福，也会不再那么遥不可及。"老婆孩子热炕头"，"放过三年羊，给个县长也不当"，老百姓这些耳熟能详的顺口溜，分明不是什么自我安慰，而是真实的生活体验，充满了顺天应命、知足常乐的哲辩意味啊。难怪钱钟书先生说，真理是朴素的！老百姓的生存哲学，有时比书斋学者的空泛理论，来得更深邃，也更接地气。

我一边收割，一边这样的胡思乱想。我发现，筋骨的疲惫，反而会刺激人迸发出飞扬的思绪，使人变得更加勤奋、智慧。如此看来，劳心与劳力，也未见得如孟子所说的那样，对立而不可相容。欧阳修说过，"忧劳可以兴国，逸豫可以亡身"，看来劳身并没有什么不好。

太阳西斜了，我站起身来，停镰歇腰的当儿，忽然远远看见我初中时的语文课包汉臣老师、张廷兰副校长和乡供销社一位姓杜的小伙子，三个人说说笑笑向我家地头缓缓走来。一家人正在纳闷，都停下了镰刀望向三个人，只听见慢慢走近的包老师，一边走一边仰起脸笑吟吟地大声说："表叔，我们给你们家报喜来了！"

反应迅速的二哥不等包老师话音落下，一个蹦子跳起来，热情地迎上前去。小杜一脸灿烂，把一张纸条交给了二哥。

包老师笑着对父亲说："海文考上大学了，恭喜表叔！到底是我的学生，厉害！"

"小杜今天刚刚从县城回来，高考成绩单和录取分数线都出来了。恭喜表叔，恭喜你们家，这是你们孙崾岘生产队考出的第一个大学生。"张副校长补充说道，脸上荡漾着真诚的笑意。

我接过一指宽的分数单，上面有打印的各科成绩，总分是350分，而录取分数线是326分。

"吭当"一声，我手中的镰刀一下子掉落在地上。一刹那，多日的担忧、压抑和苦闷彷徨，顿时化作盈盈泪水，滚涌而出，为掩饰窘态，我赶忙扭过头去，望向远处蔚蓝的山梁。

我完全没有留意父亲、大哥大嫂、二哥二嫂、弟妹侄女们又说又笑争看分数单的情形。说实话，恍然如梦，我几乎不能相信自己的耳朵和眼睛。

完全缺乏思想准备，这幸福委实来得有点突然。

我清晰地记得，这一天，我的《世界历史》课本，为了明年的高考，刚刚复习到了第172页。

几天以后，我知道了更确切的消息。我们盐池二中文科班的二十八名应届毕业生，在授课老师残缺不全的情形下，总算有五人上了高考分数线，最高分是饶彦久的377分，其他几个上线同学的分数，分别是史俊霞359分、我350分、沈社荣345分以及王瑞锋341分。巧合的是，我们五人全部被录取到了宁夏大学，将分别就读政治系、中文系、外语系和历史系。

## 16

这一年的秋天，分外丰盈。

金黄的糜谷，穗穗沉甸，粒粒饱满，左手薅住穗头，满把地握在手里，便有了沉重厚实的存在感；右手的镰刀紧贴地面，匀力向后一扯，锋利的刀刃与粗壮的秸秆咬合得很有力度，丰收的信息便透过这力度，喜滋滋地传递到收割人的五脏六腑里。

秋分刚过，收割完毕的庄稼地里，堆起了一垛垛扎好的糜捆、谷捆。天蓝色的鸽群，警惕地在空中兜了几圈，确认没有了危险，便一头扎进庄稼地里，摇头摆尾，"咕咕咕咕"地呼朋唤友，拣拾散落的糜谷果实。叽叽喳喳吵闹不休的麻雀，受惊似的，不时地群起群落，甚至跳上粮垛，啄食已收拢堆起的粮食。但庄稼人顾不得与鸟儿们计较，糜谷收尽，他们立即转战面积更大的荞麦地，早出晚归，披星戴月，废寝忘食，虎口夺粮。一年辛苦，四季劳作的成果，几乎都浓缩在这一个多月的收割里。

荞麦，是这片黄土地上的主食，主要生长在西北相对高寒的山区。因其生长期短、食味清香、产量较高，且具有低糖降压等食疗效果等，尤其受到当地农民的偏爱。荞麦开花时，粉红的花蕊里散发出淡淡的臭味，那其实是蜜汁的味道，只引得蜂飞蝶舞。站在地头远远看上去，一片片荞麦地，分明就是一块块精美的地毯，抽动鼻翼吮吸几口，则是浓稠得化不开的鲜蜜味儿。仅仅不到一个月的时间，随着西北风刮起，满眼的粉红霎时变成了赭红和淡紫，粉嘟嘟的花蕊摇身一变，出落成乌黑发亮的三角颗粒，缀满枝头，使得沉重紫红的茎枝东倒西歪，几乎要扑倒在地上。眼见绿汪汪的叶片开始泛黄，血红的枝干不再翠绿，开始泛出紫色，庄稼人便拾掇起早已磨得锋利的镰刀，笑盈盈地开镰收割了。他们知道，"寒露"一过，"霜降"便接踵而来，如不能及时收割，黑色的颗粒，连同泛黄的叶片、凋谢了的咖色花蕊，便会一夜之间，随着劲健寒冷的西北风，被吹撒散落一地，那样，人吃的荞麦面，牛羊牲口越冬的草料，连同喂猪的衣子，都会有惨重的损失。

因为已拿到了录取通知书，又赶上开学推迟，所以我便沉下心来，一心一意和家人忙着秋收的各项劳务。凑巧这一年"霜降"来得晚，等到我们收割完毕，也没遭遇大风天气和霜冻，所以粮食不曾有多少浪费。和几年前相比，家里早已告别了老牛拉车的恓惶，大哥贷款九千元，从盐池县五金厂买回了一辆"东风牌"二手卡车搞运输，那卡车只用了半天，便把散落在庄稼地里的一堆堆糜谷荞麦，悉数运回了垴畔上的打谷场。

父亲的脸上，写满了久违的欢喜和满足，我的心里，也有说不尽的畅快和舒展。

10月3日，是我离家上学的日子。

同样是上学，这一次离家的意味，却与以往迥然不同。以前上小学，读中学，每一次离家，都只是暂时的离开，但这一次的离家而去，我将随身携带迁移的粮食与户口证明，这也就意味着，我将就此彻底告别这块生我养我的黄土地。一想到这里，我的心里油然涌起一丝留恋，一丝酸楚，还有无比的感激，这种幸福的惆怅，使我的鼻腔禁不住一阵酸辣。我谢绝了家人的送行，独自漫步徘徊向村外走去，不时一步三回头端详着村庄熟悉的沟沟畔畔，还有那蜿蜒的小路、平展的田地、稀疏的杨柳，以及寒酸庄院里一户户窑洞垴畔上，那一缕缕扶摇直上雪白灵动的炊烟。

从呱呱坠地到含泪挥别，十八年的岁月，故乡母亲以瘦骨嶙峋的身躯，从贫瘠的黄土地里挖掘挤压出一滴滴少得可怜的乳汁，供养了她嗷嗷待哺的孩子，直到他们一个个日渐羽翼丰满，先后离巢远飞。

故乡，对于一个人思想性格的形成、人生奋斗的走向、成长成才历程中的影响，无论怎样高度评价，都不为过。

我从老家先坐班车到大水坑。第二天一早，挤上通往吴忠的班车，紧接着从吴忠转车到银川南门汽车站。中午时分，便由学校派出的迎新班车，从汽车站接上我们来自东南西北的大一新生，五十分钟后，载着新生的专车，浩浩荡荡驶入了我魂牵梦萦了十多年的大学校园。

其实，这是我这一年里，第二次踏入宁夏大学校园。

七个月前的这年春天，我还在读高二的时候，和同学小武、小海三个人搭伴，就曾"朝拜"过这里。之所以称之为"朝拜"，是因为那是怀着敬畏、向往之心的。那时，三姐还在外语系上学，我的朝拜，带着些许"踩点"的意味。穿着崭新时尚的女大学生们，巧笑倩兮，一队队结伴从我面前走过，一缕春风吹过，猛不丁一股比雪花膏更醉人的香气，突袭了我的鼻腔，令人沉迷欲醉，浮想联翩。几个戴着黑框眼镜的男大学生，站在宿舍楼下，正热烈的讨论着什么，举手投足间，尽显温文尔雅，让我心生羡慕，徒增些许自卑来。三姐从学校餐厅里，给我打回了一份西红柿炒鸡蛋和一碗大米饭，那扑鼻而来的饭菜香味，使我忘记了矜持，丢掉了斯文，三下五除二，几分钟就把饭菜吞咽进肚子里。特别是那大米饭，搅拌在红黄相间的汤汁里，清香、滑溜，乍一入口，便不自觉地向舌根部蠕动，"吱溜"一声，便滑进了咽喉里。对于吃惯了粗糙的黄米饭，还时不时碗里伴有虫子、石子儿的我来说，这顿饭的记忆，与其说是享受，毋宁说是另一种身心的折磨。

后来，我常常会回忆起这一餐的情景，并由此得到启示：从一个人的吃相，确实不仅能品味出一个人的修养，更不难窥见他的出身，追溯到他少儿时代生活的痕迹来。譬如吃饭速度快，不忍心剩饭剩菜，这固然可以理解为对农民的尊重和对粮食的珍惜，但换个角度看，则不难推断出他曾经忍饥挨饿的经历。所谓贵族气质，那是要在衣食无忧的前提下，才能够培养出来的，正如古人所言"仓廪实而知礼节，衣食足而知荣辱"，意思是说，人只有在解决了物质层面的问题后，才有可能追求精神层面的东西，如果抛开这个前提片面地强调或奢望，那纯粹是胡扯瞎掰。

"什么时候我才能过上这样的生活啊？"我仔细地回味着这一顿西红柿鸡蛋加米饭，痴呆地彷徨在春风里，仰望着圣殿一般的大学校园，梦呓般地幻想着。

谁知理想很丰满，现实却并不那么骨感。七个月前，我如同蜷缩在土谷祠里的阿Q，脑海中奏响了"革命幻想曲"；七个月后，我便以主人的身份，在这里登堂入室了。

命运，的确会垂青于敢于幻想并付诸行动的人。

正午的秋阳，散漫地铺洒在校园里。虽是深秋，但校园里的刺槐、垂柳仍然郁郁葱葱，充满了朝气。一阵轻风吹过，路边的钻天杨叶片"噼里啪啦"一阵脆响，似乎在鼓掌欢迎我们这些初来乍到的新同学呢。在我东张西望的时候，又有几名新生和家长从我身边走过。从他们的衣着、口音判断，他们和我一样，也来自农村，但土里土气的装束，掩盖不住三分自豪七分得意。"十年寒窗无人问，一朝成名天下知。"他们有自豪和得意的资本。

触目骋怀，一时间我也被他们喜庆的情绪所感染。

顺着一阵悦耳的轻音乐和一面面彩旗的指引，我找到了大一新生报到处。迎接我的是三名穿扮入时、礼貌大方的女同学。我报上姓名，她们仨相互击掌，笑道："嗨，我们班的。"她们热情的态度、悦耳的普通话，一下子就赢得了我的好感。只见那纤纤玉指在名册上滑动，很快找到了我的名字，我签完字，她们在一张表格上盖章后，交给我，又递给我一枚白底红字的校徽，一把宿舍钥匙，手续并不繁杂，节奏连贯，一气呵成。紧接着，那位穿着红上衣的女同学自告奋勇，带我去找宿舍。我正要婉拒，她已麻利地帮我拎起了小黑皮箱（那是三姐送给我上大学的礼物），不由分说拔脚就走，我只好赶紧跟在身后，有点兴奋，还有点不好意思，但心情正如午后的阳光，既温暖，又灿烂。

红衣女同学一边走一边主动与我聊天。据她说，今年开学之所以比往年晚了一个多月，主要是因为新落成的两栋学生宿舍楼竣工有点晚，新生如果来早了，没地方入住。她又介绍说，我们班共有42名新同学，包括刚才我见到的三名女同学，还有一名去火车站接站的男同学，他们四人来自少数民族预科班，已比我们另外38名新生早入学一年。噢，原来已在大学熏染了一年，难怪看起来这么时尚大方，我暗自想。

宿舍在文科宿舍楼四楼，毗邻理科宿舍楼、女生宿舍楼、招待所兼研究生宿舍楼。爬上四楼，找到403宿舍，是紧挨着厕所和水房的一间，位置不太好，厕所的味道有点浓烈，让我略感失望。女同学似乎猜透了我的心思，她解释说，新生宿舍的位置都这样，每年毕业生一离校，高年级学生都会抢占位置相对较好的宿舍，年年如此。好在等我们大二时，这些位置稍差的宿舍，又会留给下一级新生入住。

"一年，很快就过去了。"女同学语调里充满了乐观的期待，又添加了一点安慰的成分。听她这一说，我释怀了不少，用充满谢意的目光，温和地看了她一眼。

安顿好了宿舍，她又拿起那张表格，带我到总务处办理了注册报到手续。几分钟后，我领到了用橡皮筋缠绕的两摞五颜六色的塑料质地的饭菜票。女同学告辞，我返回宿舍。

宿舍里没有其他人，我回身反锁上门，尽量压抑住激动，急不可待地数了数两摞饭菜票。饭票三十四斤，是用来购买米饭馒头、油条稀饭等主食的；菜票十八块五，是用来购买各种肉类蔬菜的，还有一张5元面值的人民币，那是给我们的零花钱。三十四斤粮，二十三块五，这是我们师范专业大学生每个月的伙食标准。

十八年来，我第一次领到了免费的饭菜票，还有零花钱。面对国家如此慷慨地赐予鼓励，说不激动，那是虚伪。

我数着饭菜票的手指，竟有些微微发抖。

而且，除了校徽五毛钱，其他的报到环节，还有十多本教材，都不收费。

我躺在床上，回想几天前在庄稼地里的劳作，想象着落榜复读同学的痛苦煎熬，感觉到了实实在在的幸福。于是心想，一定要珍惜这来之不易的幸福时光。

新学期的第一堂课是文学概论，纯理论课。我猜想，这应该是一个导向，一个转折，意味着大学生的学习，不能仅满足于中学时代的"写作背景、课文分析、写作特点"三部曲了，而是要以理论的高度、历史的角度、哲辩的维度，去剖析古今中外的作家作品，以及精彩纷呈的各类文学现象了。因为叶以群先生编著的这本厚达四百多页教材中，没有具体可感的人物刻画和起承转合的故事情节，满篇都是纯粹的辨析和说理。

铃声响过，授课的李镜如老师缓缓走进教室，步履沉稳地登上了讲台。他微笑了一下，我突然间发现，四十多岁的男老师，脸颊上竟然有一对颇为俏皮的小酒窝，显得不那么严肃和一本正经。李老师身着中山装，戴一副深度近视眼镜，镜片如酒瓶底一般，一层层一圈圈由中心向四周荡漾开去，绵绵波纹，丝丝涟漪，正如同大学教授高深莫测的学问。

李老师的课不疾不徐，板书不多，讲着讲着，偶尔会停下来提问，或观察同学们的课堂反应。提问女同学时，他喜欢用左手遮住口腔，凑近耳边询问，或侧耳听答。乍一看，觉得让人不太习惯，细细思量，才明白这举动颇为文明。两节课下来，我听得似懂非懂的，反倒更感到这门课的玄奥。

现代汉语课，是由二十多岁的女研究生张安生老师授课。张老师一头短发，微卷的刘海爽利地轻覆额头，一双丹凤眼清澈明亮，如一泓泉水，银铃般标准悦耳的普通话，语速很快，但思路非常清晰，毫不拖泥带水。她一身运动装，显得干练清爽，粉笔板书俊朗飘逸。天哪，这水平，这攒劲样儿，真不愧为大学老师。我深深地沉迷在张老师的气质中和学问里，听课异常专注。

仅仅半天时间，两门课，两位老师，在我面前掀开了大学生活崭新的一页。

这真是美好的开始。

专注听课的回报是，第一学期三门期末考试课写作、现代文学史、现代汉语，我分别考了86分、92分和95分。

开学第一周星期二下午，没课，我约上同宿舍的安金健同学，去校外的门市部买了一副网套，一大块白布，加上从家里带来的一块金黄色绸缎被面，计划缝制一床新被。

返回宿舍，我掏出找回的零钱，猛然发现，女售货员竟然多找了我六元钱。我二话不说，拉上金健立即返回门市部，把多找的钱退还给了三十多岁的女售货员。女售货员万万没想到，天下竟还有这样善良明理不贪便宜的年轻人，连声道谢，并且夸赞我俩："到底是大学生，素质就是不一样。"

我嘱咐金健，这件事不要告诉其他同学。因为在我看来，退还多找的钱，弥补了别人因失误造成的损失，天经地义，理所当然，不能当作高尚去炫耀。

晚饭时分，宿舍楼道里来了一位中年妇女，是专门承揽缝洗衣服、被褥生意的阿姨。我花了两元钱，请她帮忙缝被。第二天下午晚饭时分，阿姨把缝制好的被子交给了我。

这天晚上，我裹在松软温暖的被子里，怀着幸福和向往，做了进入大学第一个甜美的梦。

## 17

两天后，写作课与我们如约而至。

授课的刘国尧老师三十多岁，饱满的前额，头发稍显稀疏，微微谢顶。眼睛明亮有神，略带南方口音，授课过程中语言、动作丰富而夸张，脸上总挂着亲和的微笑，一看就属于精力充沛激情澎湃的那种。

"我是诗歌爱好者，偶尔自己也写几首。"刘老师在讲台上来回踱步，言语间半是自谦半是自负地说道。"人们都说，诗人大多是疯子，这是有道理的。"他揶揄地微微一笑，接着说下去，"诗人和常人的区别在哪里呢？你如果稍加留意就会发现二者的不同。常人早晨见到熟人，会打声招呼，问道：'来了？'对方一般回答说：'来了。'或根本不用言声，彼此点头会意一下即可。"他有意停顿了一下，继续在讲台上来回踱步，低头若有所思，突然停下脚步，下巴高高扬起，加重了语气朗声说道："但如果早晨有人见到熟人，声音提高了八度打招呼说：'哈——，你来啦？'并伴有夸张的眼神与动作，那么，这位无疑就是诗人了。"说完，刘老师自嘲地笑出声来，一时间大家的情绪被老师引燃，哈哈大笑起来，于是，整堂课便充满了欢声笑语。

刘老师那时已是国内颇有名气的诗人了，在全国顶级的诗歌杂志《诗刊》上发表了好几首诗，是宁夏诗坛的领军人物。他讲授理论，特别喜欢结合生活中活灵活现的实例，栩栩如生，引人入胜。他先是在坐落于贺兰山脚下的西北轴承厂当工人，后来考入宁夏大学中文系，是校学生会干部。他说自己读大四时，年久失修的数理楼要拆除了，那栋楼里，有一间属于校学生会同时也属于他自己的小屋，他的诗，他的文学梦，甚至于他的初恋，都与这间小屋有着难以割舍的联系，所以，楼体拆除的前一天晚上，他难过地围着那栋楼，走了一圈又一圈，直到深夜，不忍离去。

"这件事触发了我写作的冲动，我彻夜难眠，写下了一首诗。这是什么？这就是写作所必需的灵感。"刘老师声音有点发颤。讲到写作的主题，他深情地回忆起去年冬天雪后的早晨，用自行车载着女儿上幼儿园，刚驶进学校南大门，不小心连人带车滑跌在雪地里，他十分自责地扶起车子和孩子，急忙检查女儿伤着了没有，没料到他刚抱起女儿，却发现女儿正细心地用小手拂去爸爸肩头的雪花。"那一刻，看着乖巧懂事的女儿，我的眼眶湿润了……"刘老师声音有点哽咽，仰起头看了一眼天花板，又低头思索了片刻，接着进一步地启发我们："这一瞬间的场景，让你来写，你写什么？主题怎么确定？父爱？童贞？还是歌咏伟大的女性？你尽可以任意提炼，哪个都可以，但必须是你感触最深的——那一个切入点。"说完，他深情地为我们朗诵了当代著名诗人赵恺，歌颂纺织女工的抒情长诗《第五十七个黎明》。

刘老师的写作课，为我的文学世界打开了一扇豁亮的窗口。

下课了，我们争先恐后地向餐厅涌去。

当时，校园共有五个餐厅，分别是教工灶、理科一灶、文科二灶、体育灶和回民灶。五个餐厅，师生通用，饭菜和品质不相上下且价廉物美。

入学前，我曾凭空想象过男女大学生生活的情形：男生戴着眼镜，腋下夹着书本，文质彬彬地排队打饭，等待的空当儿，偶尔会斯文地翻开书本，看上几眼；女生长裙裹身，刘海盖额，娉娉婷婷优雅大方地在校园小路上翩然而行，显出大学的神圣和雅致。

但开学的第一周，无论午饭或晚饭时间，我那些一厢情愿关于神圣和雅致的想象，便被现实撕扯得粉碎。

每天，从 11：30 开始，五大餐厅便人头攒动，等到我们下课后，饥肠辘辘的同学们，便冲刺般跑回宿舍，拎起饭盒加入到浩浩荡荡的就餐队伍当中去了。说排队，那是胡扯，大个子男生或高年级男生，长舒猿臂，压过他人头顶，挤到窗口前，抢打上饭菜扬长而去。更令我惊讶的是，体育系的女生从操场训练归来，想必是消耗太盛、肠胃更空，只见她们就穿着灰扑扑脏兮兮的训练服，一脸潮红满颊汗渍，手擎硕大饭盆冲进食堂，如推土机一般向窗口碾压过去，先前已凑近窗口的男女同学一看这阵势，自知力气不济，还得躲着她们衣服上的灰土，便纷纷避让，于是乎，这些不穿裙子也不留刘海的女大学生，便如愿提前打上饭菜，还没走出餐厅，就开始一边走一边勺筷并用，大快朵颐，其形象实在与雅致大相径庭。

我个头小，胆子更小，不愿挤，也不敢挤，所以一连三天的午饭，都没能打上饭菜，只好跑到校门口的小餐馆将就了一下。第四天，我终于放下斯文，彻底丢掉幻想，也拼尽全力挤将起来，这才改变了没饭可吃的窘境。

大学，的确在我面前展示出它别开生面的另一面。

理科一灶有个窗口，有位收饭菜票的姑娘，听说姓汪，人长得很漂亮，棱棱的鼻子，黑亮溜圆的眼睛，柳叶眉，瓜子脸，皮肤白皙，乌黑的刘海蓬松地翘起在额头，构成一种强烈反差又恰到好处的反衬效果。更难得的是，她总是文静地微笑着，用柔和的目光询问你需要什么，等你报上饭菜名称和数目后，她略微一颔首，随即那双纤纤玉手便会快捷准确地找回余票。爱美是人的天性，开学不久我便发现，姑娘所在的窗口，总是比其他窗口排起更长的队伍，而且男生居多。于是，我也到那个窗口排了好几次队，眈在队尾瞭了瞭前方长长的队伍，心中窃笑我们男生的那点小心思。

一灶远离操场，紧邻女生宿舍楼，就餐的女生较多，秩序远好于靠近操场的二灶。

在二灶西侧的一片空地上，是没有铺设水泥的土操场，雨天有些泥泞，晴日里，喜欢排球和羽毛球的运动健儿们，矫健有力的鞋底，常常会剜起一片片尘土，精彩的扣杀和扑救，又会引来女生一阵阵尖叫声。每周三的夜晚，这里又是放映露天电影的好地方。

开学不久，由作家王蒙同名小说改编的电影《青春万岁》上映了，影片中的那个充满欢乐、矛盾又伴随着温馨的高三学生的学习生活，使刚刚告别高中学习生活的我们倍感亲切。特别是活泼开朗的女主角杨蔷芸，在夏令营篝火晚会上朗诵的赞美青春的《青春万岁（序诗）》，尤其引人入胜，醉人心魄：

"所有的日子，所有的日子都来吧，

让我编织你们，用青春的金线和幸福的璎珞，

编织你们！

有那小船上的欢笑，月下校园的歌舞，

细雨蒙蒙里踏青，初雪的早晨行军，

还有热烈的争论，跃动的、温暖的心……

是转眼过去的日子，也是充满遐想的日子，

纷纷的心愿迷离，像春天的雨，

我们有时间，有力量，有燃烧的信念，

我们渴望生活，渴望在天上飞。

是单纯的日子，也是多变的日子，

浩大的世界，样样叫我们好惊奇，

从来都兴高采烈，从来不淡漠，

眼泪，欢笑，深思，全是第一次。

所有的日子都去吧，都去吧，

在生活中我快乐地向前，

多沉重的担子，我不会发软，

多严峻的战斗，我不会丢脸。

有一天，擦完了枪，擦完了机器，擦完了汗，

我想念你们，招呼你们，

并且怀着骄傲，注视你们！"

　　十九岁的高中生王蒙，创作了这部长篇小说，创作了这首序诗，诗中流溢着二十世纪五十年代青年人特有的燃烧的激情，他们的向往、呼唤、誓言、畅想，自然引起了我们这些大一学生强烈的情感共鸣。饰演杨蔷芸的是著名电影演员任冶湘，她清纯美丽的气质，让我相当痴迷，一颦一笑，长久地定格在我青春萌动的脑海里。我因吃饭而产生的不快情绪，以及由此而引发的对大学的不佳印象，也随着这部影片，烟消云散了。

　　除了《青春万岁》，还有一部根据武汉大学中文系大四学生喻杉创作的小说《女大学生宿舍》改编的同名电影，也同样令人心醉神迷。影片讲述了二十世纪八十年代初，东南大学中文系205号女生宿舍中，五个大一新生由于成长环境不同而发生争执，最终相互理解、共同成长的故事。匡亚兰、宋歌、夏雨、辛甘、骆雪梅等几名女大学生角色，塑造得栩栩如生，立体丰满，加之电影采用了偷拍、抢拍等手法，把许多特写镜头留给了大学校园里的师生，使人观之更觉真实亲切。这部影片同年获得文化部优秀影片奖和导演处女作奖。

　　一个无课的下午，我和同学结伴赶到银巴路口的红雷电影院，观看了一部名叫《大桥下面》的国产故事片。主人公秦楠下乡意外怀孕、回

城偷生下孩子、靠缝补衣服艰难谋生，并最终获得宝贵的爱情的情节设计，尽管依稀还有"伤痕文学"的影子，但主演龚雪清纯靓丽的形象，以及她塑造的贤淑文静坚强的女青年形象，让人耳目一新，过目难忘。从类似这样的影片里，观众们已经能欣喜地感受到，与以前的样板戏相比，国产影片从主题把握到叙事风格的重大变化。这年冬天，我们宿舍的几名男生，还多次顶着冬夜凛冽的寒风，步行到三公里外的银川铁路分局影剧院，买高价票观看了《追捕》《望乡》《幸福的黄手帕》，以及《啊，海军》《山本五十六》等内部片。尽管主题各异，导演切入角度各有不同，但这些影片，让我们从另一个侧面，领略了日本电影艺术的魅力，也重新认识了日本军国主义思想的危险。

日子过得飞快，转眼间元旦就要到了。依惯例，学校要举办一年一度的迎新年歌舞与灯谜晚会。这对于我来说，却是一件新鲜事儿。12月31日晚，华灯初上。全校最大的礼堂——理科一灶大厅内外，张灯结彩，欢声笑语。坐北面南的戏台上，正在上演由校学生会、校团委组织编排的精彩节目。一名漂亮的女学生，用两个小锤，在一种我从没有见过的乐器键盘上，敲击出清脆空灵的乐曲，只见她时而将身子伏下来，面颊几乎贴近键盘，时而又将头高高扬起，飘逸的长发随之一个漂亮地后甩，眼睛微闭，沉醉其中。乐曲的旋律欢快流畅，如催征的战鼓，又如战车辚辚，战马嘶鸣。因为我来晚了，没有听到报幕，悄悄问身边同学，才知道这是外语系大一女生用木琴演奏的美国乐曲《巡逻兵进行曲》。联想到我班也有一位优雅娴静、说话慢声细语的女同学，敲得一手悦耳的扬琴，一时间，我觉得这些靓丽多才的女大学生，真是让人好生羡慕、心驰神往啊，也更感觉到自己的出身、成长的环境、曾经就读的中小学，是多么地偏远粗陋，相形见绌。

这厢，文艺演出仍高潮迭起；那厢，沿着餐厅东墙、西墙及南墙大门边，各拉上两道铁丝线，近两米高，悬在空中，上面挂满了一闪一闪的小彩灯，还有赤橙黄绿青蓝紫的各色小纸片，纸片上分别写着各类灯谜。不少师生饶有兴趣地凑上前，边读边猜，一会儿挠头苦思，一会儿和身边的人商讨交流，忽然间一拍脑袋恍然大悟起来，拿着猜出的答案，兴冲冲地跑到门口兑奖处领奖去了。这当儿，我忽然看到系主任刘世俊教授、副主任阎承尧教授也笑呵呵地走过来了，好多认识他们的师生赶紧凑上前去打招呼。这两位系领导，都是 1958 年宁夏大学创建的时候，从北京师范大学中文系毕业，怀揣梦想，自愿投身大西北教育事业的优秀青年。刘主任祖籍河北，古代汉语讲得特别棒，朗诵毛主席诗词，字正腔圆，极富感染力。阎副主任是天津人，爱好摄影，是运动健将，写得一手漂亮的书法，两支口琴吹奏表演，让我们惊叹不已。世界真大，人与人之间的差别更大，半年前的生活与眼下的处境，如时空穿越，让我在深感幸运之余，又产生了沉沉的失落感。我弄不清是为自己感到庆幸，还是为落榜的同学悲哀，抑或两者都是，又都不全是，思维跳跃不定，脑袋里一片迷蒙。扫视了一眼欢闹的礼堂快乐的人群，我独自悄悄走出大厅，在蔚蓝的星空下，深深地吸纳了几口冬夜里寒冷清爽的空气。

## 18

大学的第一学期，仅仅三个多月的时间，实在过得飞快，快得让人来不及细加咀嚼和回味，就放假了。

寒冬里的黄土高坡，晚秋的枯枝败叶依稀还留下些许痕迹，广袤的沟坎峁梁，收尽庄稼的田地，一片灰褐的萧索、死寂，缺乏生气。凛冽的西北风从早吹到晚，只吹得弯榆旱柳瘦削的腰身一阵阵呜咽，裸露在半空中的广播线，也在寒风的侵袭下，嗡嗡作响，乍听上去，一股凄凉哀婉的情绪，不由得从心底升腾，弥漫开来。

我回家后得知，春节过后的正月初七，三姐就要出嫁。一家人正忙活着推磨碾米，置办年货，烹炸蒸煮，一派热气腾腾的景象。我看了看忙忙碌碌的大家，感觉自己也插不上手，兴味索然，就到三公里外的乡中学去找三姐。

三姐比我大不到两岁。从记事起，我总是喜欢跟在她身后转悠，就连上学，我们姐弟俩也是一同走进学堂。不同的是，三姐虽入学晚，但天资聪颖，加之勤奋刻苦，学习成绩一直优秀，三年级后，更是连跳两级，待到我初二时，她已高中毕业。

三姐高中时就读的也是盐池二中，她所在的班，是全校唯一的尖子班，荟萃了四十多名品学兼优的学生，其中只有四名女生。按常理，三姐考大学是十拿九稳的。但为了能早点参加工作，帮衬贫困的家庭，三姐最后屈从了家人的意愿，违心地报考了中专，读了师范专业，从而放弃了自己的大学梦想。但我知道，她是多么渴望上大学！我清楚地记得，1979 年初秋，有位亲戚送儿子上大学返程，途经我家，兴致勃勃地讲了大学的情形，即将升高二的三姐听了亲戚的讲述，一宿没睡，在煤油灯下伏案一直学习到天亮，等我们早晨醒来时，发现她脸色蜡黄，眼眶、鼻孔都是烟熏的黑圈。

"临渊羡鱼，不如退而结网"，三姐有志向、有行动，考上梦寐以求的大学，是她的夙愿。

然而现实却与三姐开了个大玩笑。放弃了上大学，三姐改考了中专，一年后，她又被择优选拔到宁夏大学外语系进修两年，获得了大专文凭，此后又回到后洼中学教书。对她来讲，这实在是不够公平。所以对于我报考大学，三姐给予了超乎寻常的支持，不仅拿出一部分工资接济我，而且把自己唯一的皮箱也送给了我。我知道，自己的身上，也承载和延续着三姐的大学梦想。

乡中学也已放假，除了几位有家属的老师办公室，屋檐下的烟筒还冒着蓝色的炉烟，校园里别无他人，幽静而冷清。我走进三姐的办公室，见她正在播放着英语磁带，苦读《新概念英语》。砖地上刚洒过了水，办公室燃着一支香，炉煤燃烧得正旺，小屋温暖湿润，清新的空气荡涤在每一个角落。见到我，三姐很高兴，关切地询问我在校的情况，用手摸了摸我的衣服，试试厚薄，又问了问冷暖。对于婚嫁，她没有多说一句，也看不出有多少兴奋和向往。我知道，贫寒的家境，不仅粉碎了她的大学梦，甚至也波及了她的恋爱和婚姻。当初她读中专时，家里已很困窘，恰好她中专同校的一位学长，委托她的老师夫妇登门说媒，父母更是鼎力开导，懂事又无助的她，在无奈中只好答应了婚事。那媒人留下了四百元钱，兴冲冲地告辞，向她未来的婆家报喜去了。

正月初六下午，天气阴沉，风刮个不停，我和大哥正在牛圈铡草。突然，一阵呜里哇啦的唢呐声由远及近，随风顺着沟坳飘了过来，直击我的耳鼓，从我心头沉沉碾过。我知道，这是娶亲的队伍抵达村口了。平日里，我是很喜欢音乐的，会吹奏笛子、口琴，就连红白喜事的唢呐演奏，我也常常会驻足倾听欣赏。但今天不知道为什么，却觉得那唢呐声听起来哀婉、凄凉、刺耳。在中国的农村，都有"哭嫁"的风俗。设身处地地想一想，这"哭嫁"岂止形式上的要求，那是深藏着丰富内涵的庄重仪式。出嫁，意味着女儿从原生家庭中脱离出来，骨肉亲情自此剥离，往后的日子，则充满了诸多的不确定性。娘疼女儿，牵念女儿未知喜忧的婚后生活；女儿疼娘，自此别离父母难以关照娘家，这都是撕心裂肺的角色转换啊！《红楼梦》里，懦弱无能的贾迎春嫁给了中山狼，拉开了悲剧的序幕；精明能干的贾探春离家远嫁，何日又是归期？

实在听不下去了，我放下了铡刀，背转身去，泪水也一下子溢出了我的眼眶……

三姐出嫁的时候，高中同学小昔应邀来参加三姐的婚礼。小昔厚道朴实，平时话语不多，但聪明有悟性，心思很缜密，学习成绩优秀，字写得像女孩子一样小巧秀气。小昔和小林在理科班，小林考入了宁夏大学化学系，小昔则考取了西安矿业学院。当我和小林去小昔家玩了两天，准备邀请他来我家时，农村出身和我一样家境贫寒的小昔，想拿点钱在三姐婚礼上作贺礼，但又苦于家里没钱，于是那个早晨，我见他在村子里转悠，迟迟不肯动身。我觉得不对劲，问他等什么，他支支吾吾，最后在我的追问下，总算知晓了他的心思。我先是有点生气，继而更多的是对小昔的理解和心疼。"你是学生，哪用得着上贺礼？"我和小林几乎架着小昔出门就走。那一刻，我为小昔、小林，更为我自己，因出身寒微而导致的贫困，而深感辛酸、悲壮。时过境迁，小林后来博士毕业，是大学二级教授；小昔砸了自己国营煤矿的铁饭碗，毅然辞去公职下海，创办了公司，生意做到了国外，是名副其实的儒商、企业家。时至今日，尽管我和小林、小昔早已摆脱了贫困，但那天小昔满村庄借钱的情形，却刀刻一般印在了我的脑海里。

春季学期开学了。

一天早晨，图书馆门前，因为还没到开门时间，我看到一位男同学，在冷风中瑟缩着脖子，摇头晃脑地背诵韦庄的《思帝乡》，青涩的声音顺着西北风传了过来：

"春日游，杏花吹满头。

陌上谁家年少，足风流。

妾似（拟）将身嫁与，一生休。

纵被无情弃，不能羞。"

这首词是晚唐词人韦庄的名作，我在高一时便已烂熟于心。但这位同学无疑是囫囵吞枣不求甚解。将"拟"读成了"似"，意思全然不对，意境惨遭破坏。但看他认真投入的样子，我笑着摇了摇头，并没有提醒他，怕伤了自尊，败了兴致。

图书馆分上下两层，有四个阅览室，大约能容纳300人阅读或写作业。全校有一千五百多名学生，明显是僧多粥少。于是，抢夺图书馆座位的大战，便日复一日，年复一年，持续不断地上演。

每天早晨八点前和晚饭后的十九点前这两个时段，图书馆大门口总会有黑压压的人群，翘首引领，等待开门。大门一开，冲锋陷阵的男女生，把开门的管理员老师碾压得打了一个大趔趄，几乎把她推倒，一马当先向四个阅览室奔去，一时间只听得阅览室大门"叭叭"作响，那架势、那场面，几乎超过了午餐时的激烈。捷足先登抢到座位的，喜形于色；

迟了半步没抢到座位的，满眼懊恼一脸沮丧。有几位女生用坐垫为同伴占了座位，被另几位男女生毫不客气地把坐垫扔到一旁，一屁股坐下，双方为此争执得面红耳赤，几乎动起手来。管理员老师及时走过来，拿走了坐垫，这才平息了风波。有一对恋人坐在阅览室，你侬我侬，腻腻歪歪，绵绵情话不断，缕缕秋波不绝，坐在对面的那位仁兄，先是瞪了几眼，见不奏效，忍无可忍的他突然间站起身来，涨红了脸大声说："这是阅览室，不是你……你们……谈……谈恋爱……的场所！"愤怒和激动，使这位老兄说话都结巴起来，其他同学立刻站起来呼应支持他。那两位不知趣的恋人自知理亏，灰溜溜地退了出去。

那个年代的学风、教风、校风，真是好得让人羡慕。在我的记忆里，那几年里，图书馆四个阅览室的双扇门，每年都要被好学的学生们挤坏、修理好几次。

三月下旬，天气已不太寒冷，塞北的风也不再砭骨逼人。我们班八名男同学，相约去爬贺兰山。说走就走，星期六下午，我们骑上自行车向贺兰山进发。

"贺兰"，蒙古语为"骏马"之意。贺兰山山势雄奇，正如群马奔腾，故名。山脉最高海拔3556米，山势接近南北走向，绵延200多公里，东西宽约30公里，西坡相对低缓，毗邻内蒙古巴彦浩特盟（即阿拉善左旗），东坡崖谷陡峭险峻，俯瞰黄河河套与银川平原。从地理位置看，我们只能从陡峭的南坡登山。

从学校出发，骑行了近三个小时，约25公里，太阳快要衔着山巅的时候，我们终于沿缓坡来到山脚下一处名叫"滚钟口"（又称"小口子"）的地方歇脚。我们把随身带来的馒头花卷、咸菜、饼干、午餐肉等，就着凉开水和佐餐酒，胡乱地填饱了肚子，又趁着夜幕稀落，继续向上行进了半个小时，来到了取名"小洞天"的小亭子留宿。一阵微风吹过，丝丝凉意袭来，大家加上外套厚衣，和衣而卧，一夜无话。

周日清晨早早起来，八个人又结结实实地吃过了早餐，准备爬山。有五名同学信心不够豪壮，想着就近稍加攀岩即可。我和副班长李勇、体育委员程世翰不能苟同于他们五人的想法。李勇是少数民族预科班转过来的，平日里好动活泼，且颇有锐气，喜爱读书，长于创作，酷爱游历，而我和世翰自幼在山区长大，翻山越岭更视为稀松平常。太阳还没有出来，我们三人自恃擅长攀岩，扔掉所有的随身物品，只带了一根约五十米长的棕绳，向着山顶进发。

俗话说，看山容易走山难。果然如此。因为不识路，我们仨只能凭着感觉，在荆棘和乱石中盘桓而上，攀爬了三个多小时，消耗了大量体力。抬头一望，山顶就在前方不远处，看上去再翻过一个沟、爬上一道梁就到了。这个发现让人振奋，接着爬呗。此时，山脚下另外五名同学的身影已小到看不清了，他们呼唤我们的声音也已细若游丝。我们暂时顾不上他们了，山顶在前方向我们招手呢。又来回游走了一个多小时，翻过了两道沟，越过了三道梁，却发现山顶和先前看到的一样远近。这让人有点沮丧，但放弃又不甘心，三人彼此鼓励，决定继续上。

五个多小时不间断的体力消耗，早已使我们饥渴难耐，这时已是中午一点，火红的太阳从头顶直射下来，炙烤在我们汗水漫流的脸上，湿透了的秋衣秋裤，紧绷绷地贴在身上，浑身上下都是黏稠的感觉。我舔了一下干裂的嘴唇，艰难地吞咽一口唾液，又仰起脖子看了看近在咫尺的山顶，继续埋头拾级而上。再次逾越了两条沟、两道梁后，我们悲哀地发现：山顶还是纹丝不动，依然那么远。

我泄气地一屁股瘫坐在地上。

事已至此，我们决定放弃登顶，立即下撤，否则体力不支，有回不到山脚下的危险。膝酸腿软，重心不稳，快到山脚下的时候，我眼冒金星，双腿几乎不能挪步，也平生第一次体味了什么是真正的饥饿。体力稍好的世翰，用棕绳牵引着我和李勇，跌跌撞撞地回到了大本营，此时，时针已指向十六点。

这次登山留给我的铭心记忆有两个：一是知道了饿到极点是什么滋味。"食，色，性也。"看来，食是超越一切的头等大事。二是登山并不那么容易，单凭热情与干劲，还是远远不够的。由此看来，大文豪兼政治家王安石在《游褒禅山记》中关于"世之奇伟、瑰怪、非常之观，常在于险远，而人之所罕至焉，故非有志者不能至也"的说法，确实是人生况味的凝练，言此及彼，寓意深长，是为至理。人这一辈子，立志并不难，难的是笃定了志向以后，要达到"险远"的目标，不仅需要不竭的热情、丰沛的知识、坚韧的毅力、实践中不断积淀强化的能力，更需要经验与智慧，一味地蛮干肯定不可取，路径的选择，至关重要。

## 19

作为中文系学生，1983—1984 年，两部小说、一部电影、一部电视纪录片，是不能不提说的。

《我的遥远的清平湾》，是青年作家史铁生在病榻上创作的一部田园牧歌式的散文化小说。作者根据自己在农村插队时的真实经历，毫不避讳地叙写了陕北山村生活的古朴、宁静，还有贫穷，但相对于喧嚣乏味的城市生活，农村又显出难得的诗意。"遥远"不仅是指时空上的距离，更重要的是审美和精神上的差异。作者以牛起笔，以人着墨，结合自己从城市到乡村又返回城市并瘫痪的生活过往，从繁华到荒芜又回归繁华的穿插，串起了一段辛酸却不失温馨的记忆。他怀念逝去的青春，深思人生的况味，笔端流溢出深沉与忧伤。作为北京知青，他因下乡而致残，但史铁生的小说字里行间没有怨恨，更没有颓废，反而满篇是诗一般清新的语言：

"河水上跳动着月光。满山的高粱、谷子被晚风吹得沙沙响，时不时传来一阵响亮的驴叫……"

与躁动的城市相比，偏远恬静的清平湾与其说是知青们的青春祭坛，莫如说是那一代人的精神家园。忠厚朴实、积极乐观的陕北人，给了轮椅上的史铁生内敛、沉静、平和的人生感悟，使他变得睿智、通达、淡定。由于这一学期写作课老师崔宝国祖籍陕北，我的家乡也紧邻陕北，班里又有不少有农村生活体验的同学，所以师生一致对这篇小说有所偏爱，对史铁生也倍加推崇。戴着一副黑框眼镜、文弱内秀的崔老师，用沙哑的声音，为我们深情地诵读小说片段，读完，放下书，眼睛望向窗外，久久不再言语。多年后，我给我的学生串讲史铁生另一散文名篇《我与地坛》时，眼前不时闪现崔老师情到深处不能自已的清晰画面。

另外一部小说是张承志的《北方的河》。与《我的遥远的清平湾》风格迥然不同，《北方的河》彰显了作者激越热烈的个性。在他的笔下，北方五河——黄河、湟水、永定河、额尔齐斯河、黑龙江，无一不是粗犷古朴、雄浑热烈的，它们饱经风霜又青春勃发，时时护佑着血气方刚的儿子，它们是报考历史专业研究生的"他"精神上的"父亲"，指引着"他"张扬个性、自信强悍，又不屈奋斗。小说尽管在"他"对北方大河考察足迹中，穿插了与一位女摄影记者的爱情，不乏温馨甜蜜的片段，但总体基调，则是"他"的追求、呐喊，从不怨天尤人，只是不顾一切执着地奔向远方。这种坚定激昂的力量，源自北方大河的血脉，主人公身上大河波涛般的豪情、汩汩滚涌的英雄气质，排山倒海般扑面而来，摄人心魄。

这是北方人引以为傲、南国人心向往之的——壮美。

总的说来，无论史铁生，抑或张承志，他们在二十世纪八十年代初，已摆脱了此前"伤痕文学"苦吟低叹的影子，也不似"大墙文学"的老辣与世故，他们从另一个角度，以年轻人为主体，以昂扬的精神为基调，浓墨重彩于特定历史背景下，一代人苦难中的探索、苦闷中的思考、彷徨后的追求，其理想主义、浪漫主义与革命乐观主义精髓，对于当时的青年大学生来说，其教育意义和引导价值，是不言而喻的。

如果说，这两部小说给了我们有益的启迪，那么有一部电影，它带给大学校园的，则是轰动、热议与震撼。

它是根据路遥同名小说改编的电影——《人生》。

因为此前，这部13万多字的中长篇小说已在文学界引起不小的反响，所以影片的上映，全国的观众自然是趋之若鹜。这样的盛况，似乎只有在二十世纪六十年代首次上映大型音乐舞蹈史诗《东方红》的时候出现过。

那是一个周末。

晚饭后，初春的寒气还没有褪尽，但老师和同学们都已早早出动，一个个提着小马扎，争先恐后地来到了土操场上，抢占最好的位置。过了一会儿，晚到一步的师生，索性在银幕后方的空地上席地而坐，静候开演，在他们看来，这个位置只是画面是反的，其他的观影效果几近不受影响。放映员马师傅看着黑压压的人群越聚越多，大家的兴致又这么高，兴奋得大鼻子越发通红，他一边娴熟地摆弄着放映机，一边咧大了嘴巴与熟人打招呼，愉悦的空气包裹在沉沉暮色里。我事先拿了一个笔记本和一支钢笔，准备随时记录精彩的人物对话，或者感人至深的故事情节。大家和我一样，兴奋和期盼，写满在每一个人的脸上。

电闪雷鸣，瓢泼大雨，主人公高加林出场了。雨夜，高中毕业的有志青年高加林，从民办教师岗位上被无情辞退，顶替他的人成功上位。这是典型的"情景交融式"的正衬处理，这个开场乍看上去也是落于俗套。但随着情节的推进，画风一变，单纯美丽、质朴善良的女主人公刘巧珍登场了。娴静可爱的巧珍出场前，先是一曲清丽婉转的歌声，轻轻地飘了过来：

> "上河里的鸭子么，下河里的那个鹅，
>
> 一对对毛眼眼照哥哥。
>
> 煮了那个钱钱么下了那个米，
>
> 大路上搂柴，瞭一瞭你。
>
> 青水水的玻璃隔着窗子照，
>
> 满口口白牙牙对着哥哥笑。
>
> 双扇扇的门来呀单扇扇地那个开，
>
> 叫一声哥哥呀你快回来，
>
> 你快回来，你快回来——"

哇，天籁之音！同样是未见其人先闻其声，但这明显比王熙凤的出场朴实多了、迷人多了，也令人舒坦多了。

这无伴奏的清唱，像黄土地旷野清风吹过来的那股青草味儿，不加丝毫修饰，形象自然，直抒胸臆，深情绵长，美得让人心悸。歌声未落，身着红衫绿裤的刘巧珍，拨开密匝匝的玉米秆叶，出现在镜头里，也一下子扑进了我们男大学生们深情款款的眼帘里。造化弄人，被排挤打击失去了教师资格的优秀青年高加林落难之际，却收获了纯真靓丽的农村姑娘刘巧珍宝贵的爱情，可谓"祸兮，福之所倚，"苦尽甘来。巧珍歪着头，两只手把玩着辫梢，一双清澈如水的"毛眼眼"不好意思地对着"哥哥"说："只要有个可心的家庭，日子也会畅快的。你要是不嫌我，咱俩一块过。你在家里待着，我给咱上山劳动，不会让你受苦的……我给你过星期天。"这直白质朴又熨帖无比的情话，是那么地率真感人，催人泪下，那含蓄娇羞的神态，又让我联想到古人"忍泪佯低面，含羞半敛眉"的诗句。还有两个人在暮色中推着自行车，在绿草田畦间相依相偎，在晚霞夕照下并肩而行的剪影，简直美得令人窒息。这样的画面和意境，使我对作家路遥、导演、演员的艺术修养和才情，充满了无比的敬佩和感激之情。

但美好总是短暂的，人心会随着环境而改变。后来的故事情节一波三折：不甘心在农村待一辈子的高加林，因为叔父是外地领导的原因，被善于逢迎的公社干部推荐到县委宣传部做了通讯员，又因工作出色，赢得了同事、城里姑娘黄亚萍的芳心。在黄的大胆追求下，他经过了一番感情摇摆和心理挣扎，最终狠心地丢弃了巧珍，投入了亚萍的怀抱。一辈子没有结婚但阅人无数的老光棍儿德顺老汉，专程从乡下赶到县城规劝加林不成，恨铁不成钢，恨恨地撂下一句："你娃把良心坏了，你丢的那可是一块金子！"言罢负气而去。失恋的巧珍万念俱灰，很快赌气嫁给了老实巴交的农村小伙马栓，应验了马栓挂在嘴边的那句"金花配银花，西葫芦配南瓜"的俗语。对于婚礼，心如死灰的刘巧珍不追求任何仪式，也不提任何要求，在她看来，成亲的婚礼，也是自己青春和爱情的葬礼。当出嫁时的巧珍骑在高头大马上，被迎娶的队伍簇拥着走到硷畔，她悄悄掀起红盖头的一角，深情地凝视着高加林那破败却曾经让她无比熟悉亲切的院落的时候，片中的背景音乐适时响起……此情此景，使我不由得停下了黑暗中在膝盖上做记录的纸笔，两行热泪情不自禁奔涌而出，"扑噜噜"洒落在土操场上。

我有点不好意思，鼻腔酸辣，止不住的热泪还在不断涌出。偷偷一看，身旁的很多观众，也在悄悄揩去眼角的泪水。

后来的故事变得简单：高加林被人告发，再一次失去了工作，回到了乡下。聪明善良的巧珍，阻止了家人羞辱高加林的行径，而高加林在经历了失去，得到，又失去的情感起伏，万箭穿心，悲从中来。他回到村口，跪在黄土地上，一把揪开衣襟，纽扣飞溅，面对苍天，发出了一声撕心裂肺的呐喊："我的母亲啊——"

《人生》的故事近乎老套，情节也并无奇崛之处，但它建构的矛盾、波澜却昭示着一个永恒的主题，那就是小说中引用作家柳青的那句话："人生的道路虽然漫长，但紧要处往往只有几步，特别是在人年轻的时候。……走错一步，可能影响一个时期，也可能影响一生。"高加林的经历告诉我们：理想虽好，但要植根于现实的土地；追求幸福，但不能偏离道德与良知的航线，否则，只有挫败，直至退回到生活的原点。电影故事是个悲剧，但作品主题却沉重而深刻。此后的两三年里，关于高加林与刘巧珍的故事，在全国各地尤其是大学校园，都成为争鸣和热议的话题，这也成为当时文坛上一个奇特的现象。由于作品鲜明的时代性，故事的典型性，使得我也和大家一样，在这部小说和这部电影里，依稀找到了自己的一些影子，个中取舍褒贬，真是一言难尽，让人心潮难平内心纠结了很长一段时间。

其实，二十世纪八十年代初，改革开放刚刚拉开序幕，城乡差别、贫富差距还十分明显，有志有为的农村青年渴望通过读书，走出苦焦、枯燥甚或愚昧的黄土地，改变自己的命运，这是不甘沉沦的挑战，也是时代的洪流使然，本也无可厚非。但在新旧交替的时刻，理想追求与道德坚守的冲击已然不可避免，传统与现代的博弈也充斥在社会的各个角落。《人生》在这一时间节点上，以敏锐的视角与深刻的主题，赢得读者与观众好评如潮，引发轰动效应，也在情理之中。

除此之外，1984年夏天，我们在电化教室收看了学校录播的25集电视纪录片《话说长江》，也让人耳目一新，流连忘返。

《话说长江》由中日合资拍摄，纪录片第一次采用了多角度抢拍、等拍、航拍等手法，把长江两岸旖旎风光、长江自古至今美妙的故事传说，通过陈铎、虹云两位资深艺术家辞藻华美声情并茂的解说，使观众由长江源头到入海口的线性结构，分集依次跟着主持人边走边看，解说引导着画面的切换，美轮美奂的镜头步步前移，层层递进，有着极为圆润、清晰的视觉效果。主题歌《长江之歌》是从全国征集的歌词中选用的，意蕴深厚，旋律优美，为纪录片增色不少。这一系列的探索创新，使这部纪录片成为中国电视史上里程碑式的作品，尤其得到了高校师生的青睐。

大学，大学文化，大学精神，正是由校园内外这些随手采撷的点点滴滴的故事，日积月累逐步荟萃而成的，青年学子心智的发育和成熟，离不开这些校园文化不断的叠加熏染。

感谢这些让我们久久难忘的小说、电影和电视片。

感谢大学。

更要感谢命运，感谢生活！

## 20

影视剧中的恋爱故事一波三折，现实版的婚姻生活也是潮起潮落。

大二刚开学不久，一位给我们讲授公共课的男老师，新房婚联的红纸还没有褪色，婚姻生活却已走到了尽头。回想一年前，新婚的男老师西装革履，意气风发，满面春风地登上讲台，抑扬顿挫的标准语音伴着幽默开朗的笑声，感染着全班的每一个同学，我们这些弟子们，也怀着羡慕与尊重，由衷地分享了老师的幸福。殊不知世事难料，仅仅不到一年时间，个头不大但脾气不小的师娘，竟然与老师烽烟四起，势同水火，逐渐演变为相互揭短、对簿公堂、分道扬镳的结局。一位是大学男老师，一位是电视台文艺女青年，两个大学生，一对知识分子，无论工作环境、社会角色，还是知识品位，都应该是令人称羡的，但在短时间内，却经营了一桩伤痕累累的婚姻。离婚后不久，我们几个同学去帮老师搬家，让我颇感惊讶的是，曾经的新房已一片狼藉，穿衣镜镜片碎落了一地，大衣柜、写字台，都已被文艺女青年用菜刀劈出了一道道豁口，惨不忍睹。我很难想象，她心里需要积攒多大的仇恨，才能玉臂一挥，手起刀落，劈出这令人胆寒的满目狰狞？

十九岁的我还没谈过恋爱，更不懂婚姻，但现实无疑在告诉我这样一个事实：生活，远比小说、影视剧更加丰富，更加波澜起伏跌宕生姿，也可能更加"喷血"。如此看来，高加林与刘巧珍由相爱到错过，未尝不是最好的结果，别人眼中的美满幸福，也许只是一厢情愿的错觉而已，鞋子合不合适，只有脚知道。我一边俯身捡拾着地上的玻璃碎片，一边这样胡思乱想。

当然，这位老师脆弱失败的婚姻只能算是个例，更多的青年教师，则在书香弥漫的校园，演绎着美好斑斓的生活故事。

拐角楼，位于学校行政办公楼东南侧，始建于宁夏师范学院、宁夏农学院、宁夏医学院三院合并为宁夏大学的 1962 年。楼体背西面东，三层，从南头盖起，延伸约七十米到了北头，也许是当时因资金或地皮所限，忽地向东拐出了约二十米的一截，故名"拐角楼"。

拐角楼是与五层的行政办公楼同时建造的。学校初创时期，它曾充当过教室、实验室、办公室、教工宿舍等。我们上学时，它是青年教工宿舍，新婚的老师，以及刚分配、调动来校工作的单身男女教师，就蜗居于此。

毕竟经历了二十多年的风雨剥蚀，拐角楼铅灰色的外墙，已斑驳陆离，水渍浸漫过的砖缝里，以及脱落了外墙砖的地方，陷下去一个个乌泱泱的小坑，看上去十分扎眼。大白天走进楼道，一片漆黑，需要停下来适应十几秒时间，才能大致看清楚走廊的陈设——煤油炉、蜂窝煤炉和码放的蜂窝煤，摆放着炊具和调料的小桌，垒起一人多高的纸箱，还有蜷缩在角落里的小板凳小马扎等，依次倚墙堆放在走廊两边，杂物制造的灰尘和食物残羹混合的气味，有点怪异，还有点刺鼻。屏住呼吸，小心地躲开头顶的纸箱、电线，绕过脚下的煤炉砖块，缓缓向里挪动，才能走进老师的宿舍。

但人们不会想到，正是这简陋的拐角楼，构成了青年教师们工作生活的乐园。

一天，我去新学期文学概论课朱贻渊老师处交作业，他和讲授古代汉语的张博老师新婚不久。朱老师身材中等偏高，右手食指断掉一小截，可能是儿时调皮留下的伤痕，他性格深沉内敛，不苟言笑，但讲课很精彩。课间的他，喜欢燃上一支香烟，一边吸烟一边看向窗外。张博老师身材高挑，气质优雅，与一位著名女演员很相像，脸上总泛出盈盈笑意，关键是秀外慧中，课讲得非常棒。轻轻敲开老师的宿舍门，我发现这是个十二三平方米的小屋。与室外杂乱走廊完全不同的是，小屋的墙壁已被粉刷得一片洁白，配上淡红的窗帘，冷暖色搭配得十分舒服、典雅。西窗下摆放着一张双人床，崭新的被褥床单鲜红与瓦蓝交错，烘托出喜庆的氛围来。紧挨床头一张香槟色写字台上，靠墙是一排书籍，桌面则是打开的书本和正在书写的教案。双人床和写字台这两样家具一放，屋里剩下的空间便局促起来。衣柜是没有的，倒是角落里有一个不那么占地方的衣架，衣架顶部是一只乳白色的圆顶地灯。我抱着一摞作业本，郑重地交给朱老师，朱老师接过去，客气地让座。我一看，这一床一桌一椅，哪有落座的地方？朱老师笑吟吟地请我坐在床边，我哪里肯坐，好奇地问了一句："你们两个人都是老师，但只有一张桌子，晚上谁用？没地方备课怎么办？"他笑了笑，顺手从门后摸出一个叠放的小马扎来，说："有办法，就用这个。女士优先，字台她用，我以床当桌，坐在马扎上照样备课。"言语间，没有一点抱怨、半丝戾气，倒是蛮知足的口吻。

我一时无语，也不忍心多打扰老师，自然更不好意思坐他那么洁净的婚床，便忙不迭地告辞出门。

回宿舍的路上，我在想：老师夫妇在这么逼仄的空间里，安于清贫，没有消极颓唐，却甘愿将一腔青春的热血，抛洒在三尺讲台上，实在令人肃然起敬，这应该就是"知识分子情怀"吧！我不难想象，无数个星斗满天的夜晚，老师蹲坐在小马扎上，弓身蜷伏在床边，聚精会神地备课，批改作业，撰写论文……偌大且幽静的校园里，拐角楼不灭的灯光，伴着虽苦犹乐的老师们，送走了多少个不眠的夜晚，又迎来多少个曙色初露的黎明。

拐角楼里不仅有蓬勃的事业，也有火热的生活。

那个年代里的人际关系相对单纯，青年男女教工们相处得都很融洽。每到午饭或晚饭时分，一、二、三层的楼道里，一阵锅碗瓢盆丁当作响之后，便飘出一阵阵扑鼻的香味。清炖羊肉、糖醋排骨、辣子鸡块、红烧鲤鱼，乃至清炒土豆丝、醋熘白菜、酸汤面片等，便纷纷出锅上桌，勾出人无数个馋虫来。难能可贵的是，一家炒菜，几户享用，各亮厨艺，互通有无，围坐用餐，其乐融融。有新入职的老师，不会做饭也没有锅灶，但也常常受邀参与其中。晚饭后，他们换上一身休闲服装，蹬起运动鞋，聚在楼旁的排球场上、篮球架下、羽毛球网两边，开始健身运动。常常是围观的师生比上场的人更多，加油喝彩声、惋惜哀叹声此起彼伏，好不热闹，将落未落的夕阳，洒下一抹金晖，映照在一张张汗津津的脸颊上，蓬勃的朝气火红的青春，便沐浴在热气腾腾的残阳夕照里。

在球场上，最吸引大家眼球的有两场比赛。一场是以体育系教师为主的教工篮球联队对阵体育系学生篮球队。两支队伍每周三下午四点开赛。到底是专业队，娴熟的球技、彪悍的对抗、眼花缭乱的运球以及精准的投射，总会赢得一阵阵呐喊叫好声。另一场是中文系男子排球队对阵学校男子排球队。说起来机缘凑巧，中文系81级男生，荟萃了七八个运动健将，除个子稍矮的主力二传"二雷子"师兄外，其余几个都是1.85米左右的个头，一个个浓眉大眼，长长的鬓角修剪得很得体，乌黑的长发向左或向右恰到好处地分梳开来，身材修长健壮而不显臃肿，倜傥儒雅而富有个性，这气质风度，不仅赢得了中文系女生的垂青，也招惹了其他系女生流连顾盼。特别是身高超过1.95米的主攻手亚斌师兄，一次次穿插跑动、起跳、劈扣，忽如疾风骤起，瞬时臂挥球落，又如天石坠地，怦然有声，紧接着场边响起一阵男生雄浑的欢呼，女生兴奋不已的跺脚、尖叫。每当此时，亚斌兄总是心如止水，面无得意之色，只是抬起左手，顺着刚刚垂落额头的长发，轻轻一撩、一抹，随即一只右手抓起排球，挺胸抬头，目视前方，巍巍然站在了发球线上。

随着我们进入大二，班里同学的关系都比较熟悉了。我们83级共两个班，我们班四十二人，男生二十名，女生二十二名；二班也是四十二人，男女生各二十一名。从性别比例看，搭配适当，平分秋色；资源丰富，宜于恋爱。在经历了一年的明察暗访、浅尝辄止的试探后，大二第一学期，班里已有几位男女同学，开始有意无意地相互走近，或将情感的触角伸向其他系的中意对象，但这大都还是朦胧的情愫，微妙的心思尚不说破，处于浅溪试水阶段。我清晰地记得，我们班一位平日里文质彬彬的"眼镜哥"，喜欢上了班里一位娇小秀气，长着一张娃娃脸的女生，不仅课堂上不时在她身上瞟来瞟去，而且一经捕捉到女孩感冒的情报，立即跑到校医院，谎称自己发烧向校医索要了感冒药，又专门采买了水果，趁早餐人流如织的机会，躲开女生宿舍楼那位眼如鹰隼、严厉无比的门房阿姨，溜进了女生宿舍楼，"翘课"整整一上午，陪在喜欢的女生床边嘘寒问暖，直到午饭时间，又低头猫腰裹在女生群中逃将了出来。他这一进一出，竟未被门房阿姨发现，这颇有点电影《三进山城》的惊险刺激。我们其他男同学知道了这个桥段后，不由得对"眼镜哥"之智之勇，大为叹服。只是一个学期过去了，或许是落花有意，流水无情，只听到雷声，未见洒下半点雨滴，有始无终，没了下文。

时代在发展，观念也在更新，追求爱情早已不是男人的专利。83级新闻班与我们一起上大合班公共课时，我无意中发现了一个小秘密：新闻班的才子阿强，文笔好，书法也好，身材挺拔，形貌俊伟，喜欢戴一顶绿色军帽。上课时，他们班长腿美女阿畅，总会蹭到他座位附近坐下，一边心不在焉地听课，一边不时低头凑向他问这问那。阿强来自南部山区，自尊、清高，或许还有些许自卑，而阿畅来自北部煤城，是干部子女，身材标致，气质如兰，是周末舞会的明星，一般的男孩难入她的法眼。因此，当阿畅如此明显地接近阿强时，阿强有点意外，便以矜持掩饰自己的慌乱，也觉得这有些不太现实，因而故意反应迟缓。几个月过去了，阿畅见阿强反应冷淡，有点伤了自尊，毅然转身，另起炉灶去了。

同班同学的情事正处于萌芽阶段，而同系、跨系、越级的男女生之间的恋爱，也在兜兜转转地上演。82级一位师兄，有着高高的个头，喜欢跳舞，平日里说话慢声细语，走路扭腰摆胯，但性格却并不腼腆。他对我们班一位婀娜娇小的女生展开了并不含蓄的爱情攻势，几天后，有同学发现，女生在师兄凌厉的攻势下，堡垒有松动的迹象，两人高低错落并排谈笑着去了文化宫影剧院。这一发现，初听起来让人好奇、兴奋，继而，大家表情便讪讪的，甚至还有些失落。毕竟，被师兄挖了墙脚，还要让我们班男生心静如水，那的确有点虚伪。

当然恋爱的勇士，我们班并不乏其人，只打雷不下雨，也不是我们班男生的专利。副班长阿勇，就是敢想敢干的主。他虽然个头不高，但多才多艺，做事干练利落，大一时便与83级政治系一名美女谈起了恋爱。那名女生是他民族预科班的同学，回族，身材高挑，棱棱的鼻梁，深深的眼窝，瓜子脸，肤色粉白，笑颜如花，属于风情万种的那一类。每到周末，副班长匆匆冲个澡，换上干净的衣服，喷几滴发胶，头发便很有个性地翘起，身上再洒几滴花露水，手提播放校园歌曲或舞曲磁带的"三洋"牌收录机，兴冲冲地跳步下楼，哼着歌儿约会去了。我们宿舍几个没有恋爱经历的同学中，平时话不多的阿健，在大二春季学期的一个周末，约83级外语系一名美眉来宿舍做客，这位个子不高却漂亮利索的川妹子，只坐了几分钟，便眼疾手快地捡起阿健床上的衣服、床单，放进洗衣盆，顺手拿起搓衣板，一转身进了宿舍对面的水房。我正要夹着书本去图书馆，便冲几位舍友眨了眨眼，几个哥儿们早已心领神会，大家友善地冲阿健笑笑，一个个借口有事，先后离开宿舍，给两位有情人，腾出一个清静的世界。

## 21

走过了大一的青涩，大二的我们，课余生活明显丰富了许多。诗社、文学社、三元书画社、剧社、英语角等学生文艺团体，都会定期或不定期组织各类趣味盎然的活动，极大地充盈了校园文化生活，烘托出浓郁的学术气息和艺术氛围。学术报告、演讲比赛、诗歌朗诵会、话剧、作品研讨会、歌舞比赛等，你方唱罢我登场，为校园生活增色不少。如果说，文学类活动带有明显学术色彩的话，那么，渐渐流行起来的校园歌曲，则因贴近校园生活、释放青春激情、触发年轻人敏感复杂的思想情绪，尤其受到大学生们的喜爱。

那时被大学生们广为传唱的歌曲除了《三月里的小雨》《蜗牛与黄鹂鸟》《乡间小路》《雨中即景》《外婆的澎湖湾》等疏淡诗意的曲目外，还有抒发羁旅海外游子情怀的《故乡的云》，以及感叹时光易逝的《金梭和银梭》等，虽然主题不同，内容相异，但都以娓娓说理或殷殷抒情见长，其清新明丽的风格，轻轻叩击着青年学子的心扉。记得与学生生活关联紧密的，如罗大佑的《童年》、张行的《迟到》，就特别受到大学生们的追捧。前者，是挣脱枯燥学习环境、向往自在生活的呼吁，浅歌低吟，略带感伤；后者则是爱而不得、彼此错过后，无奈而痛苦的呐喊，更直接，更赤裸，痛彻心扉，余味悠长。但不管心怀向往还是失意感伤，每个星期六晚上一炷举办的舞会，总是如约而至，既为向往者追求情感归宿提供了邂逅浪漫的大平台，也为失意者疗救情感的伤口找到了抚慰的止痛药。

舞蹈是美的展示。着装崭新、化着淡妆、发型精心打理过的男女大学生们，一经款款步入舞池，便是一道道晃眼的风景。慢三、快四、探戈、伦巴，男生穿着紧身衣裤，喷上发胶的头发很有个性地耸起，凸显阳刚之美；女生飘逸的连衣裙，流连顾盼的眼神，荡漾着掩盖不住的迷人气息。步入舞池的饮食男女，彼此间试探、交融、吸引、走近，乐曲带动舞步，舞步撩拨情绪，渐渐地，同步和谐，配合默契，及至舞姿出神入化，进入物我皆忘的情境。我不会跳舞，便躲在旋转跳动彩灯的阴影下或角落里，窥视着这场释放着力量宣泄着激情的青春盛宴。我分明看到，随着舞伴们彼此的熟练和投入，舞曲有节奏舒缓的《请跟我来》《相思河畔》等，渐次升级为《路灯下的小姑娘》《打虎上山》等快节奏的曲目，在一阵紧似一阵的明快旋律中，头顶的霓虹灯也加速旋转，晃人眼目，一时间乐队的小号手、萨克斯手，都鼓足了腮帮，瞪圆了眼睛，演奏得更加起劲，鼓手摇头晃脑手脚并用，一时间鸣锣响鼓如疾风骤雨，声震屋瓦的音乐和飞转迷离的彩灯，把舞池中的一对对主角和引颈旁观的人一刹那同步带入到自由驰骋、宠辱皆忘的幻境中，坠入英雄气短、儿女情长的爱河里。

一灶是全校最大的餐厅，各系的大会，全校各类文艺演出，也常常在这里举办。但其利用率最高的，除了正常的餐厅功能，还有举办周末舞会。

跳得畅快，玩得尽兴，度完了周末，放松了身心，光阴又回到了日常。周日晚上的自习课，标志着新的一周学习生活的开始。

良好的校风学风中，紧张的学习节奏压得人有点喘不过气来，所以，五个餐厅的一日三餐，便成为同学们果腹和暂时放松神经的好去处。

平心而论，学校的伙食一直还是很不错的。五个餐厅的饭菜，品种和质量大抵相近，师生共用，并不显出多少差异。一份土豆烧牛肉，牛肉多于土豆，只需花费五毛；一份扒皮鱼，有五六条之多，汁浓味美，也只需五毛；芹菜炒肉、青椒炒肉等，三毛；麻婆豆腐、土豆丝，一毛五分；至于早点稀饭馒头类，更是便宜到每份五分。这样的消费，对于我们师范专业的学生，有国家每月发放的三十四斤饭票和十八块五毛钱的菜票，基本上够用，个别饭量大一些的男生，有同班女生无偿支援的饭票，吃饱也不成问题。

也许是身在福中不懂珍惜，也许是校园故事略显平静单调，大二第二学期初夏，一宗"老鼠事件"发端于体育餐厅，进而引爆校园，演变为一起不大不小的风波。

那是一天午饭时间，有位男生在体育餐厅打了一份辣子鸡块，外加半斤米饭，兴致勃勃地边走边吃。在狠扒了几口饭菜后，他冷不丁发现，有一硕大的鸡块，上面竟然毛茸茸的，用饭勺舀起仔细一看，该男生"哇"的一声，刚吃进肚子里的饭菜，一瞬间忍不住翻江倒海全吐了出来。原来，那分明不是一块鸡肉，而是一只被爆炒了的老鼠。

愤怒和屈辱，使这位不幸中招的男生，泪水夺眶而出。

不消一刻钟，体育餐厅便被闻讯而至的同学，里三层外三层围了个水泄不通，已经有情绪激动的男生，攥紧了拳头，几乎要冲进餐厅找厨师理论，甚至给他以老拳伺候，但被赶来的老师拽住了胳膊。眼看围观的学生越来越多，厨师吓得躲了起来，这时，总务处杨明处长闻讯一溜小跑来到了现场。他找到了餐厅负责人和几位厨师，当着同学们的面，一阵破口大骂，训得他们一个个三孙子似的，不敢吭声。几分钟后，主管后勤工作的刘清儒副校长匆匆赶到，他当场宣布三项决定：一是餐厅负责人向学生公开道歉；二是体育餐厅立即关门整顿，其他四个餐厅引以为戒，自此加大卫生与食品安全检查力度，以确保师生餐饮安全；三是成立专门调查组，立即查明事件真相，追究相关人员责任，一定从重从严处理，并将处理结果在一周内向全校师生公布。

副校长和总务处长的表态，虽然暂时舒缓了双方对峙的情绪，但事件并没有得到彻底的解决，心有不甘的人群仍不愿散去。从下午一点起，学生们自发地组织起来，有的盯着总务处调查事件进展情况，有的推举学生代表找党委书记和校长请愿，还有的学生开始联系新闻媒体，扬言要向社会曝光这一事件。更有甚者，中文系和历史系几名学生上街买回笔墨白纸，上书"红烧老鼠，天下第一""老鼠伙夫，名扬天下""反饥饿、反压迫""渎职有罪，抗争有理"等条幅，从男生宿舍二楼和四楼的窗口分别悬垂下来，白纸黑字，煞是刺眼。

下午两点许，学校党委书记和校长两位主要领导，带着其他校领导和学校相关部门主要负责人，依次走进了男生宿舍楼，先是由衷致歉并表达慰问之意，接着与学生诚恳对话。夏森书记曾任自治区重点中学校长、师范专科学校校长多年，管理学校的经验非常丰富，作为全国优秀教育工作者，1962年曾被国家领导人接见。他身材不高却很敦实，貌似和蔼却又双目如炬。只见他迈着沉稳和缓的步子，带着职业性的微笑，在师生的簇拥下走进学生宿舍，那种讳莫如深又处变不惊的大将风度，让学生们感到既亲切又敬畏。他先威严地扫视了大家一圈，见学生们不说话，这才顿了顿，有意放缓了语气，语重心长地说："同学们的情绪可以理解，反映诉求也属正当合理。但你们是大学生，是知识分子，今天的这事儿，做的恐怕就不合适了吧？再说，咱们学校压迫学生了吗？"说罢，他先是威严地环视了一圈，见大家不好答话，略显尴尬，便很随和地坐在学生的床上，微笑着摸了摸身旁一位小个子男生的脑袋，仔细询问他的家庭状况，有没有困难需要学校帮助解决，对学校工作有什么要求和建议，言谈间语气很温和，目光充满慈爱，护犊之情溢于言表，现场的同学无不为之感动，无意间也平息了诸多怨气。头发花白的吴家麟校长，是我国法学界泰斗级的人物，学养深厚且平易近人，一贯深受师生们拥戴。他走进宿舍，向学生们抱拳拱手，一再表示自己失职，工作没有做好，才出了这样的事。闹事的学生见校长如此和颜悦色，并无推卸责任或压服学生的意思，拔高的嗓门也慢慢低了下来，先前涨红的脸，逐渐恢复了寻常的颜色，甚至觉得自己有点小题大做。这时，有脑筋转弯快的同学，觉得见校长一面不易，便见缝插针向校长讨教起学术问题来，校长自然也乐得顺坡下驴，迅即转移话题，与学生们热烈的讨论起来，他那略带客家口音的普通话和严谨幽默的语言风格，感染了围坐一圈的学生，一时间师生相谈甚欢，宿舍里不时传出一阵阵爽朗的欢声笑语。

姜到底还是老的辣，到了下午四点，人群已全部散去，不合时宜的标语也被撤回，一场风波，在经历了三个多小时的激荡后，终归风平浪静，偃旗息鼓。

## 22

按照其他系特别是理科系同学们的想象，中文系的学生，无非就是整天写写诗、读读小说、看看电影，再谈一场或几场不咸不淡的恋爱，在百无聊赖中偶尔无病呻吟几声，在貌似风花雪月里挥霍着弥足珍贵的大学时光。一位政治系的学生讲了一个故事，他们是这样编排中文系学友的：

中秋之夜，住在四楼的中文系某同学，推窗而视，只见皓月当空，霜落校园。面对此情此景，这位仁兄忍不住诗兴大发："啊，月亮——"，住在三楼的是政治系几位同学，正巧也在窗前品尝月饼，赏月聊天，一听楼上有人吟诗，立即屏声静气，洗耳恭听，静候下文。谁知过了好几分钟，楼上传来的却还是那一句："啊，月亮——"只是吟诵得较第一次更悠长，也更深情，但除了重复这一句外，就又没了下文。楼下偷听吟诗抒怀的人，不免有点扫兴，索性接着聊天。又过了十多分钟，只听得楼上停顿了许久的吟诵声再次响起，"啊——，我的月亮——"这一次，由浅吟低唱过渡到激昂高亢，既欲言又止，又近乎撕心裂肺，但可惜的是，仍然没有下文。楼下的几位仁兄实在听不下去，冲楼上来了一句："嗨，楼上的，月亮到底怎么了？等了半天，也没听你憋出个屁来。——神经病！"说完，砰的一声，狠狠地把楼上半死不活的呻吟，关在了窗外。

这个故事听起来未免夸张，但至少可以说明，在别人看来，中文系的学生，平时是多么轻松自在，而且又多么多愁善感。

但真实的情况，远非如此。

不说别的，就类似上述情境，据说苏小妹和秦少游有一副绝妙吟联："双手推开窗前月，一石击破水中天。"这样的美联佳句，岂是轻松自在和多愁善感就可拣拾而来的？文学素养的修炼养成，又岂是一朝一夕的功夫？

真实的情况是，从大一学年至大三学年，中国古典文学、现代文学、当代文学等，便齐刷刷依次开设了出来。先是古代文学史，分先秦两汉、魏晋南北朝隋唐、宋元、明清，断代为四大部分，先串联出古代文学史发展脉络，在你把人物作品还没有完全理清，紧接着作品选讲读又接踵而至，密匝匝一篇接一篇，说目不暇接，一点儿也不夸张，进度之快，近乎囫囵吞枣。现当代文学感觉稍好一些，但也有许多名篇还来不及品读，课程已一闪而过。自大二第二学期起，开设了欧美文学，它和随后大三即将开设的俄苏文学及东方文学，构成了外国文学的三驾马车，大致勾勒出自远古时期至文艺复兴，再到二十世纪初，亚非欧美文学发展演变的大致轮廓。中国古代文学课程，文学史先行一步，作品选后续跟进，各构成一门课，徐徐渐进，娓娓道来，引领你畅游古圣先贤思想情感的大海。外国文学课以国界和时代纵横切块，如欧美文学，只讲授一学期，17周区区51学时，而文学巨匠灿若繁星，名篇巨著浩如烟海。这种情形下，老师只好取舍割爱，优中选优，常常一节课讲几位诗人或几名作家，蜻蜓点水，浅尝辄止。像但丁、列夫·托尔斯泰、拜伦、雪莱、司汤达、勃朗特三姐妹、雨果、巴尔扎克、海明威、歌德，以及契诃夫、莫泊桑、欧·亨利、川端康成、泰戈尔、纪伯伦等，分别讲授了2~4个学时，已算是特殊待遇了。尽管在小学、中学时期，我曾经信手抓起来拜读过几本课外书，如《钢铁是怎样炼成的》《茶花女》《基督山伯爵》《欧也妮·葛朗台》等，但由于环境所限，那时读得更多的则是"文革"时期的文学作品。及至接触到欧美文学、俄苏文学领域，我才知道自己是多么地孤陋寡闻。

外国"文学史"与"作品选"齐头并进，一边飞快地提前预习和跟进阅读，一边倾听老师讲授，但还是远远赶不上课程的进度，这让我们着急而惶恐。

也许是学校和中文系的领导早就料到了这一点，从大二至大四，学校的电化教室根据授课老师的建议，每周都会安排2~3次播放电视教学片，作为辅助教学的手段。

作为学习委员，我有更多的机会接触播放电教片的老师。电教值班室位于文科楼三楼北头。走进值班室后边的仓库，录制好的磁带盒，一组组整齐地码放在书柜里，黑白相间，大小不一，有的与砖块大小相当，有的如香烟盒大小，背脊上都贴上了白色的标签，书写上片名。如《红与黑》《包法利夫人》《安娜·卡列尼娜》《复活》《简·爱》《巴黎圣母院》《悲惨世界》《漂亮朋友》《基督山伯爵》《德伯家的苔丝》《呼啸山庄》《茶花女》《飘》《汤姆叔叔的小屋》《追捕》等，无一不是如雷贯耳，让我禁不住两眼放光，视若珍宝。除此之外，也有《莫斯科不相信眼泪》《这里的黎明静悄悄》《桥》《瓦尔特保卫萨拉热窝》等反映苏联、东欧几个国家二战题材的电影；还有现代文学史上几位文豪巨擘的代表作，如《伤逝》《祝福》《子夜》《林家铺子》《家》《茶馆》《雷雨》《日出》《原野》《蔡文姬》《边城》等，清一色的经典作品，堪称文学的盛筵。至于当代的影视作品，印象较深的有《火烧圆明园》《黄土地》，以及美国悬疑电视剧《加里森敢死队》等。

观看这些电视教学片，既让我们领略了名家名著永不褪色的艺术魅力，也感恩于上海电影制片厂艺术家们的卓然风采。尤其是毕克、乔榛、丁建华、童自荣等几位配音演员，他们对人物形象精准的把握、惟妙惟肖的塑造、磁性十足余韵无穷的配音，总让人徜徉其中流连忘返。这些艺术家们演绎的作品，那绝对是经典中的经典。

老师的资料柜里，还珍藏有1983年第一期春节联欢晚会的录像带。每次我们到文科楼101、201、301、110等几个电化教室观看教学片时，老师喜欢在片头播放香港青年歌手张明敏深情演唱的《我的中国心》，他港台腔普通话的发音，轻松自然的台风以及作品鲜明的主题、悠扬的旋律，都让我们感到新鲜、亲切、温暖。

依我们二十岁左右的阅历，要完全观赏明白或读懂这些名篇，无疑是吃力且根本不可能的。好在阅读或观摩影片前，老师都会悉心指导和点拨启发，并安排观后、读后的作品讨论课。在这一学期里，我们有幸通过品味文学作品和观赏影片，从《简·爱》中认识了女性的自尊、自爱、自强的可贵，从《悲惨世界》中学到了宽恕与救赎，从《德伯家的苔丝》《茶花女》里，窥见了世俗社会与传统力量带给女性的无情伤害，也从《乱世佳人》的镜头里，直视了战争挤压下人性的扭曲等。原来，人生远不是那么简单的生老病死而已，其间穿插在每个人身世沉浮中的悲喜情节，人生况味，则足够每一位读者一辈子反复咀嚼、凝练和升华。难怪清代文学家张潮说："少年读书如隙中窥月，中年读书如庭中望月，老年读书如台上玩月。"由他的"读书三境界"，可以想见学习是伴随终身的事情。文学即人学，其审美教化作用无疑是巨大的，古今中外的名篇巨著，概莫能外。

生活在催发我们走向成熟，文学在教会我们从多维度认识社会人生。从这个意义上说，要成为中文系的高材生，要读的书可谓汗牛充栋，要思索的问题更是广袤无垠。我甚至觉得，不同于理科生，文科生四年大学读下来，即使是同班同学，其读书的质量、思想情感所能达到的境界，那差异早已高下有别，个中收获也会冷暖自知。而这些，又岂是政治系那位编排故事的仁兄和那些理科生们能品尝体味的？

在这些中外电影作品中，《红与黑》与《黄土地》，我更加偏爱些。

也许是自幼生活在贫穷艰苦农村的缘故，我一直对出生于社会底层、努力挣脱严酷生活环境的人，有着深深的认可和同情。正因如此，当胆怯、自尊、倔强甚至带有一点孤傲的于连，第一次出现在镜头里的时候，我依稀看到了他眸子里压抑不住的火焰，听到了他骨子里叛逆世俗、报复社会的滚烫血液汩汩流淌的回声。他无论苦读往返于神学院，或勾引贵族少妇德·瑞娜夫人，甚或气急败坏地向情人开枪，在我看来，这固然不应该肯定，但都是可以理解的。毕竟，他和《漂亮朋友》中虚伪无耻的杜·洛瓦不同，他毕竟还有善良纯朴的一面，没有完全在世故、欺骗中过活。在命运面前，他有过勤奋、抗争，而不是把女人作为向社会上层攀爬的唯一手段，只是奋斗的路径选择有些剑走偏锋，从而埋下了悲剧的种子。于连的故事与一年前我看到的高加林的往历，似乎有异曲同工之处，这两个年轻人的悲剧，既有个人性格的原因，但也是他们所处的时代使然。

电影《黄土地》堪称中国第五代导演的代表作，由陈凯歌导演，张艺谋担纲摄影。在此之前，人们看惯了建国初期战争片的紧促、阳刚之美，见识了太多样板戏"高大全"式不接地气的"形式美"，也多次领略了许多国产电影故事片起承转合终归于大团圆的"理想美"。所以，当《黄土地》扑面而来，那些以大红橘黄为主色调的画面，那些欲爱不能欲离不忍的情节，都让我感到新鲜有趣。自幼丧母的翠巧最终难逃厄运，嫁给了她不爱的老男人的故事走向，已使我积愤难平，特别是当老男人骨节嶙峋且粗黑无比的大手，如粪叉般无情地揭起翠巧红盖头的那一个特写镜头，尖锐地刺入我眼帘的时候，我的心一瞬间跌倒了谷底——与此同时，一阵哀婉忧伤的歌声，在狭小的电化教室缓缓响起：

"六月里黄河冰不化，逼着我那个成亲是我大。

五谷里数不过豌豆圆，人世间数不过女儿可怜，

女儿可怜，女儿哟——

天上的沙鸽对对飞，不想我的那个亲娘，又想谁……"

强烈对比的画面，适时推出的音乐，回旋往复的冲击，音响与画面剪辑得天衣无缝，紧扣主题，直击心灵。在如此强大的视觉与听觉连环冲击下，我受不了了，躲在 201 电教室的一个角落，难过得双手捂脸，泪水止不住从指缝间溢出，哽咽着几近泣不成声。

两位第五代导演，以一出爱情悲剧，寄托了对历史、民族、社会、人生深沉的思考，故事的结尾，不再是以往皆大欢喜的程式化处理，他们让观众捕捉到生活本真的不完美，甚至残忍。

这样撞击心扉的文学作品，无疑才更加有力度，更有味道。

真正有品位的文学作品，总是在提醒人们：生活中鲜有"高大全"式的人物，也永远不会都是我们善意期待的大团圆结局。编导似乎在提示我们：要学会直面漏房阴雨的打击，不要再奢望什么锦上添花的运气。面对厄运，我们只有擦干眼泪，挺起脊梁，笑对苦难，继续前行。

## 23

较之电影，小说往往更精彩、更细腻，更引人入胜。

当时，继"伤痕文学"之后，"大墙文学"又横空出世，代表人物是从维熙、张贤亮、陆文夫、陈建功、张洁、王安忆等。1984 年，宁夏本土作家张贤亮的小说《绿化树》发表了，尽管仍不脱"大墙文学"的影子，但总体基调似乎亮敞了许多，不再那么阴沉、压抑，也更受青年大学生的喜爱。

章永璘与马樱花的邂逅，是两人爱情的起点。马樱花的爱情里，有着对知识的渴慕，但更多地掺杂着善良的同情和母性的保护本能，而章永璘则从美丽善良的女人身上，找到了填充肠胃的食物和宝贵的情感寄托，得到了暂时的现实安稳。两个人的爱情其实并不对等，但真实又浪漫，野性又缠绵。作者对饥饿、性饥渴、精神困顿、心理压抑等，进行了大胆的描写和深刻的解读，展现了特定年代知识分子的苦难遭遇，振聋发聩，意味深长。

小说中的两处细节描写，也极传神。一个是章永璘从马樱花蒸熟的白面馒头上，发现了女人指尖"箩"和"箕"清晰的纹路，充满了浓浓的生活气息，女性的柔美就此栩栩如生，跃然纸上；另一个是章永璘利用厨师视觉上的错觉，用大饭盆每顿能比别人多打半勺稀饭充饥，既真实可信又诙谐辛酸。那天晚自习我读到这一段，联想到我们男大学生打饭，从大一时的铝饭盒，到大二时换成大饭盆，再到大三、大四时捯饬为铝锅打饭的经历，不禁哑然失笑，拍案叫绝。不同的是，章永璘是低标准为求生存心生一计，而我们则是为了不让米饭因饭盒太小打不够分量。尽管时代不同，境遇各异，但心理，却是相通的。

另一部让我读来拍案叫绝的，是《悲惨世界》中"石头下面的一颗心"那部分，青年马吕斯深爱珂赛特的一系列心理活动，在老雨果的笔下得以准确、细腻地捕捉和铺排：

"把宇宙缩减到唯一的一个人，把唯一的一个人扩张到上帝，这才是爱。"

"不见那唯一充塞天地的人，这是何等的空虚。"

"一个女人来到你的跟前，一面走，一面放光，从那时起，你便完了，你便爱了。你只有一条路可走，集中全部力量去想她，以迫使她也来想你。"

我的天哪，伟大无比的老雨果，对恋爱心理的描写，如同透视了年轻人心理最隐秘的角落，使你无处遁形，让我佩服到了极点。那时正在暗恋一名女同学的我，平日里的心思与小说中的描写，别无二致，这让我简直要匍匐在雨果老人家脚下了。

没有生活，作家断无可能写出如此逼真传神的细节。

文学源于生活，又高于生活，斯言至矣。

岁月轮转，节序如流，不知不觉间，我们已走进了大三。

随着《绿化树》的发表，以及根据其小说《灵与肉》改编的电影《牧马人》的热映，宁夏作家张贤亮在全国声名鹊起，其声望在中国作家群中一时无人能出其右。1985 年初秋，张贤亮应邀到宁夏大学做专题报告，地点是文科楼 110 阶梯电化教室。

下午两点，在中文系领导的陪同下，气宇轩昂的张贤亮准时出现在教室门口，一时间，已挤得水泄不通的教室立刻欢声雷动，掌声如潮。他一米八上下的个子，偏瘦，腰杆挺得笔直，身穿休闲的浅灰色夹克衫，敞开前襟，乌黑的头发微微向右后方梳理，留有长长的鬓角，一副金丝眼镜镜片后边藏着一双幽深的眼睛，看上去整个人轻盈飘逸，自信洒脱。落座后，他双手掌心向下，在桌面上轻轻点了几点，以感谢大家的掌声。在征得全场师生同意后，烟瘾很大的他用无风打火机燃上了一支"555"香烟，吸了一口，嵌在右手修长的食指与中指之间，一缕蓝色的烟雾便在他面前袅袅升腾，慢慢消散。在讲话时，他习惯于胳膊肘立于桌面，左手托腮，面带微笑，神情于沉思中散发出睿智的光芒。终究是出身于贵族世家、书香门第，二十余载的右派生涯，并没有磨蚀掉他固有的锐气，倒是锤炼出更沉稳优雅的气质，他的谈吐、举止、笑声，几乎都恰到好处，甚至好多女大学生，私下里很迷恋他吸烟的动作，认为潇洒无比。通过他的讲座我们了解到，一名二十岁的青年，朝气蓬勃，热情洋溢，却因为发表了一首取名《大风歌》的诗歌，而被划为右派，从北京发配到宁夏一个偏远的国营农场，改造了二十多年，形单影只，艰难度日。按常规推想，被冤屈了的他应该先是愤愤不平，在求告无门后继而消沉的吧？但是，并没有，他把厄运当幸运，在监管改造生活中，苦读了《资本论》，反复思索资本、货币、市场、劳动、价值等经济学说，并触类旁通，从中悟透了社会人生中的诸多问题，这也为他夯实了理论基础，积累了丰富的生活素材，使他在平反后的二十世纪八十年代初，小说创作进入了"井喷期"。面对同学们的提问，他耐心逐一作答。他并不讳言小说主人公身上有自己的影子，也承认心理创伤会传导于生理机能的消极反应，并以此揭示那个年代知识分子身心的沉重负荷。

到了互动环节，中文系 81 级一位师兄怀着好奇，用近乎刁钻的口吻提问："张老师，您小说中的马樱花，在现实中是否确有此人，曾经给予您温存？另外，您不同的小说作品中，曾经不止一次地出现了美丽善良的寡妇，给予男主人公物质和精神上的支撑，那么请问，您是否有属于您自己独特的审美观和妇女观呢？"他话音刚落，大家掌声响起，接着全场寂然无声，几百双眼睛聚焦在讲台上的张贤亮先生。只见他低头稍做沉思，又从烟盒里钳起一支烟，燃上，透过烟雾看了一眼提问的学生，渐渐地，先前严肃的脸上，开始泛起一层笑意，说："你刚才怎么称呼我来着？"对方答道："张老师呀。""噢，张老师。"他低头自言自语重复了一遍，掸去烟灰，又抬起头微笑着说："那你承认自己是我的学生了？"见对方轻轻点了点头，他接着说："这的确是个好问题，但这个话题有点敏感，涉及隐私，好像也不应该是学生提问给老师的问题吧！你说呢？"说完，用征询的目光看着对方，貌似善意实则狡黠地嘿嘿一笑，全场先是哄堂大笑，接着便响起了雷鸣般的掌声，大家无不为他的机智应对，幽默化解的水平而深深折服。

张贤亮前脚刚走，电视剧《上海滩》随后跟来，校园文化生活一时间再掀高潮。

《上海滩》是由香港无线电视台出品的 25 集电视连续剧，由周润发、赵雅芝、吕良伟几位明星大腕担纲主演，1980 年在香港首播，1985 年被引进内地播出。

该剧以民国年间的上海为背景，描述了上海帮会内复杂的人物关系和爱恨情仇，特别是许文强、丁力、冯程程之间一波三折的爱情故事，荡气回肠。爱国主题穿插着情感纠葛，悬念迭出的情节勾人心魄，武打枪战的场面惊险刺激，尤其是许文强（周润发饰）帅酷无边的气场，冯程程（赵雅芝饰）靓丽无比的容貌，一时间通过电视剧的热播，把我们这些大学生迷得神魂颠倒。在此之前，由黄元申、米雪主演的电视连续剧《霍元甲》已在大陆热播，引起轰动，"昏睡百年，国人渐已醒……"的主题曲已在神州大地广为传唱。但同是爱国题材的《上海滩》，阳刚秀美中加入了更多的儿女柔情，爱恨交加峰回路转的情节安排，则更吸引观众眼球，让人欲罢不能。许文强的礼帽、领结、一身笔挺的白色衣裤、黑亮的皮鞋，还有嘴角那一抹坏坏的笑意；冯程程清澈澄明的眼波、俏皮灵动的小辫子，爱恨交织中的苦恼无助以及敢爱敢恨的最终取舍……这些经典镜头和故事桥段，通过两位明星的演绎，精彩纷呈，跌宕生姿。开明的学校领导，破例批准电教中心，用了两个周末的全天时间，连续播完了25集录像，文科楼101、201、301、110电化教室，以及化学楼阶梯教室，被同学们挤得水泄不通。看完电视剧回到宿舍，就有男同学上街买回了黑色的蝴蝶结，模仿着许文强的做派，很潇洒地系于白衬衫的领口，本人觉得陶醉，其他同学看上去也觉得挺攒劲。

毕竟在改革开放初期，港澳文化通过电子媒体传入大陆，一切看上去很新鲜，少了政治化的刻板痕迹，多了人性化的真实随意，也许这才是这些作品颇受欢迎的主要原因。

当然，认识世界也不能仅凭读书、观看影视节目，大学生活对人的滋养陶冶，不仅得益于书本知识的充实，也得益于实践活动的铸造。古人所谓"读万卷书，行万里路"，讲的就是这个道理。

开学不久，中秋将至，我们83级（1）班全体同学，根据系里的要求和安排，赴乡村开展社会调查。经体育委员李福林联系，调研地点选在了他家乡的贺兰县金山乡插旗口村。

正是秋高气爽的季节，云淡天高，大地一片金黄。星期六下午两点，我们乘坐学校的大轿车，沿黄河西岸向北驶去。公路两边的绿树以及旷野的空气，悦人耳目，使我们暂时摆脱了"教室—宿舍—餐厅"三点一线的单调生活，放飞的心情如出笼的鸟儿，一路欢歌笑语。轿车向北行驶约四十分钟后，拐弯向西，冲着蔚蓝天际下同样瓦蓝的贺兰山疾驰而去。渐渐地，稻田不见了，绿树稀少了，地面上铺满了山沟冲积出来的各种大小不一、形状各异的黑白石子，偶尔还有一道道不宽也不深的壕沟，酸枣树、棘刺一簇簇点缀在原野里，透出一汪绿意，一丝生机。接近山脚下的时候，眼尖的同学一声惊呼，大家顺着他的手势望去，只见黑白相间的羊群，正悠闲地在半山腰漫步、吃草，缓缓蠕动。不远的前方，绿树多起来了，还有三三两两的驴骡，在稀疏的房前屋后散漫地啃食青草，几只鸡旁若无人地在路边散步，领头的一只芦花大公鸡，枣红的羽毛反射着夕阳的金黄，它低头搜寻到了食物，立即"咕咕咕咕"呼唤着母鸡上前分享，又抬头摇晃着脑袋，先是东张西望留意四周的动静，忽然间兴之所至，伸长脖子打出一声高亢悠长的啼鸣。

噢，插旗口村到了。

插旗口村位于贺兰山东麓暖泉农场与石嘴山沟口之间，是一个仅住有一百多人的小村庄。距离村庄西北两公里处的山脚下，有一条山洪冲积而成的水沟，沿着水沟逶迤而上，直通贺兰山深处，顺势爬上山顶，便能俯瞰内蒙古阿拉善左旗。沟口被山洪冲刷出一片遍布鹅卵石的开阔地，有足球场大小，一块硕大的石头，倚山脚而立，表面平滑洁净，旁边是刀斧般壁立的石崖。相传北宋与西夏两军对垒期间，穆桂英元帅曾在这块巨石上迎风而立，点将阅兵，她身后的帅旗，就插在巨石与石崖之间的缝隙里，在凛冽的西北风中呼呼作响，此地故名"插旗口"。

我们班实践活动的内容就是深入村庄，调研农村经济发展及农民生活现状，带队的是讲授政治经济学的一位皮肤白皙、身体健硕的30多岁的徐姓男老师。

太阳快落山了，我们就地取材，用石块垒起临时的灶台，拣来枯枝败叶生火，把带来的蔬菜、午餐肉等简单加工了一下，就着蔬菜、馒头、鸡蛋、罐头等，吃了一顿有滋有味的野炊晚餐。吃饱喝足后，夜幕尚未降临，大家就沿着山脚，做了约半个小时的爬山运动。因为国庆节将近，北方的白天已日趋短促，说说笑笑打打闹闹间，天完全黑下来了，我们便集中到村南头的打谷场上，用收录机播放起音乐，大家静坐在万籁俱寂的乡村打谷场上，吮吸着从山坳那边审出来的习习晚风，享受着乡村夜晚难得的祥和宁静，心中有说不出的亮敞和快意。月亮升起来了，从树梢探出头来，一瞬间水银泻地，树影婆娑。这情境让我想到了欧阳修"月上柳梢头，人约黄昏后"的名句。皎洁的月光下，同学们站起身来，伴着音乐双双在土场上跳舞。朦胧的月光，正好遮盖住平日里白天的那些羞涩与拘谨，丝丝情愫，便在迷蒙的夜色中，渐次潜滋暗长起来。

24

选修课的开设，以及首位博士生老师的登台授课，是我们大三学习生活的重大变化和全新体验。

郁达夫研究、建安文学、李清照研究、张贤亮研究、电影文学欣赏等，是新学期开设的几门选修课。选修课一开，标志着我们不必再像以前那样，狗撵兔子一般，一堂课下来一口气灌输好几位中外作家作品的内容，囫囵吞枣，难以消化，而是可以根据自己的基础和兴趣，选择自己偏爱的作家作品，开展专门的、全面的、深入的研讨。如果说"文学史作品选"是"面"，那么，一个时期的文学家群、某一位作家（诗人）及其作品，那就是"点"，只有"点""面"结合，才有助于立体地了解特定历史时期呈现的文学现象，进而探究文学产生、发展的规律。

视野向更广阔处扩展，思维向纵深处掘进，随着年级的递升，文学，正引领着我们从稚嫩肤浅，一步步走向成熟深刻。

讲授郁达夫作品的，正是多才多艺的阎承尧副主任。他 1958 年从北京师范大学毕业后，怀着一腔热血来到宁夏，但受到家庭出身的影响，他被剥夺了上课的权利，只能为师生刻蜡版、油印资料和批改作业等，可这正好让他无意中练就了一手好书法，其秀拔飘逸的板书让学生们啧啧称奇。老师与爱人长期两地分居，尝够了形影相吊相思难抑的苦头，对夫妻生活有着格外深切的体悟。所以，当他讲到郁达夫与王映霞由爱生恨直至同床异梦的悲剧时，镜片后的眼眶里泛起盈盈泪光，那情景让人动容。

建安文学由一位二十世纪六十年代初，从四川大学中文系硕士研究生毕业的廖士杰副教授开设。终究是老牌名校成色纯净的硕士研究生，年届五旬的廖老师学术功底深厚，教学极为严谨，对学生很是慈爱，只是四川口音很浓，听课时让我们稍感吃力。对于"三曹"及"建安七子"的文学成就，廖先生作了客观的比较和中肯的剖析，尤其通过系统研读曹操抒发政治志向的《让县自明本志令》以及《龟虽寿》《短歌行》《蒿里行》《观沧海》等悲怆慨然的诗作后，让我完全颠覆了以往《三国演义》中栽在曹操头上的诸多不实之词，也第一次对孟德兄旷远宏达的政治抱负、忧世爱民的悲悯情怀，产生了由衷的敬意。

什么样的人物，更具备领袖气质？这是个耐人寻味的问题。此前，人们大多熟悉曹冲称象、曹植"七步诗"、杨修的"鸡肋"等几个故事，曹植与杨修的形象，似乎在口口相传中，无意间被拔高了不少，大众的同情心，也大多倾向于他们。但事实上，曹植的不拘小节，饮酒误事，以及杨修的自作聪明，爱出风头，都是犯了男人为人处世的大忌。相形之下，曹丕的内敛守拙以静制动，则要成熟老辣得多，特别是捧读了他酣畅淋漓的《典论·论文》和慷慨激昂的《燕歌行》后，又让我从理性上认识到，魏文帝曹丕在政治上胜出才思更健的曹植，那绝非偶然。

　　李清照是婉约词派的代表人物，她的词既有浪漫缠绵，也有愤懑深邃，与自诩"才子词人，自是白衣卿相；忍把浮名，换了浅斟低唱"的柳永相比，显得更为厚重，甚至略带一丝沧桑，这也是我特别喜欢"易安词"的原因。授课的魏文远老师，是一位干巴老头儿，陇南口音很重，烟瘾极大，平时抽黑烟棒子，衣物上总弥漫着浓烈呛人的烟味。通过他的串讲，使我第一次重新认识了女词人，也廓清了以"靖康之难"为界，李清照前后期词作内容与风格的迥然不同。面对国破家亡、流离失所的艰难处境，女词人初恋时"争渡，争渡，惊起一滩鸥鹭"般的天真无邪不见了，新婚后那种"花自飘零水自流，一种相思，两处闲愁"的甜蜜掺杂着些许伤感的闺闱痕迹没有了，国破家亡离乱的生活，锻造出她"生当作人杰，死亦为鬼雄，至今思项羽，不肯过江东"的豪气，这种豪迈的气质，甚至足以愧煞七尺男儿。在经历了早寡、再婚、离异官司的多重打击后，晚年寄人篱下的女词人参透了人生，看淡了沉浮，在元夕节写出了"落日熔金、暮云合璧……不如向帘儿底下，听人笑语"这样超拔的佳句，这已经完全走出了人们传统意念中男欢女爱、离愁别恨"小女子文学"的樊篱，也切实印证了"红颜薄命"的古谚，让我不禁为之扼腕慨叹。

　　电影文学是一位演过话剧的高伟老师讲授的。他40岁左右，面色红润，身材魁梧，声若洪钟，戴一顶鸭舌帽，讲到动情处，他摘下帽子，扯下红围巾，打开《欧阳海之歌》，左臂擎起摊开的小说页面，伸向前方，声情并茂地朗声诵读道："英雄的欧阳海冲上来了，他不顾自己的一切……" 抑扬顿挫中，发颤的声带饱含着深情，辅之略显夸张的肢体动作，形神兼备，惟妙惟肖。诵毕，老师的声音、动作缓缓停顿、收回，神色凄然，几秒钟后，反应过来的同学们报以热烈的掌声，这时老师也回过神来，不好意思地一笑。

张贤亮是宁夏本土作家，同学们对他的作品都比较熟悉，大家觉得开设选修课的女老师，似乎并没有讲出多少新意，倒不如课下反复咀嚼《绿化树》《河的子孙》《男人的一半是女人》《肖尔布拉克》等脍炙人口的作品，更有滋有味些。

大三第一学期，中文系唯一的博士生老师学成归来，给我们上课，这让大家兴奋不已。博士生老师是本地人，也是宁夏考出去的第一位古典文学博士生，从苏州大学毕业后，情系故土，回到宁夏大学任教，为我们讲授明清文学。他40岁出头，略显驼背，宽大的额头上，覆盖着略显稀疏枯黄的头发，厚厚的眼镜片纹路细密，看上去度数不低。老师的古典文学功底足够深厚，尤其擅长于明末清初"江左三大家"钱谦益、吴梅村、龚鼎孳以及《红楼梦》的研究。上课时，他向来不看教案，对作家作品及文学史沿革脉络如数家珍，娓娓道来，由远及近，严丝合缝，专业水准不能不让人由衷折服。正是在他的课堂里，"禅意""天道合一""儒释道互补""道法自然"这些概念，被他解读得那样具体可感，这在我过去的课堂里，是没有感受过的。

1995年前后，他因故毅然辞别故乡，调往山东师范大学。他的离开，不能不说是中文系的一大损失，宁夏大学的一大遗憾。

相较于已走上社会并开始懂得追名逐利的老师，学生生活则要单纯得多。以上次金山乡社会实践活动为契机，班里几位男女同学的"爱情"，已呈现出更清晰的苗头。跨系、跨班级的有几对，本班和同系同级的，也有几对。毕竟已经大三，培土浇水了两年多的爱情树，枝头含苞待放已属于慢了几拍，灿烂怒放和硕果盈枝，也应属理所当然。正是在这种氛围的裹挟下，我对同级同专业的一位女生，滋生了一种别样的情愫。

这名女生是从安徽老家投亲靠友到宁夏吴忠姐姐家，又以高考移民身份考入宁夏大学的。起初，我并没有特别留意她。记得大二第二学期一个夏日晚饭后，我抱着一摞作业本去拐角楼老师家交作业，无意间看到楼下的土操场上，她在打羽毛球，而球网的另一边，正是与我同宿舍的好朋友程世翰兄。由于是熟人，我特意驻足多看了几眼。只见她个头不高，穿一件天蓝色上衣，捡球的时候，齐耳的短发黑缎子一般贴着方正白皙的面颊流泻下来，在夕阳下，折射出极有光泽的黑亮。毛茸茸的圆眼睛，乌黑发亮，说话间眼神里蓄满了盈盈笑意，和善，真诚，无邪。挺拔的鼻梁，稍尖且圆的下巴，纤细柔长的手指，使人觉得五官搭配得生动而灵秀。她刚打了一个好球，被世翰兄夸赞了几句，只见她先是羞赧地低下了头，继而抬头不好意思地莞尔一笑，笑声里露出一排整齐瓷白的牙齿，在暖融融的阳光下，伴着疏朗的笑声，飞溅开来，又袅袅上升、慢慢消散……那笑意，那圆脸，特别是那亮洁无比的牙齿，一瞬间定格在我的脑际，随后沉沉下落，堆放在我心头，渐渐弥漫开来，在我热烘烘的胸膛里，荡起了无边无际的涟漪。

什么叫一见钟情？什么是惊鸿一瞥？

好像这就是。

我按捺住起伏不定的心潮，又看了几分钟，然后默默地收藏起心思，悄悄走开。

此后的一年多时间里，我便暗暗留意起这名女生的行踪。因为我们是同级同专业的两个班，大部分上的都是合班课，这也为我暗中观察她提供了诸多方便。我发现，她总是每天早早来到教室，习惯坐在居中的第二或第三排，听课很专注；课后也经常带着她的粉红色方格坐垫，到教室里认真地写作业，或匍匐在阅览室的大桌子上看书。歪头看书的当儿，瀑布般的黑发从一侧垂落下来，她五指拢起，单手托腮，面带沉思，端庄而专注。我小心翼翼地从侧面打听了一下，她好像并没有男朋友，平时也没有发现她和哪位男生亲近些，心中便有些庆幸。但由于自幼贫困家境的影响，又让我很自卑，很怯懦，一直把这份单相思埋在心底。

这一年冬天，霜降之后，立冬之前，西伯利亚寒流一路南下东移，冷空气接踵而至，偌大的校园里，笔直参天的白杨树叶，便簌簌凋落下来，铺满一地金黄。尽管寒流来袭，但仍遏制不住校园生活的热气腾腾。1983 年的张明敏，1984 年的奚秀兰，1985 年的齐秦，这些港台明星先后亮相"春节联欢晚会"，随即在大学校园里又火了一阵，港台文化登录后受到的热捧，前所未有。女作家琼瑶，继《窗外》被广大读者，尤其是大学生、中学生读者大受欢迎后，1986 年，根据她同名小说改编的电视连续剧《在水一方》，又在江苏电视台黄金时段播出，把"琼瑶热"又推向了一个新的高潮。

说实话，这些港台小说、电视剧、歌曲等，单从思想内容和艺术品位上来讲，远没有达到让大学生高山仰止痴迷流连的程度，但大陆由于受"十年文革"的影响，人们的思想被禁锢了太久，十年间的小说影视等文学作品也实在乏善可陈，因此，人们对港台文化轻松随意的生活化元素，倍感新鲜亲切，也更乐意从心底接纳，这恐怕才是这些明星大受热捧的原因。大学生是社会变革时期最敏感最活跃的群体，改革开放初期文化艺术领域的新方向、新变化，最早被大学生捕捉，最先被呈现在大学校园里，也在情理之中。

## 25

冬去春来，时序已进入 1986 年。

继大二第一学期开设了欧美文学之后，大三第一学期，系里又为我们开出了俄苏文学和东方文学两门课。

东方文学，主要涉及西亚古巴比伦文明浸润下"两河"（幼发拉底河、底格里斯河）流域，以及印度、日本几个国家的主要文学成就，讲授的是纪伯伦、泰戈尔、川端康成等几位极具代表性的作家作品。授课的俞灏东先生曾在外交部和国家编译局工作，他和老伴杨秀琴先生在外国文学作品的编译与研究方面颇有建树，成果斐然。二十世纪六十年代初，夫妻俩放弃了首都优渥的条件，自愿支援大西北来到宁夏大学工作。俞先生 50 多岁，面容清癯，戴一副金丝眼镜，一身深色的中山服，永远穿得笔挺而洁净。先生两鬓已开始斑白，黑白相间的头发总是整齐地向后梳起，大背头的形象愈显得干练儒雅。他不苟言笑，慢条斯理，讲课不太流畅，一肚子的学问，竟然不能竹筒倒豆子般一泻而出，这让我们着急，他自己也憋得满头大汗，只是本能地右手捻起一支粉笔，掰断，一分为二；又掰断，二分为四；再掰断，四分为八……如此往复，两堂课下来，讲桌上便躺满了一堆粉笔头。

讲授俄苏文学的马丽珠老师，三十多岁，短发，瓜子脸，大花眼睛，柳叶眉，棱正的鼻子，唇线由浅粉色的口红勾勒得细腻、分明又恰到好处。一双黑亮的眸子，镶嵌在粉白光滑的脸颊上，散发出热情柔和的光芒。她是我读书以来碰到的少有的靓丽并且有气质的女老师。我原以为她是少数民族，课间有意探听了一下，却是纯正的汉族。上课铃声响起，她健步走进教室、登上讲台、摊开教案，然后迅即开讲，一整套动作一气呵成，毫不拖泥带水。马老师上课语速较快，声音略显沙哑，对作品中的女主人公尤其倾注了更多的关注和研究。她说，自尊自强的简·爱无疑值得我们尊敬，但《乱世佳人》中的郝思嘉，也不能因为她抢了妹妹的未婚夫，就简单地定义为"坏女人"，生存困境总能挤压出人的一些劣性来。讲到列夫·托尔斯泰的《复活》时，她启发我们联想一下英国诗人、自称乡村作家哈代的《德伯家的苔丝》，对玛丝洛娃、苔丝这些被玩弄受迫害的姑娘，寄予了深切的同情。在她看来，安娜·卡列尼娜和司汤达笔下的德·瑞那夫人一样，他们婚内出轨，但有深层次更复杂的社会原因，不可一言以蔽之"不守妇道的坏女人"。此前，我一直对安娜心存偏见，但通过老师的讲解、分析、引导，我有了新的认识。讲到安娜不再甘心做被摆布的花瓶和屡受利用的笼中金丝鸟，为了爱情，义无反顾地逃离无爱的家庭、摆脱虚伪的婚姻，并最终母子分离、因情感所困卧轨自杀的时候，老师黑亮的眸子，晶莹的泪花在盈盈闪烁。从那一瞬间起，我理解了深入情境的老师，也原谅了离经叛道的安娜。

应该说，从这一天起，我对爱情和婚姻，特别是家庭内外的女人的认识和了解，打开了一个全新的视角。

大学，使人的心智得以成长。

配合新开设的这两门外国文学课，我们又有幸在文科楼 101、201、

301 或 110 等几个阶梯教室，相继观看了电视教学片《战争与和平》《复活》《安娜·卡列尼娜》《童年》《静静的顿河》《这里的黎明静悄悄》《莫斯科不相信眼泪》以及《雪国》《幸福的黄手帕》《伊豆的舞女》等。也许是因为曾经热络的中苏关系，也许是缘于我生活的中国大西北与苏联地域上的迫近，甚或纯粹由于个人性格喜好的原因，我发现自己对俄苏文学情有独钟，高纬度民族剽悍不屈、自强不息的韧劲，悲怆而引人敬重。

列夫·托尔斯泰有着"心理辩证法大师"的美誉，尤擅长于女性心理描写。他在小说开头就开宗明义写道："幸福的家庭都是相似的，不幸的家庭各有各的不幸。"天哪，纷繁复杂的家庭生活，让托翁一句哲辩的语言，概括得淋漓尽致，全面深刻到无以复加的程度，不禁一下子就吸引住读者的眼球，而且让你从心底油然而生无比的敬意。不同于《复活》中的少女卡秋莎，《安娜·卡列尼娜》中的贵族少妇安娜，生活无疑更复杂、更矛盾，情感也更纠缠不清。她与贵族青年渥伦斯基的邂逅，是幸福的，但又是致命的。如果说列文与凯蒂的爱情是直白的、纯粹的，那么，卡列宁与安娜之间的婚姻则要复杂得多。在虚荣甚至虚伪的卡列宁市长看来，事业第一爱情第二是天经地义的，但安娜却不这样认为。她是有血有肉的女人，并不需要那些没有温度的礼貌，她需要的是实实在在的陪伴、热热烈烈的爱情。这种感性有点异想天开，有点不顾一切，其根由在于欲望被渥伦斯基唤醒后的失落和痛苦："特别使她吃惊的，是当她遇见他时所产生的那种对自己不满的感觉。这是一种由来已久的熟悉的感觉，也就是在对待丈夫关系上的虚情假意。她以前没有注意到这种感情，现在却十分明白而痛苦地意识到了。"天哪，托翁三言两语，便剥掉了成人婚姻的伪装，你不服都不行。

书是最好的老师，它教会人恋爱，引导人成长。

但前提是，你还需要尝试，历练，否则，仅凭阅读根本解决不了问题。

凑巧的是，当我暗恋着一名大学女同学的时候，一位中学女同学通过另一位我俩共同的女同学，向我表达了隐藏许久的好感。

东边日出西边雨，道是无情还有情。我完全没有想到，也毫无思想准备，一时间手足无措。

这位女同学应届高考时不幸落榜，复读了一年考上了一所中专学校。高中时，她在与我同级的另一个班，和我一样也偏文科，散文写得行云流水，我自愧不如。高一时，语文课买学锋老师在两个班合班课上串讲过她的散文，那优美文笔下流溢的绵绵情思，让我先是错愕不已，继而由衷佩服；高二时，买老师又在另一次合班课上，绘声绘色、眉飞色舞地串讲了我的记叙文《除夕》，想必也给女同学留下了美好的印象。所以，单从才学上讲，我还是很欣赏这位女同学的。但毕竟高中毕业后的近三年时间里，我们没有交集，甚至没有见过面，所以我压根儿也没有想到这一层。

怎么办？没有经验可以借鉴，再说这种事也不便向别人请教求助。冥想了一个下午，我觉得看在同学的分上，总不该生硬地拒绝吧，再说同学一场，还是要顾及女孩子的面子。可以想见，她通过别人表达了心意，那也是拿出了很大勇气的。这样一想，我自以为是地决定：先处一处，有个缓冲，找个合适的机会，再委婉拒绝也不迟。

但，这其实才是更大的伤害。

可惜当时的我，对此懵然不懂。

此后一段时间，女同学好几次喜吟吟来找我，每次我都约上其他高中同学一起聊天、吃饭，尽量减少两人独处的机会。直到有一天，那位传话的女同学买了三张电影票，约我们两人一起到文化宫看电影，我犹豫了一下，答应了。到了影院门口，那位女同学借故要开溜，我不得已紧跟几步追了过去，赶紧悄悄说出了自己的真实想法。

好心的女同学听了我的话，"唰"地拉下了脸，毫不掩饰责备的意思。好在她瞬间恢复了常态，故作微笑和我们一起返回影院，看完了一场五味杂陈的电影。这天晚上，一直蒙在鼓里的女同学，在心怀期望了两个月后，终于知晓了我的心思。

第二天一早，为表达诚恳的感谢与愧意，我计划主动去送女同学回实习点，顺便当面做个解释，逃避总不是办法。出乎我意料的是，女同学比我想象的坚强许多，早饭后她主动来到我们宿舍，歪着脑袋很认真地核实了我的想法后，强作欢颜，说："没关系，咱们还是同学嘛！"嘴上这么说，眉宇间却是掩饰不住地黯然。我怀着愧疚不安，坚持着把她送到了银川南门汽车站开往吴忠的班车上，直到她从后窗向我扬了扬胳膊，渐行渐远，我才长长舒了一口气，如释重负，甚至感到有点浑身酸软。我口干舌燥，在路边的小商店买了一瓶橘黄色的汽水，顺着灼热难耐的胸膛，"咕嘟嘟"一股脑儿灌了下去……

暗恋别人，我缺乏表白的勇气；被别人暗恋，我又傻傻地伤害了一个无辜的女孩。我没有一丝半点的得意，只觉得造化弄人的怅然。

当我平生第一次受到情感困扰的时候，中文系原主任、中国元稹白居易研究专家王十仪老先生，为我们开设了一门新课——唐诗欣赏。

王老是新中国成立前毕业的大学生。

据说，那时的高考，并没有固定的复习参考书，形式也相对轻松随意。

这天早晨，妈妈为他烙了一张煎饼，用一张报纸包好，他带着就进了考场。试卷发下来了，试题是：默写孙文先生的《国情咨文》。看到这样的试题，文学功底颇为厚实的他，完全傻了。因为这篇文章，他压根儿就没有读过。他左看看，右瞧瞧，发现同场考试的人，有的顺畅答题，但大多数都和他一样，抓耳挠腮，无计可施。百无聊赖中，他感觉肚子饿了，心想索性先吃几口煎饼吧，反正这也是考场允许的。打开报纸的当儿，他猛然发现，报纸的头版一整版，正是孙中山的《国情咨文》。在一阵无比的惊讶和兴奋中，幸运无比的考生王十仪同学，扔下仅仅咬了一口的煎饼，尽量压抑住加速的心跳，用颤抖的手，奋笔疾书，洋洋洒洒书写了一份再满意不过的答卷，不久，气宇轩昂地走进了大学校园。

这个故事，听说是王老自己讲给别人听的，不辨真假，我们自然也无法考证。但有一点，那就是王老的真才实学，奠定了他在国内古典文学研究，特别是元稹白居易研究方面，无可撼动的地位。

王老的第一节课，首先强调了"诗无达诂"的观点，随后，他给我们举例推介了几首古诗，并以此说明怎样的诗才能称得上是好诗。"连就连，你我相约定百年。哪个活到九十七，奈何桥上等三年。"老先生一边板书，一边摇头晃脑吟诵起来，毫不掩饰欣赏、陶醉的神情，这样直白质朴的诗，颇有《诗经》"国风"的韵味，一下子就打动了我们。

如果说宋词形象生动、细腻传神，多取材于生活日常的话，那么唐诗则普遍呈现出立意高远、气势磅礴的特点。作为中国文学史上璀璨无比的"双璧"，唐诗宋词作者作品之浩繁、艺术之高超、影响之深远，无论如何评价，都不为过。王老作为泰斗级学者，应我们强烈之呼声，以七旬高龄为我们授课，实属难能可贵。

王老颤抖着双唇，为我们梳理了唐诗兴起、发展、繁荣的总体脉络。在他看来，唐代诗歌无论山水田园诗、边塞诗，无论绝句、律诗，无论现实主义抑或浪漫主义流派，或抒发个人抱负遭际、朋友交情、人生悲欢，或反映社会矛盾、揭露统治黑暗，唐诗较之宋词都更恢弘，更具男儿气象。他眉毛一扬，戏谑地言道：徐敬亚、舒婷、顾城、北岛，被你们称为当代"朦胧诗"的杰出代表，但你们可知道，中晚唐的大诗人李商隐，那才是咱中国"朦胧诗"的鼻祖呢。"比如他的无题诗，是爱情诗吗？是，但也不全是，反倒是政治诗的居多。"他自问自答，脸上现出调皮、得意的神色。

"《夜雨寄北》是写给他夫人的吗？也不见得，更大的可能是写给他志同道合的朋友的。这分明是政治诗，哪是什么爱情诗？"说到这里，他感叹李商隐是一位处在"牛李党争"夹缝中的悲剧人物。"但他的悲剧，也许比不上他笔下的另一个悲剧人物。谁呢？寿王李瑁。"说完，他用颤巍巍的手，板书了李商隐的《龙池》："龙池赐酒敞云屏，羯鼓声高众乐停。夜半宴归宫漏永，薛王沉醉寿王醒。"写完，他讲解分析了一番，尤其同情被父皇横刀夺爱的寿王，又微闭着眼睛，吟诵了一遍，沉吟良久，缄默不语。

听了王老别开生面的讲解，使我对社会人生似乎又有了一些新的认识，顿时觉得几天来一直在意于自己那点情感小天地，实在是格局有点小。

听王老的课，揣摩王老的语气，使你不能不觉得生活的水，确乎深不可测。如此看来，我们这些嘴角刚长出绒毛，初出茅庐的毛头小伙儿，这才刚刚步入社会的浅水区呢。

## 26

如果说王十仪老先生为我们讲授的"唐诗欣赏"是宏观把控、大而化之的，那么，张迎胜老师开设的选修课"李商隐研究"，就细致深刻了许多。

张老师是山东昌邑人，中等身材而瘦削，两弯浓眉下，是一双和善的眼睛。作为山东大汉，他依稀少了些北方人的粗犷，倒多了些江南人的儒雅。他是宁夏大学恢复高考后，招收的第一届硕士研究生。在此之前，1967年他和爱人大学毕业后，先被送到宁夏军区部队农场，劳动锤炼了一年半后，又被分配到宁夏落后偏远的南部山区海原县乡下教书。整整十年间，夫妻两在偏远的农村中学，吃尽了无水可用的苦头，受够了缺医少药的煎熬，艰难地把孩子带大，直到1978年他考上研究生回到母校。由于人品敦厚，专业功底强，他先是被留校任教，后来又担任中文系副主任。张老师平时话语不多，见到学生向他打招呼，总是微笑着颔首回应，温和而亲切。他的板书工整有力，布局合理，与他清晰的讲课思路相对应，看着舒服，听着明白。他讲课的声音不高，情绪不太外露，也少了些抑扬顿挫的韵致，但能够严丝合缝，以理服人。开设选修课前，他此前为我们讲授过"魏晋南北朝隋唐作品选"，是古典文学四大部分（即"先秦两汉""魏晋南北朝隋唐""宋元""明清"）中最纷乱浩繁的一部分。浩如烟海的作家作品，正是通过张老师抽丝剥茧般的讲解，使我们知晓了陶渊明和"竹林七贤"人生态度的缘起，也领略了杜甫、李商隐执着于忠君报国、仕途发展的深层次原因，这既让我们看到了文人生逢乱世的尴尬无助，也看到了知识分子在政治斗争漩涡中不堪一击的脆弱，进而十分理解和推崇陶渊明"采菊东篱下"的超然洒脱。如此看来，王勃的"三尺微命，一介书生"，杨炯的"宁为百夫长，胜作一书生"，也确实不能被视作无病呻吟了。

魏晋南北朝时期，战乱频繁，烽火弥漫，但文学艺术方面取得了较之和平时期更为辉煌的成就，这正如春秋战国时期，诸子百家浩瀚深邃的哲思集中井喷一样。难道越是乱世，哲学思想、文学、艺术越能达到巅峰吗？张老师的回答是：凡事都有两面性，战乱尽管给百姓带来了痛苦，也破坏了生产，重创了经济，但动荡的时局又导致了东西南北人口的大迁移大流动，无论"衣冠南渡"，抑或文人士子北迁，客观上在加速民族间融合的同时，也促进了思想的交汇、文学艺术的交流整合。张老师的解答，让我如醍醐灌顶，豁然开朗。

张迎胜老师的爱人张衍芸，祖籍山西清徐，正是我们83（1）班的班主任。女张老师和男张老师是大学同学，两人情趣投合，又都成绩优秀，彼此由赏识进而相互爱慕，两人在宁南山区教书时结婚，婚后伉俪情深，比翼双飞，独生子小凯谦虚有礼，好学上进，学习成绩出类拔萃，后来考取了清华大学。我们班主任在事业上巾帼不让须眉，紧随夫君于1979年考研成功，回到宁夏大学深造，直至毕业留校任教。班主任个头不高，留短发，看上去慈眉善目的，说话慢声细语，声音还有点沙哑，但心智沉着老练，管理学生很有一套，尤其是不高兴时，不怒自威，眼睛能射出灼人的光芒，让人心生寒意。但她对学生却很好，很关心我们的学习和生活，私下里不声张地接济贫困学生，甚至亲手做好病号饭，捂在保温盒里端送给卧病在床的弟子。大一开学不久，在查阅了档案后，她动员我担任团支书（此前我在小学、初中、高中时，一直担任班干部，包括高中期间任团支书）。当时出于自卑，也担心城里学生不服，所以我婉拒了老师的好意，只担任了团支部宣传委员。不久后，她又提醒我在政治上追求进步，积极申请入党，但我还是觉得自己条件差，迟迟不敢向组织递交入党申请书。

班主任为我们讲述"现当代文学史"。她是中国现代文学研究会理事、中国茅盾研究会理事，长期从事并擅长于对现当代女作家的研究。这个女作家群，大多聪颖凤慧，事业上成就斐然，生活中却又诸多不幸，或情路坎坷，孤老终身，或命运多舛，花季凋零，如张爱玲、丁玲、林徽因、陈衡哲、石评梅、冯沅君、庐隐等，无不如此。对于茅盾、鲁迅、张恨水等男作家，她也有全面精深的研究，成果斐然，是西北高校仅有的两名茅盾研究会理事之一。但毕竟是女老师，我留意到张老师还是在女作家身上，倾注了更多的精力与热情。讲到萧红身世中不幸的童年，敏感多变的性情，老师给予了极大的理解和同情。通过老师的引导，我们发现，萧红好像总是爱错了男人，挺惋惜，也很不幸，但她的代表作《生死场》，以及她英年早逝前尚未完稿的长篇小说《呼兰河传》等，却奠定了她在中国现当代文学史上许多男作家都无以企及的地位。

宋元文学，授课的是唐骥老师和张廷杰老师。唐老师 45 岁左右，浓眉大眼，高个儿，国字脸，戴一副黑框眼镜，极其帅气。他是北京人，普通话字正腔圆，讲课语速很快，对授课内容熟悉到了从不翻看教案的程度，板书是硬朗飘逸的行草，赏心悦目。他十分推崇苏东坡，为我们讲述"三苏"赴京赶考的故事，对苏洵 27 岁时突然觉醒发奋读书，以及苏辙自小就显出性格上的沉稳和政治上的早熟，都赞不绝口。每当讲到苏轼的诗词散文，唐老师不由得双眸发亮，一边板书，一边朗声背诵原文，身体前倾，眼睛微闭，摇头晃脑，沉醉其中，直撩拨得我们在讲台下身体跟着他的节奏，前倾后仰，心情潮起潮落。唐老师古典文学功底深厚，因为家庭原因，1961年从北京师范大学毕业来到宁夏，随后又被分配到贺兰县农村学校执教多年。也许是当时的政治气候使然，唐老师养成了谨言慎行的习惯。他经常戴一顶灰色鸭舌帽，拎一个黑色旧皮包，骑一辆旧自行车，或弓着腰身在校园里穿行，遇到同事或同学，总是条件反射般地主动说一声"您好"，点一下头，不等你回应，便匆匆离去。

开设选修课"辛弃疾研究"的张廷杰老师，年届四十，中等个儿，皮肤略黑，鼻梁稍有凹陷，眼镜片后藏着一双锐利的眼睛，显出与年龄不大相称的成熟和严厉，这也许与他担任系党总支副书记的身份有关。他的课讲得不疾不徐，语调深沉内敛，但讲到了动情处，也会情不自禁提高调门，脸上泛出一丝笑意。老师出身农村，学习刻苦且成绩优秀，一路奋斗到研究生毕业，经历和情感一样丰富。闲暇时，常常会在自家平房的院子里，一把椅子，一杯热茶，微闭双目，拉几首深情悠扬的二胡曲目，自然少不了他钟爱的"秦腔牌子曲"。运弓的时候，身体会随着曲拍前俯后仰，拉到高潮部分，会不由自主地闭上眼睛，用力摇晃着脑袋，显出痛不欲生的神情来。也许是受自幼生活环境的影响，老师对稼轩词的田园风格很是偏爱，但他更推崇的，则是辛弃疾一生积愤难平的遭遇中，仍念念不忘北伐的雄心壮志，在他看来，好男儿本该如此。

词为艳科，无非男欢女爱离愁别绪而已，这是习惯性说法。但唐、张两位老师的解读，却为我们展现了宋词大气磅礴的一面，是对传统说法的一种颠覆。

尽管说，苏、辛的豪放词颇受男孩子喜欢，但柳永、秦观、李清照等人的婉约词，则无疑更受女大学生青睐。如果说柳词沾染了太多烟花柳巷气息的话，那么李清照前期的词，则要清纯、明丽许多。一首《点绛唇·蹴罢秋千》即是如此。

"蹴罢秋千，起来慵整纤纤手。露浓花瘦，薄汗轻衣透。见客入来，袜划金钗溜。和羞走，倚门回首，却把青梅嗅。"

啧啧，时间、地点、人物、特定的场景、微妙复杂的恋爱心理活动、活泼可人的少女形象，通过一首短词，刻画得栩栩如生，跃然纸上，读罢让你不喜欢都不行。

由于已暗恋了一年多，并经过多次暗中追踪观察，在易安词的撩拨下，我决定拿出点男孩该有的豪气来，向心仪的女大学生采取果决的行动。

功课当然还是提前做好了的。经侧面了解，这位女同学对古代汉语比较感兴趣，中文系已故的学术造诣深厚的左民安教授，生前有一本专著《汉字例话》，我拜读过，确实很棒。于是，我先到纬四路书店购买了这本书，又用了两天时间，字斟句酌，炮制了一封情书，取名《投石笺》，取义"投石问路"，又用自己擅长的魏碑体书法，一笔一画整整齐齐誊抄了三页，夹在这本书里。在一个冷风飕飕的冬日下午的课后，我瞅准了机会，在校园拐角楼旁的沙枣树下，当面把《汉字例话》交给了心仪许久的女同学，"这本书很不错，我推荐给你读一读。"也许是太紧张，我感觉自己面部肌肉因天冷而有些发紧、僵硬，声音也在冷风中抖动发颤。女同学愕然地看了我一眼，马上反应过来，微笑着接过书本，说了声"好的，谢谢！"我不等她说出下一句，赶紧一拧身，头也不回地迅即离开。

箭，终于射出去了。

接下来，便是忐忑不安的等待。

因为已临近寒假前的期末考试，上课次数已明显减少，再说，我也有意躲闪着女同学，生怕出现被拒绝的结果。

下雪了。来自西伯利亚的寒流，挟裹着一片片飞扬的雪花，在灰色的天际间翩翩漫舞，纷纷坠落。

这是这个冬天的第一场雪，来得比往年稍迟了一些。

看着窗外寂然无声飘落的雪花，我心里几乎荡不起一丝波纹，也看不进书，脑海中日夜萦绕的，只剩下那一件事了。

但，《投石笺》送出去了，"问路"却并不见回音。

煎熬实在难耐，忍不住了。五天后，我把与她平日里形影不离的另一位女同学，约了出来。

这位女同学分明已知晓了我的用意，她在这天午饭后，身穿紫红羽绒服，穿过校园雪毡般白花花的小径，微笑着向我款款走来。

雪后初晴的校园，看上去暖洋洋的，实则冷风割面。我对女同学也挤出一个笑脸，两人围着校园湖边走了十多分钟，先聊了一些不咸不淡的话题，随后，又折回文科楼，走进教室。

正午。雪后。午休时间。

教室空无一人，聊天正好。

看着我眼巴巴的样子，善良的女同学坐在我对面，纤细修长的食指在课桌上划来划去，又笑了笑，这才说："我估计到你约我的目的了。"我不好意思地低了一下头，旋即抬起头来，专注而勇敢地看向她，等待着更重要的下文。"她跟我悄悄说过你的心思。她还说你聪明，有才华，又是班干部，组织能力也强，学习成绩还那么好，是个好男孩。"顿了一下，她接着说："我也是这么觉得的，其实你这个人，挺好的。"说完，她两道描过的弯眉俏皮地轻轻上扬，友好地一笑，露出同样整洁的一排牙齿。我苦笑了一下，已预感到可能的结果，却还是故作镇静，盯着她的脸听下去。"但是——"女同学低下头仍然用食指在桌面上画圈，犹豫了一下，这才猛然抬起头来加快了语速，"你可能不知道，她有对象，是她安徽老家读书时的高中同学，在南京邮电学院上学。两人现在还一直保持通信呢。"

天哪，如电闪雷鸣，瓢泼大雨，又似朔风袭来，风雪交加。我脑袋嗡的一声，霎时出现了短暂的空白。

这都算什么事儿？

在二十世纪八十年代，青年大学生既现代又传统，与今天年轻人的婚恋观念，完全不可同日而语。在当时，别人有对象，你去插一足，那会被视为极不光彩甚至是不道德的行为，会遭人鄙视。所以，听到心仪许久的女孩竟然有对象，我的懊恼、沮丧，一时无以复加。我故作绅士状，大度地握别了这位女同学，从教室匆匆折返回宿舍，一头扎在上铺的床上，先是望着天花板发呆了许久，又蒙头闭眼，一连几个小时辗转反侧，纷乱的思绪和灰败的心情，使我头痛欲裂，口干舌燥，就这样翻来覆去折腾了整整一个下午。接近晚饭时分，发胀发热的头脑终于渐渐冷静了下来，我翻身起床，叠好被子，不想吃饭，到水房用凉水洗了把脸，然后重新捡拾起装满书本的黄布军用书包，迈着发木的双腿，向图书馆走去。

这时正是晚饭时间。校园的广播，正不合时宜地播放着歌手张行深情款款演唱的《迟到》："你到我身边，带着微笑，带来了我的烦恼。我的心中，早已有个他，噢，他比你先到……"

听着这歌词，以及如泣如诉的旋律，我并没有觉得感伤，而是觉得滑稽，于是独自悄然用鼻子冷笑了一下，自嘲地摇了摇头，为自己不成熟的暗恋，同时也是初恋，毅然关上了大门。

怀着悲壮的心绪，我心无旁骛地投身于书海。这学期期末的几门功课，我的考试成绩全部达到了 90 分以上。

27

大四的生活是从实习开始的。

毕业实习，如同酿了三年的醋缸，终于揭开了缸盖的蒙布，给醋糟缸里注入清水，浸泡几天，再借助压力，挤流出来的醋汁。至于这醋汁，味道是香酽的、寡淡的，还是不酽不淡的，抑或霉变串味的？看一眼，闻一下，尝一口，便了然于胸了。

平时用功读书、专注上课、积累丰富的学生，和那些整天混日子的学生，在实习的当口，根本经不住比较，高下一眼便知。

从小学一年级起，我们当学生的，一直坐在三尺讲台的下面，聆听、请教，被提问，或被表扬、被批评，这个角色一直延续到大三结束。而毕业实习，将是我们第一次登上讲台，面对一屋子学生求知若渴的眼神。位置的调换，角色的转变，让我们有几分新奇，几分期待，甚至是几分咸鱼翻身的快意，当然，还有几分隐隐的不安和担忧。

由于自上学以来，一直担任学生干部，对于登台讲话，我并不怯场。但真正要说讲课，并且一节课完全由自己主导把控，这还是让人有些紧张，感觉心里没底。

根据多年听课的经验，我知道语文课一般是这么授课的：先是"温故知新式"的导语，接下来串讲课文时，依次便是交代时代背景、逐段课文分析、提炼中心思想、归纳写作特点这几个环节。但如何行云流水般串好这几个环节，做到起承转合，井然有序，或者像协奏曲那样，依"程式部—展开部—再现部"的顺序，既放得开，又收得拢，就不是那么容易了。

"行家一出手，便知有没有。"事实上，我们初登讲台，乍一出手，好多东西就都"没有"了。

首先是教态问题。记得讲授俄苏文学的马丽珠老师曾经提醒我们说：初登讲台的青年教师，最尴尬的竟然是不知道自己的手，应该往哪里放？我试讲时，眼睛直视前方，不敢看台下具体哪个人，只是一边滔滔不绝地讲，一边本能地攥着一根粉笔，在微微发抖的双手间，倒来倒去。课讲完了，指导教师对我授课内容予以充分肯定，但对于"教态"的不自然、不美观，也提出了改进的建议。因为动作是下意识的，自己浑然不知，经过这一提醒，我这才觉得，这台上的老师，正如主席台上正襟危坐的领导，真是不能随意做动作的。

其次是语速与音色问题。语速太快，学生思路和做笔记可能跟不上；太慢，又显得对内容不够熟悉，拖沓冗长，影响学生听课的兴趣，所以，要疾缓有致，快慢结合。至于音色，如果太高，尖锐刺耳；太低，又显得萎靡不振。所以，音色以高低适中、抑扬顿挫为宜，这样才能上下呼应，浑然一体。在语速方面，如果一溜烟讲下去，不与学生互动，或者声音太小，害羞不自信，时断时续，如此等等，都影响讲课的效果。有上述此类问题的试讲，都没有通过指导教师的法眼，只好下去总结，重新试讲。

再次是课堂进程把控和板书设计问题。这方面的要求，较之前两个方面，技术含量更高，难度更大。因为字写得不好，不愿意多写板书，或虽有板书，却随性而写，凌乱无序的，都不行。课堂进程把控就更难了。有同学试讲时盯着表掐算时间，几经反复练习，觉得可以达标，但正式上课时，因紧张而不由自主地提高了语速，节奏明显加快，四十五分钟的课，不到半小时就已讲完，剩下的时间，只好让学生默读课文，带队的实习老师，实习点指导教师，同组实习的同学，七八个人只能静坐在教室后排，枯等下课的铃声，场面颇为尴尬。更有甚者，听说有个系某个实习点的女生，在十五分钟内一口气讲完了一节课四十五分钟的内容，一时间呆站在讲台上不知所措，竟当众哭了起来。

我的天，实习的考验，热身的预演，比我们原来想象的，艰难了好多。

还有来自中学生的调皮捉弄和突然发难。早自习时，我实习的高一年级一名男生，从课本上找到了一个自认为很生僻的字，突然间向我"请教"，一瞬间，周围好几双眼睛齐刷刷看过来，紧紧盯着我的脸，观察我的反应。那是"巉岩"的"巉"字，我在高中时早已读懂弄通，所以在第一时间就做出了准确的解答。我发现，那位"请教"我的男同学，先是与同桌男孩挤眉弄眼，原以为可以刁难一下实习老师，没想到我的解答迅捷而准确，这让他很感意外，另外几名学生先是做出弄懂了的样子，继而，脸上都显出略微的失落。看着这神态，我从心底理解孩子的淘气，于是便装作没发现他们的小心思，依然亲近他们，学生们也自此对我充满了好感。

我们班个子最小的男同学，早自习时，有一名男生突然站起来向他发问。面对"偷袭"，好在他反应极快。只见他略作沉吟，问那个提问男孩同桌的女同学，也是班里的学习委员："他问的这道题，你会吗？"

女孩说:"会!""那好,你念给他听听。"女孩站起来,朗声回答了男生提出的问题。我的这位只长心计不长个头的同学,如释重负,亲切地对女孩说:"回答得真好,请坐。"但他并没有让那位发问的男生落座,还补了一刀:"你看看你,这么简单的问题都不会。哼!"说完,又严厉地瞪了一眼,男生惭愧地立即低下头去,不再吭声。

下了早自习,同学把这件事说给我们听,大家捧腹大笑,大赞其机智聪明。

还有一次,一天早晨,他以实习班主任的身份,拿起花名册点名,突然,一个冷僻的名字出现在眼前。他随即机智地跳了过去,接着点下去。点完名后,他抬头问了一句:"还有没有没点到的同学?"话音刚落,一名秀气的女孩举起了右手。他故作惊讶,问:"没点到你吗?你叫什么名字?"女学生如实回答后,他装模作样在花名册上找了一会儿,这才作恍然大悟状,说:"噢,不好意思,刚才漏掉了。"一场危机,又被他轻松化解于无形。

我班这名小个子男同学,祖籍河南济源。平时,全班同学都很喜欢他的机灵和幽默。

大四,也意味着上课的时间已很稀落,我们更多的时间与精力,都放在了撰写毕业论文、读书两件事上。也正是大四,让我第一次感觉到了时间的飞快,时光的珍贵,心底滋生出一种从未有过的惶恐与紧迫。唐代诗人戎昱有"露滴千家静,年流一叶催"的名句,诗意正吻合了我此时的危机心理。

书,当然还是要读的。为我们讲授"欧美文学"的焦凤珍副教授,一位50多岁的女老师,曾在课堂上语重心长地告诫我们,特别是规劝女生："你们要多读书、多思考。今后一旦走上工作岗位，哪有这么大把的时间，供你们静心读书？"焦教授祖籍河北农村，能争取到读书的机会，并上了大学，殊为不易。"我们读小学、中学那阵儿，一放学，做饭、洗衣、带小孩、打猪草，好多活要做，哪有什么空闲读书？怎么办？没办法，只好做饭时一手拉着风箱，一手捧着书本，在锅台下抢时间，叼空念书。"老师沉浸在回忆里，顿了一下，接着说道："大学毕业了，心想总该有大把时间供自己支配了吧？嗨！你甭说，根本不是那么回事。教学任务繁重不说，还要伺候公婆、关心丈夫、照顾两个儿子，更不用说挑灯夜战批改小山一样高的几十本作业和作文，时间完全碎片化了，哪有属于自己的时间？读书？那叫一个奢侈。"老师现身说法，言辞恳切，沧桑的脸颊上，眼袋悬垂，说到动情处，声音有点哽咽。

　　焦老师的话，我高度认同。因为在我的记忆里，与我同级的三姐，因为要帮助母亲和大嫂带孩子，做家务，所以常常在我去学校上完一两节课以后，她才行色匆匆地赶到学校，期间来不及啃一口馒头，毛茸茸的头发也顾不上梳理，跨进教室便一头扎进书堆里。也许是为了早日摆脱家务的羁绊，能更专注于书本的学习，三年级的时候，她毅然决然直接跳级到五年级，自此离开了捆绑身心的村庄小学，到麻黄山公社中心小学读书，直到最后如愿以偿考上了中专和大学。

　　听了老师的劝，我立即行动起来，抓紧最后一年的大学时光，一有空闲，便一头扎进图书馆。

　　与前三年不同的是，大四时的读书，目的性与选择性更强，减少了盲目与随意性。读书的方向，除了偶尔翻翻小说、散文等文学作品，但更多选读的，则是理论性较强的书籍，以及领袖人物回忆录、名人传记等，如尼克松总统的《领导人》、李泽厚的《美的历程》、林语堂的《苏东坡传》，还有保加利亚社会学家、伦理学家瓦西列夫的《情爱论》，以及英国政治家弗兰西斯·培根的《培根论说文集》等。

《美的历程》以时间为纵线，宏观简略地介绍了中国"从遥远的记不清岁月的时代开始"，一直到当代社会，中国艺术的演变和意义。从龙飞凤舞、青铜饕餮寄寓的图腾，到先秦理性精神、楚汉浪漫主义的繁盛、魏晋风度的独特、唐宋诗词宋元山水的韵致与意境，再到明清文艺思潮的再度繁荣，青年美学家李泽厚，以其清晰的脉络、独特的视角，带着读者依次领略了中国传统文化艺术令人心悸的美。全书图文并茂，观点新颖，读来酣畅淋漓，令人折服。这本书1981年出版，1982年第二次印刷，定价仅一块九毛钱。可惜外面书店买不到，我实在爱不释手，于是一狠心，借口丢失一借不还，赔了5倍的价钱给图书馆，把书留给了自己。此后很长一段时间，因为自己的这一点私心，我还忐忑了一段时间。

林语堂是著名作家、学者、翻译家，自幼在教会学校读书，青年时期又留学美国、德国，获博士学位，回国后先后在清华大学、北京大学、厦门大学等名校任教、任职，是中国现代文学史上"论语派"的代表人物，曾两次获诺贝尔文学奖提名。《苏东坡传》是他1936年赴美时，用英语创作，回国后又自译为中文出版的。他在序文中写道："我写苏东坡的传记，没有别的理由，只是想写罢了。多年来我脑中一直存着为他作传的念头。""苏东坡是一个不可救药的乐天派，一个伟大的人道主义者，一个百姓的朋友，一个大文豪、大书法家，创新的画家，造酒试验家，一个工程师，一个憎恨清教徒主义的人，一位瑜伽修行者，佛教徒，巨儒政治家，一个皇帝的秘书，酒仙，厚道的法官，一直在政治上专唱反调的人，一个月夜徘徊者，一个诗人，一个小丑……""苏东坡已死，他的名字只是一个记忆。但是他留给我们的，是他那心灵的喜悦，是他那思想的快乐，这才是万古不朽的。"

　　啧啧，读读这诗一般的溢美之词，你并不觉得夸张，而是由衷地感到雅致、美好！的确，东坡先生丰富多彩的一生，在林先生幽默绚丽的笔下，得到了立体的展示。书中苏洵带着两个儿子进京赶考，苏辙的自荐信，以及因"乌台诗案"苏辙营救苏轼的情节，曲折生动，细腻传神，其清晰的思想、优美的文采，读来让人欲罢不能。不过，尽管《苏东坡传》很棒，我还是忍住没有窃为己有。参加工作后不久，我先后购买了《苏东坡传》《人生的盛宴》《京华烟云》《生活的艺术》《中国人》等一系列林语堂先生的著作，他在《京华烟云》中刻画的姚木兰小姐，以及他的思想、文风，使他成为我最钟爱、最服膺的作家之一。

　　《培根论说文集》是弗兰西斯·培根一家三代连续出任英国皇家掌玺大臣后，祖孙三人政治智慧和思想凝练的结晶。他的论恋爱、论结婚与独身、论友谊、论读书、论真理、论狡猾、论嫉妒、论虚伪，甚至论迷信、论残疾以及论死亡，不仅让人耳目一新，而且意味蕴藉隽永，堪称经典中的经典。拜读这本书的同时，我也仔细捧读了《傅雷家书》，在推崇西方政治家睿智头脑的同时，也为东方一位伟大的父亲，击节赞叹。

　　《情爱论》是保加利亚社会学家基里尔·瓦西列夫所撰，更是一部引导人们如何更加理性地认识情爱的伟大著作。我从宁夏大学南门口书店购得此书。细细品咂，作者对爱情与责任、爱情与道德、心灵与理智等问题，都作了详尽论述，内容涉及哲学、伦理学、社会学、心理学等，视角新颖，观点独特，读来倍感新鲜。在经历了一次被动和一次主动恋爱的失败经历后，我觉得自己还是懵懂无知，于是试图从古今中外名家名著中，汲取一点营养，希望对即将到来的恋爱婚姻，给予一丝指点和提示。瓦西列夫写道："宁找一个爱我的人，不找一个我爱的人。"意谓后者自己心苦，前者对方情累。这句话当时给我留下了铭心的记忆。老瓦的观点，一定程度上影响了我此后对婚姻家庭选择的走向。

## 28

大四的学生已开始毕业实习，大一的新生才刚刚入校。

八月下旬，酷热的暑气还没有消散的意思，沉寂了一个假期的大学校园，再次变得熙熙攘攘起来。先是二、三、四年级学生开学上课，紧接着新生也陆续报到。

学校仅有的四辆大轿车，兵分两路，分别从银川南门汽车站、新城火车站，一车接一车不停歇地把新生连同他们的家长，拉进了校园。与三年前的我们相比，这一级的新生别无二致，他们依旧衣着朴素，一脸率真，稚气未脱的眼睛东张西望，贪婪地扫视着校园里的一草一木，不时操着家乡土活，或咬着生硬的普通话，与其他新生相互介绍，偶尔正巧是同一个系，便惊喜地立刻眼睛放出光来，用力握一下对方的手，就像战争时期的地下党员，与组织失联了许久，重新找到了自己的队伍一样，有着别样的亲近和温暖。他们旁若无人大声地说话，举手投足间，掩饰不住金榜题名后的自豪与兴奋，甚至有着"振兴中华，舍我其谁"的豪迈气概。作为过来人，我深深地理解他们，虽觉得师弟师妹们自信豪壮的言行稍嫌夸张，但又深感年轻人豪气干云的可贵。他们的家长则肩背鼓鼓囊囊的行李，手提的网兜里塞满了脸盆、饭盒、暖瓶、牙膏牙刷、洗衣粉、毛巾等生活用品，喜滋滋跟在儿女的身后，扬高了下巴，张大了嘴巴，满眼的惊喜和新奇，对自家孩子就读的这所大学，充满了无比的信任和知足。

此情此景，让我联想到了1983年10月4日，我自己入学报到的那个阳光灿烂的中午。

正在马路边与我聊天的饶恒久师兄，是就读中文系、师从李增林教授的古典文学硕士研究生，络绎不绝的新生人群依次正从我俩身边走过。饶师兄看了看这支青涩的队伍，感慨地说了一句："你看，又一茬编织着美梦的傻孩子入校了！"言语间，半是理解，但更多的是调侃，甚至有一些不以为然，我听了，先是一愣，继而内心却不大认可。

你想，谁的青春里会没有梦想呢？

听师兄师姐们讲，有人是这样概括大学四年生活的：大一理想主义，大二浪漫主义，大三现实主义，大四利己主义。言下之意，大一时都怀揣着各种理想，激情迸发，干劲十足，对未知的将来，充满了美好的期待；大二时，青春的热情虽不曾降温，但追逐的目标有所偏移，谈情说爱的开始多了起来，浪漫的氛围不仅包裹着二人世界，也弥漫在校园内外的各个角落；大三时，恋情有所降温，对象相对固定，他们更多的是关注、思考学业及生活中的那些现实问题，比如在剩余的大学时光里还要完成哪些任务，分步解决哪些问题，下一步路该如何走等；大四时，毕业在即，离巢起飞之前的同窗，明里暗里相互竞争，甚至彼此算计，为留校或更为理想的毕业分配去向而绞尽脑汁，寻找出路，这时候，同窗之谊、兄弟姐妹之情都被暂时搁置一旁，残酷的竞争，挤压出人性中自私利己的一面。细一咂摸，这样的概括虽不失偏颇，但也自有它的道理。

饶师兄的感慨，正是源于"过来人"的经验、世故。

但惨烈的竞争，似乎与我并无挂碍。因为大学入校前，我们这些从小县城、大山沟农村乡下考入大学的学生，录取通知书上早已写得明白：定向分配。也就是说，入学时从哪里来，毕业还回哪里去，并且要在家乡至少贡献八年，才允许工作调动。这样的规定，原因并不复杂，毕竟恢复高考时间不长，全国各地、各条战线，都急需人才。哪里更需要？当然是偏远的城镇和落后的乡村。

是啊，我们每个人当然都无法选择自己的出身。大学毕业回原籍工作，俨然是我们这些农家儿女天生的宿命。

后来我才知道，我们83级大学生面临这样的分配规定，是前几届毕业生中没有过的，也算是试验品吧。这样的规定，意味着我们这一级学生，不会有留校工作的机会。我们两个班的84名毕业生，都将定向分配，原则上"哪里来哪里去"，还有银川籍、石嘴山籍和宁夏川区中卫县、中宁县的一部分毕业生，也将被分配到宁夏南部山区工作。

如此看来，我们这些出身山区农家的大学生，还算不上最悲催的。

班长黄贵虎、体育委员程世翰两位老哥，以及担任学习委员的我，都来自宁南山区，又都是学生干部，学习成绩优良，平时因经历相似、志趣相投，三人便成为志同道合的朋友。随着毕业季的临近，彼此就十分珍惜这所剩无多的大学时光。为给这段宝贵的日子多留下些记忆，我们仨相约，每周外出打一次牙祭，轮流做东。所谓"打牙祭"，也不过是到学校西大门外纬四路，贺兰山宾馆对面的小巷子里，那里有一家不挂招牌的小面馆，每人来一大盘一块五毛钱的炒刀削面，一瓶三块五毛钱的铁盖银川白酒，外加一小碟时价一块钱的油榨花生米，总价不到十块钱。刀削面色香味俱佳，分量很足；银川白酒52度，纯粮酿造，味醇劲道大。酒足饭饱，在微醺中，一个攀住另一个的脖子，这位搭着那位的肩膀，就可以漫步在被誉为宁大师生"鸳鸯路"的纬四路，指点江山、畅叙幽情了。

大学最后的几个月，这样的支出虽稍嫌奢侈，但我们都觉得很值得。毕竟，毕业后天各一方，以后还能不能见面，或者能见几次面，都是未知数，珍惜当下，才是真的。再说，包产到户后的农村，农民不仅能吃饱肚子，而且每年夏粮秋粮收仓以后，留足了口粮，还有一些盈余可以售卖；自家的牛羊，也可以出栏售卖皮肉、毛绒，换回一些零花钱。我清楚地记得，大四第一学期，有一天大哥来学校看我，给了我60元钱，一下子让我幸福得有些眩晕，因为自小至今，我一向干瘪的兜里，向来没揣过这么多钱啊！不久，二哥来银川办事，见我仍穿着一双半旧的手工布鞋，他二话没说，拉起我赶到老城新华百货大楼，给我买了一双价值二十四块钱的棕色皮鞋。平生第一次穿皮鞋，那鞋面油光锃亮，在太阳底下有点晃眼，虽穿在脚上不及布鞋松软舒适，但关键是，那鞋把人衬托得极有派头，挺直了腰身走几步，感觉比平日里明显更有气魄。

实习结束了，期末考试还早，趁这个间隙，我邀请黄贵虎、程世翰，还有王瑞锋老弟（他是我高中和大学的同班同学），回后洼老家做客。

又是一个深秋季节。广袤的原野，粒粒饱满的秋草，已泛出一片金黄。秋粮早已收割干净，一畦畦的庄稼地里，金黄的糜谷茬和紫色的荞麦茬，一排排单调地杵在田里，沉寂中有一点落寞。远处的一块地里，性急的农民已挥鞭下犁，开始翻耕茬地，犁铧过处，一墒又一墒灰褐潮湿的泥土翻滚了身体，把紫红金黄的糜谷荞茬以及各种野草，覆盖到泥土下面。霜降已过，大地快要封冻了，勤快的庄稼人，在赶时间哩。

从县城发往乡下老家的班车，仍然是每两天发一趟。班车从县城出发，到了大水坑镇，没有了座位不说，车厢早已塞满，连人也挤不上去。情急之下，经我提示，身体最为健硕的世翰兄率先从窗户爬了进去，然后他在里面拽，我们在外面肩扛手推，上下前后一起用力，顿时，贵虎老兄浑圆的屁股连同身体，从车内座位上的乘客身上沉沉碾过，"刺溜"一声，便滚落到车厢过道里。我和瑞锋老弟如法炮制，也前后死命挤上了班车。车上的乘客并不责怪我们的鲁莽，善良的乡民还帮忙拉拽我们上车。司机和售票员见怪不怪，眼瞅着大家总算都挤上了车，这才点火启动，于是班车轰鸣着、摇晃着，气喘吁吁地向南山坡爬行而去。

我家的打谷场上，今年堆起了好大几个粮垛。糜垛、谷垛是金黄色，小麦垛也是金黄色，胡麻垛是暗褐色，但最大的荞麦垛，有两米宽，近五米高，约二十米长，自南向北铺排开来，紫红一片，显得丰盈而厚重。

父亲和大哥大嫂、二哥二嫂正在垴畔的谷场上打场。一对驴骡牵拉着石磙，在金黄的糜铺上绕圈碾压，二哥戴着一顶旧草帽站在糜铺的正中央，吆喝着牲口，放松了手中的缰绳，挪着碎步转圈，悠然自足地哼着小曲；大哥用木杈翻动腾挪着谷草，从边缘移向中间，由下边翻到上面，直翻得尘土飞扬，他自己一顶破草帽下面，睫毛、胡须和面颊，都蒙上了厚厚一层灰尘。在场的另一边，前几日碾压打净的谷子，正在做最好的脱草和除尘处理，父亲手中的木掀铲起一掀谷粒，借着腰间的一股巧劲，木掀前高后低，顺势迎风扬起，只见一股风尘向下风口飘去，与此同时，一粒粒饱满的谷粒稀里哗啦从大嫂、二嫂的黄头巾和红头巾上纷纷砸落，大嫂掂起一把芨芨草大扫帚，轻轻漫过渐渐隆起的谷堆，只见一片片草梗、谷秸被扫帚荡去，落在谷堆的边缘；二嫂再将草梗、谷秸连同已经脱粒的秸秆，用木杈一步步拱向谷场的边缘。仔细一看，这劳动的场面分工明确，配合默契，忙而不乱，即使连动作也是疾徐有致，韵律十足。作为农村长大的孩子，我深知每年深秋打碾秋粮，对农民意味着什么。"下雨培墙，刮风扬场"，那扬场的节奏，正是丰收的韵律啊！

似乎从我上大学那天起，家人对我干不干农活，或者干多少农活，已没有了硬性指标的要求，这是一种抬爱，又是一种认可。好在我不骄不狂，依旧乐于农事。三年前的深秋，尽管已经手握大学录取通知书，我仍然在黑水汗脸地参加秋收劳动；三年后的今天，我和这几位同窗好友即将毕业，不久以后都将是吃皇粮拿工资的国家干部，所以，看到我们几个人到谷场上帮忙，父亲、哥嫂很真诚极客气地抢过了木掀、木杈、扫帚、铁锹等农具，让我陪他们在一边看着就行。

看着家人们的辛苦劳碌，联想到我和同学们享受的特殊关照，让我不禁感慨万千。命运，因为一次高考、一纸录取通知书，而完全改变了人生走向。我的中学同学，因为中考、高考而名落孙山的，只好回到黄土地上营务庄稼，早出晚归，冬练"三九"夏战"三伏"，一脸黝黑，满手皲裂；或揽一群羊，在凛冽的朔风中瑟缩着身子，眼巴巴地盯着太阳落山。而我，则坐在大学窗明几净的图书馆或教室里，向先哲研修思想，向文豪讨教命运，读书看电影之余，吃着白面馒头和大米饭，就着花样翻新的美味菜肴，既解决了物质食粮问题，也捎带解决了精神食粮问题，小日子可谓清闲而自足。

什么是天壤之别？这就是！难怪好不容易考中进士的孟郊，踌躇满志地发出了"春风得意马蹄疾，一日看尽长安花"的豪言啊！

好客的父亲，对于我大学同学的来访格外重视。尽管平常舍不得给家人吃羊肉，但他还是从自己放养的一百多只羊里，挑选了一只大山羯羊，大方地宰杀了来犒劳儿子的同窗好友。那天晚上，宾主欢聚在温暖的土窑洞里，在如豆的煤油灯下，大家品尝着母亲清炖羊肉的好厨艺，大块吃肉，大碗喝酒，忆古谈今，开怀畅饮。酒酣处，尽管红头胀脸，舌头僵硬，两眼发直，但哥几个还是一个攀着另一个的肩头，反复叙说着话不尽的友谊，诉不完的衷情。世翰兄为人实诚，酒喝得最多，酒后一连喝了三大碗羊肉汤，连声赞叹"汤比肉香"；贵虎兄则更逗，也许腰带原本不太结实，也许是真的喝嗨了咥美了，在跳下一处地埂时，竟然砰的一声，腰带不争气地撑断了，自此留下了一个话柄，被我们耍笑了几十年。只有我和瑞锋老弟，因为是主人或半个主人，又有大哥、二哥帮衬，强撑着，才没有醉倒。

我亲近无比又日趋遥远的家乡哟！

## 29

冬去春来，新学期又至。

开学不久的一天下午，在图书馆门口，我被那位自己又爱又恨的女同学拦住，她友善地邀请我"出去走走"。我很意外，很快意识到，她是有意把我堵在门口的。我低头上齿紧咬着下唇大脑飞速旋转了片刻，稍加犹豫，大方地答应了。

走出学校西大门，我们沿马路向北边军马场的方向走去。

初春的天气，乍暖还寒，强劲阴冷的西北风余威不减，和煦的东南风还在姗姗而来的路上。马路两边是郊区农民的田地，收尽了小麦，割完了水稻，田畦间满是暗褐与灰黄，萧索的景致毫无生气，正如我此刻灰败的心绪。

女同学主动向我介绍了家里的情况：姐妹四人，无兄弟，她是最小的女儿，也是唯一的大学生。父母都已年届六十，翘首期盼她学成毕业，回到身边。

"还有一位男同学也在等着你回到身边吧？"我恨恨地想，但并没有说出口。

女同学又夸赞了我不少的优点，有些是真实白描，有些是夸大写意，有点找补亏欠的嫌疑。她又说自己并没有我想象得那么好，很惭愧，也很不安，云云。

毕竟经历了一段时间的消解，我心理上对她其实已不再那么抵触，也多少有点理解她的苦衷和选择。但到底还是年轻气盛，我还是怼了她一句："希望你找一个比我强得多得多得多的人……"

我一连说了好几个"多"字，明显有些赌气的意味。

"你这么一说，不是把咱俩所有可能的大门都关上了吗？"她惊讶地抬起头来，瞪大了那双又黑又圆的眼睛，诧异地看着我。

什么？听这话音，好像还是有回旋的余地啊。这是我的第一反应。

但，开弓没有回头箭，我又赌气似的跟进了一句：

"怎么是我关上了大门？难道不是你先关上了大门吗？"

我一脚把球踢给了她。

女同学感受到了我的情绪，没再多说，两人一时无话，各怀心思，慢慢折回了图书馆，到了门口，她交给我一封信，还微笑了一下，先我一步闪身进了阅览室。

我站在二楼西侧阅览室门口拐角处，急切地打开了那封回信。回信取名《起浪篇》，对应了我炮制给她的那封情书——《投石笺》。

"投石"是为了问路，"起浪"与否倒还应该在其次，我一边这样想着，一边苦笑着摇了摇头。先飞快地浏览了一下信的内容，随手把厚厚的三页回信装进衣兜，也走进了阅览室。

坐下来打开书本，分明看不进去。于是，我趴在阅览室宽敞的条桌上，把回信压在书本下，小心地再次打开，重新仔细地读了两遍。从构思、文采角度说，回信写得情真意切，毫不矫饰，既有独在异乡的孤独，也有对年迈父母的牵念，当然也有对我很正面的评价，以及发自内心的感谢和歉意。

读到这些，我再一次抬头看了一眼左前方女同学天蓝色上衣的背影，还有黑瀑布一般的短发，一时间释然了不少，甚至从心底涌起一丝温暖的柔情，对她，也对我自己。

"待月西厢下，迎风户半开。拂墙花影动，疑是玉人来。"张生还有可以盼望的女朋友崔莺莺，而我，眼下则已然没有了这种可能。

事已至此，只有永久放下。我收起了回信，又埋头于书海，不再拖泥带水，心无旁骛。

大四开学不久，中文系在 201 电教室召开 83 级学生表彰大会。荣幸的是，我被评为优秀学生干部，奖品是一本厚厚的《唐诗鉴赏辞典》；又因学业成绩优异，我成为四年来全班唯一获得一等奖学金的学生，奖品是一本同样厚厚的《宋词鉴赏辞典》，另外还有 100 元的奖金——那可是一大笔钱呢。

真所谓失之东隅，收之桑榆。

在领取奖学金的时候，一个有趣的插曲让我印象深刻：一名同样荣获一等奖学金的学生，从系主任手中接过奖学金回到座位，第一时间从信封中抽出钱，把十张十元面值的奖学金，当着左邻右舍同学们的面，颤抖着双手仔细地数了两遍，面颊泛起了兴奋的潮红，鼻尖渗出一粒粒晶莹的汗珠。当确认无误后，他把钱小心地收进书包的夹层里，又轻轻按了两下，这才有时间抬头聆听系党总支书记的讲话。这名男同学，平日里与我关系很亲近，来自陇东穷困的农村，也是投亲靠友考入大学的。想必家境清寒，乍一拿到一大笔奖学金，激动得有点不能自持，急切数钱的动作也许欠缺点大方含蓄，但应当也是情有可原，我很善意地这样想。

其实，当时对于大学生恋爱，校方的态度是：既不禁止，也不提倡。这大致缘于那时的社会环境和优良校风的影响。自1977年恢复高考以来，被称为"新老三届"的77级、78级、79级全日制大学生，年龄差距较大，拖家带口三四十岁的大学生并不鲜见，加上以1978年春天召开的全国科学大会为标志，全国上下的知识分子，特别是大学生，无不以"振兴中华"为己任，以"一万年太久，只争朝夕""世上无难事，只要肯登攀"为座右铭。这种形势下，高校自然形成了这样一种氛围：已成家立业的，追赶时间钻研书本，也无须耽于时光谈情说爱；没成家的年轻人，也大多一心一意扑在学业上，至多在毕业前夕，有的才会一边等分配，一边找对象。这样的大学生活，在那时相当长的一段时间里，上行下效，蔚然成风。

但到了二十世纪八十年代初，宁夏大学乃至全国各地高校的校园里，因为生源的变化，未婚男女生比例的直线蹿升，谈恋爱找对象的渐次多了起来，但也并没有成为主流，即使是两情相悦，也甜腻得十分收敛，缠绵得非常隐蔽，绝无大庭广众之下搂抱亲吻等大尺度动作。围绕这方面的话题，倒是一次全校师生大会，让我记忆犹新。

那是 1985 年初夏的一个下午，全校一千五百多名学生和三百多名教师，每人一个小马扎，齐刷刷地端坐在学校唯一的标准田径运动场的主席台下，参加全校师生大会。大会紧扣两大问题，两位主要校领导分别训话。

第一个问题是男生打架。德高望重、学养丰富的吴家麟校长，是福建人，新中国成立前就上了大学，对法律知识如数家珍，授课时，还能把枯燥的理论、原理讲述得形象生动，浅显易懂。除了应教育部之邀主编了几本全国高校通用的法学教材外，其普及性专著《故事里的逻辑》在全国大小书店也长期热卖。讲话时，他用浓浓的客家版普通话，把打架对于青年人成长的危害，提升到违法、毁材的高度，进行深入浅出的阐释，说到动情处，校长不禁大声责问台下的学生："为了打架，有的学生甚至不惜到校外招兵买马，引狼入室，无视校规，意欲何为？"慈爱中含着严厉，使得我们一会儿随着他抑扬顿挫的语气、生动传神的比喻笑出声来，一会儿又被他责问得惭愧地低下头去，心情如过山车一般。

第二个问题是恋爱。讲话的是夏森书记。敦实慈祥、平时总眯缝着一对小眼睛的他，对师生嘘寒问暖，关怀备至，但生气时，眼缝中却能射出剑一般的寒光来。对于校园恋爱，他声色俱厉地讲道："你们这些娃娃，难道不知道来大学是干什么的？嗯？有的男娃娃整天喝酒打架，荒废学业；有的女娃娃也不懂得自重，不仅把用过的卫生纸随便乱扔，有碍观瞻，而且公然在校园与男学生勾肩搭背，甚至搂搂抱抱，像什么样子？"顿了一下，他又说道："作为老师，要有个老师的样子；学生呢，也要有个学生的样子。学校不是自由市场，凡事都得有个规矩。"他尖利的宁夏北部方言，伴着不容置疑的语气，鹰隼一般的目光掠过后排的学生，又停在前排坐着的青年教师身上。有的青年教师或因恋爱张扬了些，或因正在与女学生谈恋爱，心下发虚，慌忙低下头去。

两位领导的讲话，角度不同，风格各异，但殊途同归。有一点两个人是惊人地一致，那就是暴风骤雨过后，又变成和风细雨，批评完了之后还不忘鼓励一番。他们说，作为大学生，新时代的知识分子，绝不能把打架作为发泄情绪、处理问题的方式；大学并不无原则反对恋爱，但要分清主次。优良的校风、教风、学风，不能毁在你们手上。

书记、校长的训话，有原因，更有底气。的确，随着改革开放大门初启，高等教育迎来了新的发展契机。当时，尽管西方先进的教育理念伴着一些自由主义思想侵入大学校园，加之港台文化登陆的影响，使一些传统的观念与审美教化标准受到了一些冲击，但高校的主流仍然是发奋拼搏，报效祖国，办好教育，振兴中华。1978 年，宁夏大学中文系、数学系、物理系申报的硕士学位授权点取得成功，并于当年开始招生，实现了学校办学历史上研究生教育零的突破。中文系古代文学、古代汉语、现当代文学硕士点招收的首届研究生，就住在我们文科宿舍楼南侧，新近落成的单身教师宿舍楼里，两人一间宿舍。一天我慕名去拜访饶恒久师兄，探看了一下他们宿舍的陈设：上铺是床，下铺是写字台，倚墙码放着一排厚薄不一的书籍，看上去极其养眼。坐在崭新宽敞的黄色书桌前，随意向外面看去，只觉得窗明几净，书香缭绕，实在羡煞我也！

领导的讲话，多少有一些敲山震虎、防患于未然的意思。因为在当时的校园里，谈对象的学生，有，但并不多；言行出格者，则更是少之又少。人们看到更多的生活日常，是师生间亲密的情谊，同学间不含任何杂质的同窗情分。

我班年龄最大的男同学马哥，来自于宁夏南部山区固原县。他一向学习勤奋，成绩优秀，先是在家乡读完了师范，工作了两年，最终因不满足于自己的中专文凭，又边工作边复习，如愿考上了大学。因其性格温和，关爱同学，被我们尊称为"马哥"。马哥有两道浓得化不开的剑眉，读书刻苦且十分专注，私下与我们聊天的时候，能用宁夏南部山区特有的方言，为我们绘声绘色讲述一个又一个稍带点黄色的段子。这些段子多取材于朴实无华的农村生活，故事起承转合，高潮迭出，讲述过程中欲扬先抑、藏头露尾，让人捧腹大笑的同时，必有所悟，通俗而不失文雅。马哥不幸患有癫痫病，多次发病，每每发作时，口吐白沫，昏迷长达三五分钟之久。好在大家都理解他求学的不易，也担心他因病被学校劝退，所以全班同学和善良的班主任老师，不约而同默契地为马哥守护着这个秘密，直到他顺利毕业。毕业后的马哥，没有辜负班主任和同学们的好心善意，一如既往地努力，凭良好的专业课功底，进入一所由师范学校改制的重点高中任教，成为当之无愧的业务骨干，业绩突出，桃李芬芳。由他一手指点培养的一位回族女学生马金莲，后来成长为全国知名女作家，斩获了"茅盾文学奖"。2007年暑假，我们83级学生毕业20周年聚会时，一贯滴酒不沾的马哥，端起满满一杯茶水，抱拳感念师生们当初的深情厚谊，狠狠地一饮而尽，眼里泛起了泪花。

学校为学生配发的每月34斤饭票，女生每月基本能剩10斤左右，而有的男生却不够吃。于是，我们班的大多数女生，总会把剩余的饭票，无偿支援给胃口大的男生，四年里莫不如此。按说，她们完全可以把这些饭票兑换成现金，补贴学习生活的其他开支，但她们没有这样做。在那个世风纯净的年代，友谊，轻而易举打败了金钱。

还有，那时男女同学的交往，大方而有分寸。唇枪舌剑地讨论甚至偶尔打闹，也是有的。但日常工作生活接触中，不功利，不世故，不算计，很少飞短流长。个别有心机的同学，大家都会敬而远之。从大三起，我由团支书转任学习委员，与我们经常合班上课的83级（2）班学习委员，是一位韩姓女生，她喜欢穿一身天蓝色的外套，眉清目秀，身材窈窕，形象气质很是甜美。大三最后一个学期，期末考试刚刚结束，我和她每人抱着自己班级一摞《学业成绩登分册》，相约送到授课老师家登分。那是七月初的一个下午，校园下起了淅淅沥沥的细雨，女学习委员见我没有打伞，便大方地靠近我身旁，撑起她的小花伞为我俩挡雨。我当然无法拒绝女生的好意，但实在靠得太近了，几乎能感受到彼此的气息，这让我稍有些不自然，但也不好意思逃开，那样会显得小家子气，所以我只好留意尽量不要蹭到她的胳膊，这样，走起来步态也就显得有点僵硬。为掩饰窘态，我不时抬头看看她花伞上的蓝朵，又有一搭没一搭与她聊几句，期盼着把这段路快点走完。

30

二十世纪八十年代初期，历史题材的古装戏渐渐充斥了荧屏。如1983年上映的电影《火烧圆明园》，1984年播出的电视连续剧《武则天》，都赢得了大学生的热捧。热捧的原因，与其说是因为明星出演效应，倒不如说源自历史题材对大学生的吸引。

武则天是颇有争议的历史人物。一般来说，大学生大都知道骆宾王生花妙笔炮制的洋洋洒洒的《讨武曌檄》，以及武则天死后留下的意味深长的那块"无字碑"。但作为中国历史上非凡的政治家、唯一的女皇帝，谁又能理解她挽唐朝大厦于将倾、续写李唐统治的辉煌后，又主动交权李氏家族过程中的艰难，甚至遭人误会、唾骂的感伤？正如连续剧主题曲《知我无情有情》中演绎的那样："谁濒临绝境，心中会不吃惊？谁临困苦里，身边会不冷清？……谁能做我公正，静静听我心声？"

说实话，大学校园的神奇之处，在于引导人学习，教会人思考。无论慈禧太后，或者武则天，因为她们女政治家的角色，千百年来一直惹人注目，有时也遭人非议，其实客观地说，大多数后人的评价，却并不那么客观公正。所以，那一段时间里，每天晚上我们挤到201、301电化教室追剧后，披着一星半点的月光，哼唱着主题歌柔婉哀伤的旋律，一次次意犹未尽走回宿舍的时候，我从心底里，对有血有肉的武则天，油然而生敬意。

除历史题材电视剧外，名著纷纷被改编搬上荧屏，在当时也渐成风尚。1986年，由内地女导演杨洁执导的电视连续剧《西游记》在央视闪亮登场，一时间好评如潮，就连蒋大为演唱的主题曲《敢问路在何方》，也一夜间家喻户晓。这一段时间里，文科楼101、201、301、110四间电化教室，又成为我们经常光顾的地方。无独有偶，1987年初夏，另一名知名导演王扶林，其执导的电视连续剧《红楼梦》横空出世，璀璨夺目，吸睛无数，使无数观众趋之若鹜，欲罢不能，他那堪称豪华光鲜的顾问、演员阵容，辅之以著名作曲家王立平的加盟，在中国当代影视发展史上，留下了浓墨重彩的一笔。

影视剧演绎的都是源于生活、高于生活的剧情，而现实版的生活，也同样丰富多彩。而且，随着毕业季的临近，恋爱情节的闪现、推进，也日渐跌宕生姿起来。

班里有位老大哥，与我关系很要好。他先就读于师范学校，参加工作两年后，又自强不息地考入宁夏大学。由于年龄稍大，加之性格的原因，老大哥的为人处世，一向老成稳重，但又不乏风趣随和。除了专业功底不错外，他还写得一手好字。至于他的爱情，究竟情归何处，这哥儿们却从不向我透露一丝半点，平日里，也没有露出蛛丝马迹来。但一切隐藏，都是暂时的。1987年初春的一天，这位老兄终于按捺不住，拿着一封信，貌似平静实则忐忑地交给我和马哥、世翰兄过目。那正是一封蓄谋已久的情书，用纯蓝色墨水书写，书法精美，词藻华丽，密密麻麻共四页之厚。信中不仅畅叙了一名男生对一名女生由欣赏到爱慕的过程，而且在盛赞气质美女的同时，对两个人的现实处境及未来发展轨迹，进行了缜密的分析和展望，琴瑟相和的愿望由衷而热切，可谓既情真意切，又说理充分。原来，老大哥心中的朱丽叶，正是曾经和我一起比肩打伞，雨中送登分册的女学习委员。我先是一怔，马上明白了个中缘由。女学习委员相貌甜美，气质优雅，虽说在黄河边长大，从川区城镇中学考入大学，但她同样面临着"定向分配"到南部山区的命运，那里，正是老大哥的家乡，他未来事业发展的大本营。言为心声，老大哥的情书写得字斟句酌，情绪饱满，逻辑也很严密，我们这几个好朋友，自然也挑不出什么毛病来，更谈不上有什么指导性的意见和建议。于是，他在稍做犹豫后，还是把信塞进学校西大门斜对面邮局门口墨绿色的邮筒，静候回音。大约两周以后，当我又一次探问结果时，他略显尴尬地揉了揉发红的鼻尖，慢吞吞地说："人家有对象，宁夏医学院的，是高中同学。"话虽然说得轻松淡然，但神情上还是有些落寞。

另一位老兄的恋爱故事，则是另一个版本。他本来喜欢我们班的一位女同学，女同学热情开朗、天资聪颖，皮肤稍黑，戴一副深度近视眼镜，学习成绩也不错。女同学对他也很有好感。但理性十足的他，自认为对方不可能随自己回南部山区受苦，更大的可能是留在银川工作，所以，一直不敢表白。时间久了，这位女同学见他没有进一步的表示，两个人的交往，便慢慢淡了下来。有一天，老兄告诉我，他其实更喜欢我班的另一位女生，这位女生虽同样来自南部山区，但聪明漂亮，蕙质兰心，还写得一手俊逸的钢笔字。他知道我与这位女同学一直以姐弟相称，便想通过我刺探一下对方的态度。我自然既好奇又兴奋，怀着一股侠骨柔肠，衔命而行。一天午饭后，我把该女生约到临近文科楼的化学楼，在二楼扶梯处，向她郑重转述了老兄的绵绵情思，并为之美言、说项。出乎意料的是，女同学以年龄大于男方为由婉拒了，临别之际，又对我强调了一句："他人挺好的，我也很感谢他这份心意，但我要找的男朋友，字起码应该写得漂亮吧？"说完，莞尔一笑，我略微一怔，便明白了她择偶的大致取向了，一时间，既为此感到惋惜，也为自己没有完成好哥儿们的郑重托付，有些歉疚。

类似这样落花有意、流水无情的校园恋爱花絮，与当时流行的某些校园歌曲倒是很吻合。除当时传唱度很高的《迟到》外，1984 年大陆上映的台湾电影《搭错车》，该影片中的原创歌曲《酒干倘卖无》《是否》

《请跟我来》等，一时风靡大江南北。特别是《请跟我来》那首歌词："我踩着不变的步伐，是为了配合你的到来。在慌张迟疑的时候，请跟我来……别说，你不用说，你的眼睛已告诉了我。当春风飘呀飘在，你滴也滴不完的发梢，带着你的水晶项链，请跟我来——"著名歌手苏芮演唱中宽广的音域，独特的表达，强烈的沧桑感，忧郁而感伤的情调，让人闻之不禁悲从中来，情不能自已。无独有偶，由暹罗民谣改编而来，并于1983年起广为传唱的《相思河畔》，其歌词唱道："自从在相思河畔见了你，就像那春风吹进心窝里，我要轻轻地告诉你，不要把我忘记……秋风无情，为什么吹落了丹枫？青春尚在，为什么会褪了残红？啊，人生本是梦！"这样的唱词，也是如歌如泣，如怨如诉。俗话讲，一万名观众，心中有一万个哈姆雷特。每个人，都有自己非同寻常的情感经历，都值得珍惜和铭记。大学生恋爱不成，或劳燕分飞的情伤，与校园里传唱的歌曲混搭起来，就显得更加贴近情境，凄婉绵长。

大学注定是一抹初升的朝阳，一截青涩的岁月，一段沉醉铭心的流光。那时的我们，少年不识愁滋味，总是把一时间情感上的得失看得太过严重，偶尔一记闷棍打来，便觉得天塌地陷，世界末日来临了似的。其实等摔上一跤，栽几个跟头，稍微咂摸出一点人生况味之后，我们就会发现：

"所谓别人的新欢，也无非你的旧爱而已。"

"刚刚迎来的，也许是即将失去的。"

"祸兮，福之所倚；福兮，祸之所伏。"

听听，这都是多么精辟的概括啊！

俗话说得好，"风水轮流转""三十年河东，四十年河西"，摆脱稚嫩、狭隘，让时间和经历打磨上几次，你就会明白：自己当时觉得过不了的那些坎，过上一段时间，回过头来一看，远没有那么致命，甚至可以付之一笑。有些事，只要经历过，弄懂了看开了，也就那么回事儿，只需微微一笑，便已云淡风轻。

当然，对于当时沉迷情网，少不更事的大学生来说，认识要达到这样的高度，尚需时日。

人都有年轻的时候。失恋，应该是成长路上的必修课。

也正是因为年轻，后来在我班又衍生出一些故事插曲。

大学时代最后一个元旦，各班教室披红挂绿，张灯结彩。我班的 42 名同学，在文科楼 109 教室，课桌倚墙整齐摆放，留下中间一块空地，表演节目。我清楚地记得，贵虎兄模仿了一段农村大婶到隔壁邻居家串门寒暄的情景："他二妈，今儿个几哩啥？"模仿的动作、声音，惟妙惟肖。我先是在我们班朗诵了写作课刘国尧老师的诗作《黄河啊，你从我心中流过》，随后，又陪同班长黄贵虎到隔壁 83 级（2）班，代表我们班同学，向四年来的同窗，表达了衷心的新年问候，拗不过（2）班同学的热情邀约，我又用重音口琴为他们吹奏了一曲《绿岛小夜曲》。等我和贵虎回到 109 教室的时候，大家欢歌笑语，情绪已逐渐热烈起来。此时，班主任张衍芸老师，陪同系主任刘世俊教授、副主任阎承尧教授走进教室，与大家畅叙师生之情，共同辞旧迎新。拗不过大家的热烈邀请，刘主任即兴朗诵了毛主席的诗词《如梦令·元旦》：

"宁化、清流、归化，路隘，林深，苔滑。今日向何方？直指武夷山下。山下，山下，风展红旗如画。"

他那浑厚又充满磁性的音色，标准的普通话，把这首词蕴含的乐观情绪和愉悦基调，演绎得淋漓尽致，令我们沉醉、神往。阎副主任则用随身携带的两只口琴，为我们演奏了两支欢快的曲子，只见两支口琴在他的唇齿间上下翻飞，悠扬的旋律夹杂着动听的"啪音"，赢得大家掌声一片。张老师还是一如既往地细致耐心，察言观色，凑近我们，问问这个，又看看那个，一脸慈爱，满眼关切，使我们一个不漏地感受到她的周全和温暖。只可惜领导和老师离开后，教室里却发生了不和谐的一幕：一名男同学因失恋，喝多了耍起酒疯；另一位女同学也喝醉了，直哭得梨花带雨，泣不成声，至于喝醉的原因，也是失恋。

都是恋爱惹的祸。

大学的最后一个元旦，真是过得很不喜庆。

对于大学生来说，失恋本也稀松平常，并不值得大惊小怪。因失恋而失态，其实也只能说，年轻人气度和格局的锤炼修养，还差了些。

但这个元旦，也有值得我们称羡和铭记的另一位恋爱主角。

也是在这个元旦后的第二天，我班那位个头不高、语速极快、粉面圆脸、笑靥如花的张姓女同学，趁着停课复习迎接期末考试的间隙，只身一人，顶着凛冽的寒风，乘火车南下兰州，与高中同学约会去了。

这位女同学平日里看上去含蓄羞涩，小鸟依人。有一次在校园西大门门口，我见她挽着她父亲的胳膊，头歪在父亲的臂膀上，娇嗔地与父亲边走边说笑，那个画面那么真实、自我，又极具镜头感。谁能想到，她小小的身体里，竟隐藏着大宇宙，在爱情面前，这位娇女子却是如此笃定自信，不管不顾。她的男朋友是她高中同学，还是一位才华横溢的诗人，与她同年考上大学，就读于西北民族学院。因为男生是回族，她是汉族，所以，他俩的恋爱，从一开始便遭遇了男方家人强烈的反对，这种情形下，女同学的家人也不支持她的选择。尽管如此，她仍旧毅然决然地听从内心的召唤，千里走单骑，在瑟瑟寒风中，冒着漫天飞舞的雪花，独自乘坐10多个小时的火车，去见心仪的男朋友。一周以后，匆匆赶回学校的她，双腮红润、满脸流光地走进了教室，一头扑在书本上急补功课，心无旁骛地复习考试，并顺利过关。

爱情，终究是两个人的事，任何外力的加持、裹挟，终究徒劳无益。

爱情，能改变一个人的性情、气质，创造奇迹。

真正的爱情，能迸发出惊人的力量。

美好的校园爱情，是可遇不可求的。

女同学与她的男朋友，最终冲破重重艰难险阻，爱情也修成正果，至今，仍然延续着属于他俩的温馨和幸福。

31

忽如一夜春风来，千树万树梨花开。

大学的最后一个学期，如约而至。

竞争入党、撰写论文、等待毕业分配，成为这一学期工作、生活的三部曲。

首先是入党的竞争。

一般来说，学生干部在这方面是具有优先权的，尤其是班长、副班长、团支书等。大二时，我班的一名班干部，由于过早地涉入爱河，把时间和精力主要奉献给了男朋友，使得她成绩下滑，同时也失去了选送外地高校深造两年的宝贵机会，不仅完全丧失了毕业进入高校工作的可能，连班干部的职位也被人取代，自然也就早早退出了入党竞争的行列。

班长黄贵虎，以他一贯的沉稳，毫无争议地成为班里第一名共产党员。但班长这个职位，也是一直有人惦记着的。记得大三、大四时，有几名雄心勃勃的男同学，也想在这个岗位上历练一下，老班长微微一笑，便豁达地让贤了。新上任的班长、副班长、体育委员等，本来都是有望入党的人选，但有的棱角太过分明，有的太过圆滑，或者因为在"死老鼠事件"中表现过激，都没能入党。倒是一位女班干部，如愿以偿地加入了党组织。

这位女班干部的成功，不是偶然的。她平日里待人接物，很是周到大方，谦和的脸上，总是荡漾着盈盈笑意。她非常乐于在小事上帮助同学，嘘寒问暖的言谈举止，总会让你感到舒服亲切，以至于你会忽略她在关键时刻的闪躲遁身。她非常善于察言观色，在领导和班主任面前，表现出既细腻又泼辣的工作作风。听说领导马上要来检查卫生，只见她捋起袖子挽起裤腿，打来几桶水，当着领导的面，把教室、楼道冲刷得干干净净。她还有一个特长，就是总能够拿捏好发言的分寸，以温婉而略带羞涩的表情和语气，向领导或老师汇报思想，请示工作。她是从矿区考来的女孩，父亲是矿区领导，自幼见惯了天南海北各色人等，对父辈的领导艺术耳濡目染，所以，就显得比一般同学更有城府，更擅长处理人际关系。环境影响人，环境教化人，看来此言不假。

到底是大学生，知识分子，也就是古代人所说的"士"，平时你看不到面对面的赤膊袒怀，捉对厮杀，但只要你稍加留意，细细琢磨，就能依稀感受到一张张笑脸后的缜密运筹，刀光剑影。

辛弃疾"少年不识愁滋味，爱上层楼，爱上层楼，为赋新词强说愁。而今识尽愁滋味，欲说还休，却道天凉好个秋。"——这是好境界！

熟人见面，不说别的，直道："今天天气，啊哈哈……"——这是好道行！

酒桌上荤段子盛行，无非是在遵循"闲谈莫论人非"的古训，在无伤大雅的哄笑里，各自戴上面具，穿上厚厚的护身服，你好我好大家好！——这是好艺术。

没有入党的压力和纷争，使得我能全身心地投入毕业论文的撰写之中。

与后来高校实行师生"双选制"（即导师选择学生，学生选择导师）不同，我们的毕业论文，只需要报告一下选题方向即可，至于导师，则由系里统筹、指定。我选报的是古典文学方向，这也是我四年来主要的学习兴趣点，系里为我安排的导师，正是长于明清文学研究的系党总支书记韩振西老师。

韩书记一向以严谨、严厉著称，安排他做导师，这让我心里暗暗叫苦。

何况，明清文学，正是我古典文学中相对薄弱的部分。

但一经选定，便没有退路，我只能迎难而上。

经过明察暗访，我了解到，书记一贯很推崇《红楼梦》。为了能顺利完成论文撰写和提交，我决定论文选题从《红楼梦》入手。

在此之前，我读高中的时候，曾经粗略地浏览了一遍《红楼梦》，但属于囫囵吞枣，略知大概。小说中众多的人物关系，都还没有厘清，至于故事情节背后透射出的思想情感，还有历史意蕴等，更是知之甚少。

在这种情况下，我只能临时抱佛脚，一边整理大学时"明清文学"学习笔记，一边抓住有限的时间，啃下这本名著，从中寻找选题的角度。

我从图书馆借来了四卷本的《红楼梦》，开始专心补课。书记是"红学"研究的行家里手，任何马虎大意，都难逃他老人家的法眼。为慎重起见，我白天钻进图书馆，捧着小说逐字逐句地研读，在手边的稿纸上写写画画，把荣、宁二府的人物关系逐一列表，甚至对一些有兴味的对话、细节描写，也详细地摘录出来。到了晚上十点，全校宿舍统一断电熄灯，我就拎起小马扎，坐在宿舍楼昏黄的廊灯下，继续啃《红楼梦》，读一读，停下来想一想，再读，不片面追求进度，也不放过任何细节。如此恶补了整整十五天，终于读完，小说的内容梗概已基本掌握，各种情节、细节也知晓了不少，尤其是对宝玉、黛玉、宝钗三个主要人物的情感起伏脉络，有了更清晰的了解。随后，我又泡在图书馆，借来了十多本《红楼梦学刊》，以及王朝闻先生的《论凤姐》，细细品读玩味，艰难地抉择题目。考虑到女孩子心理复杂多变，不好把握，我最终把目光锁定在一号男主角贾宝玉身上，拟出了《宝玉思想探微》这个论文题目，并仔细推敲，反复斟酌，用了整整一周的时间，撰出了写作提纲。

当我把密密麻麻的人物图表、连篇累牍的阅读笔记以及洋洋洒洒的写作提纲，一并呈送到导师面前的时候，韩书记一贯严肃紧绷的黑色脸庞，呈现出难得的放松和笑意。我趁热打铁，又虔诚地找出几处细节描写，讨教其中蕴含的深意，这让他大感意外。有的细节他追问了两遍，说自己还没有留意到；有的问题他思忖再三，沉吟良久，谨慎地一一予以解答。三天后，他把修改润色好的写作提纲交给了我，只见书记在上面用遒劲飘逸的行书，写了整整两页指导性建议。细细读罢他的指导意见，很令我服膺，欣然全盘接受。此后，我又用了四十天时间，三易其稿，九千多字的论文，在经历了七十天的反复打磨后，终于脱稿。

论文定稿上交后不久的一天，韩书记在校园碰见我，言辞温和又不失亲切地对我说："你那篇毕业论文写得不错，我给评了个'优秀'等次。小王不错，好好干！"说话间，又在我肩上轻轻拍了拍，咧嘴一笑，剃净了胡须胡茬铁青的脸上，泛出久违的热忱与和蔼。我连声道谢，但心里将信将疑，心想书记说惯了官话，也许只是领个空头人情而已，哪敢当真？三年后，我已调回宁夏大学教务处工作，有一天在教务科往届毕业生的学籍档案中，无意间看到了自己当年毕业论文打分表，"优秀"二字赫然入目，而且是系副主任高葆泰教授终审签字。看到这一幕，我这才从心底检视起自己的多疑与狭隘，对韩书记从内心生出由衷的歉疚与敬意。

四月下旬，学校西大门外的纬四路，也被称为宁夏大学师生的"鸳鸯路"，笔直宽敞的道路两旁，紫色或白色的槐树花蕊，在枝头竞相绽放，散发出一阵阵诱人的清香，钻入鼻腔，沁人肺腑，让人心情为之一爽。写完论文的我，一身轻松，与远在西安的女朋友鸿雁传书，日益频繁。为了制造出一些浪漫，我采撷了一枝几朵粉白的槐花，摘掉细枝，把一株香气四溢的花蕊，轻轻放入书信的夹层中，寄给了她，想象着理工女打开信封意外惊喜的画面，禁不住有些暗自得意，独自一边溜达，一边忍不住偷偷笑出声来。初夏的太阳已渐渐显出一丝丝灼热，高远蔚蓝的天际，没有一朵流云，校门口只有几位即将毕业的同学，正在拍照留念。但一想到再有一个多月，就要挥别这个熟悉又亲切的校园，我仰天长叹一口气，神情不觉又有些黯然。

女朋友是我的同乡师妹。初中时，我是初二年级第一名，她是初一年级第一名。适逢后洼中学要向县教育局推荐一名县级"三好学生"，学校最终推荐了她，这让我心有不甘，但自此也对师妹心存好感。高中时她仍然低我一级，但由于我只读了两年就毕业了，而她那一级却要读完高三才能参加高考。所以，在我 1983 年考入宁夏大学后，1985 年，她也考入了西北农业大学。

我们两个人，属于早就认识但并没有多少交集的师兄妹，只因为师出同门，从老师和同学的口中，彼此听到了不少师生们对对方的夸赞，也由此相互滋生出大致的好印象而已。她的姑姑与我初中同班，极力撮掇这件情事。1986 年寒冬腊月，她姑姑在大水坑偶然碰到我，喜出望外，急忙向我透露了消息：她侄女对我很有好感。捕获到这封情报，于是我在春季开学后，按照她姑姑提供的地址，给师妹寄出了一封措辞委婉但意图明显的信。

回信比预想来得快，态度也很友好，只是意思并不那么直白。考虑到她学的理科，我突然有了一个刁猾的念头，就又修书一封，只说自己没读懂她的回信，也不明白她到底什么态度？她果然上当，很快回信，给了我十分明确并肯定的答复。我暗自高兴，独自微笑着摇了摇头。自此，"两地书"你来我往，频繁走起。

生活总是这样，它也许不如你期望的那么好，但也并不会如你心境黯淡时看到的那样坏。只不过文人多思虑，正如贾平凹所说的那样："我是一个得意时极得意，自卑时又极自卑的人。"是的，在大学生活即将拉上帷幕的最后一个学期，一方面，我对"定向分配"回山区老家教书的宿命，充满了怨恨，甚至是绝望；但另一方面，初涉爱河的全新体验，又极大地稀释了我的负面情绪，为我有些灰败的生活前景，涂抹上了一层明丽的亮色。

## 32

完成了毕业论文，心里的负担完全卸下，浑身一下子松爽了不少。因为离校还有一个多月的时间，所有的大四学生，有的成天与恋人腻在一起，抓紧时间巩固恋爱成果，有的形单影只，百无聊赖中东游西逛，也有的心如止水，依然埋头于书海，奔走于宿舍与图书馆之间。我介乎后两种情形之间，依然沿袭了多年来养成的读书习惯，但待在阅览室的时间有所减少。每晚九点半回到宿舍，把黄色的军用书包朝床上一扔，拿起竹笛来到宿舍旁边的水房，吹奏几支喜欢的曲子，曲目一般是《牧民新歌》《扬鞭催马运粮忙》《西沙，我可爱的家乡》《绿岛小夜曲》等，后来又加上了电视剧《武则天》主题曲。空旷的水房，有极好的回音效果，悠扬旷远的笛声，飘飞出窗外，在楼宇间盘桓缭绕，抒情意味浓郁的旋律，荡涤着郁结于心之胸中块垒，暂时抚慰了一缕情思，几分伤感。

"我们那时候都挺喜欢你的笛声。你那边一吹笛子，我们宿舍正聊天的几个人，都会不约而同地静下来听，一直到你停下来。"这是大学毕业好几年后，我班气质如兰的唐秀霞大姐与我聊天时，微笑着告诉我的。她说这句话的时候，抬起右手轻轻拢了拢额前的刘海，两眼深情地平视前方，沉醉在如歌岁月的回忆里。霎时，我眼前浮现出她在上大学时，与我多次以姐弟相称，敞开心扉聊天的温馨画面，心头不禁一阵温热。

四月末的一个下午，晚饭后我来到文科楼，随意走进一楼的一间教室，趴在最前排的课桌上看起书来。这时还不到晚七点，教室里只有零零星星几个人。我愉悦地打开了肖洛霍夫的长篇小说《静静的顿河》，慢慢地欣赏起来。哥萨克小伙葛里高利与妻子娜塔利娅，以及情人阿克西妮娅之间纠缠不清的情愫，交织在第一次世界大战、二月革命、十月革命的复杂背景下，作者把男女的情爱，镶嵌在人生的苦难历程里，既顺乎自然，又出人意料，绵长的故事情节，悲喜起伏，跌宕生姿。正当我沉浸在顿河流域哥萨克人曼妙情事里的时候，忽然感觉脚底下晃了一下，但不以为然，继续读书，随后感觉又晃了一下，紧接着整栋楼都摇晃了起来。"地震！"这个字眼在我脑中一闪，旋即便听到身后的桌椅一阵乱响，我条件反射般回头一望，早有反应迅捷的同学，从教室后门一个箭步飞跑出去，动作迅捷到我只看到了一个男同学蓝色衣衫的背影，以及还在晃动的绿漆的教室后门。与此同时，有两名女同学被吓得花容失色，伴着几声尖叫，也慌不择路地朝楼门口冲去。

银川处在地震带上，大震不常见，小震常出现。但我坚信那句"小震不用跑，大震跑不了"的谚语，见别人都跑了，这才慢条斯理地合上小说，信步来到了楼门口。嘿！你别说，大家的反应还都够快，仅仅几秒钟的时间，楼群周围的空地里，已攒起了几簇黑压压的人群，他们正心有余悸又伴着几分劫后余生的兴奋，争先恐后地议论着刚才惊险的一幕。我一抬头，只见西边远处的贺兰山巅，一轮夕阳正沉着地、怡然自得地、漫不经心地下坠沉落。站了好几分钟，没发现新的动静，我没有理会大家的惊慌，一拧身，返回教室，又打开了书页，淡定地读起书来。

但地震的余波还在延续。这天晚上，偌大的宁夏大学校园，四处漫溢着躁动不安的情绪，关于大地震将袭的传言，也甚嚣尘上，不少人惊恐不已，神不守舍。学校老师、学生干部都主动站出来，公开辟谣，但仍然无济于事。夜里十点以后，好多学生仍盘桓在校园马路上，或跑到操场上溜达，不敢回宿舍睡觉。学校破天荒地没有像往常那样，每晚十点掐断学生宿舍电源，各楼宇全部变成了长明灯。直到深夜子时已过，才有同学一个个踩着迟疑的脚步，陆陆续续先后回到了宿舍。

我们宿舍在文科宿舍楼116房间，宿舍四个拐角，上下铺，住着八名舍友，全校的男生宿舍，都是这样的格局与配置。当时办学条件较差，宿舍少，床位很紧张，所以全校有近二百名银川籍"跑校生"不得不每晚回家住宿。文科宿舍楼与它西边毗邻的理科宿舍楼，都是四层，两栋楼共住宿有800名左右的男生。理科宿舍楼正北侧，是女生宿舍楼，三层，南北狭长，房舍更多，住着全校五百多名女生。这天晚上，全校仅有的三栋学生宿舍楼，整夜灯火通明，全都是"今夜无人入睡"的紧张氛围。

但真正无人入睡，还是难以做到的。凌晨两点许，我架不住一阵阵袭来的困意，和衣而卧，爬到上铺倒头睡下，另几位舍友，尽管哈欠连天，仍强打精神，围坐在宿舍仅有的一张桌子旁，有一搭没一搭地聊天。我刚一合眼，便马上进入了甜美的梦乡。突然间，梦里一阵惊雷滚过，旋即一阵阵惊叫声把我唤醒，只听得楼上楼下"噼噼啪啪"一阵乱响，早已有舍友冲出屋门，裹在惊慌失措的人群中，向门口涌去。我一骨碌滚下床，也挤到门道里，只听大门被黑压压的人群挤得"叽叽"作响，说时迟那时快，已有脑筋转得快的同学一脚飞起，踹碎了一楼水房、厕所的玻璃窗，身手敏捷地跳了出去，哪还能顾上玻璃划伤手脚？我反应慢，任由人群簇拥着推搡出楼门，和一大群人站在楼外体育食堂和师生澡堂之间的一大块空地上。

这时候，与惶恐不安的人群构成强烈对比的，是蔚蓝的天壁上镶嵌的那弯明月，皎洁如银，静若处子，此刻，它正俏皮地俯瞰着我们这些狼狈奔突的"万物之灵"。

在人群中，感觉有人悄无声息地挤到了我身边，我扭头一看，正是我高中的好同学、83级政治系的饶彦久。彦久住在三楼309房间，想必才刚挤出楼门，比住在一楼的我多费了一些周折。此时的他正笑吟吟地看着我，不知是为我安然无恙而高兴，还是为自己能顺利出逃灾难现场而庆幸，当然，也许二者兼有。月光下，我见他右手腕上缠着军用黄书包的包带，被打了个死结，黄书包被固定在胳膊上。我惊奇地问他，包里是什么宝贝？他得意地一笑，说，包里是他所有的零花钱，还有饭票、菜票等，总之，都是值钱的物件。天哪，在生死关头，彦久同学首先想到的是要看护好自己的财产，全然不管不顾书包带来的次生危险，这实在是既让人佩服，也让人哭笑不得，由此可见，贫困，能在人心理上投射下多么浓郁的阴影。我无言地拍了拍彦久的肩膀，表达了欣赏他机智的意思，但心里，为我们这些穷孩子泛起一阵说不出的悲凉。

第二天早晨得到消息，昨晚的地震，压根儿就没有发生，完全是虚惊一场。文科宿舍楼不知是三楼还是四楼，有位毕业生由于对毕业分配的去向感到失望，进而对学校滋生不满，于是心生恶念，于凌晨两点半左右，拿起沉重的健身哑铃，贴着楼板地面，用力地滚动了十几米，一时间轰隆隆的声音，迅即传导到楼体上下左右各个角落，并立即波及弥漫向另外几座宿舍楼。那一瞬间，早已如惊弓之鸟的同学们，有的直接从二楼破窗而出，落在了楼前老师家平房的房顶上，有两名同学骨折，被紧急送入临近的自治区人民医院就诊，还有十几名同学，受了轻重不同的外伤。这一说法多少有些猜测和想当然的成分，但还是引发了众怒。

到底是谁干的？学校保卫处领导声色俱厉，声称一定会查查清楚，予以严惩。但事实上，始终没有人举报，保卫处也没有查到任何线索，最终事情就这样不了了之，但这一插曲，却成为我们在校最后的一段日子里并不那么美好，却十分难忘的记忆。

五月初，天气一日暖似一日。因为毕业分配方案，还需要一段时间才能公布，所以在这段空档期，我们有空也有幸见证了电视剧《红楼梦》的播出，以及由它引发的轰动效应。

1987年5月2日，三十六集电视连续剧《红楼梦》，在央视和香港亚视同步首播。但一经播出，立即引起轰动。内地知名导演王扶林麾下，不仅云集了周汝昌、王朝闻、曹禺等红学专家做顾问，而且服装、道具、化妆、舞美等主创人员，一个个都是全国各自领域的佼佼者，由马加奇、邓婕、欧阳奋强、陈晓旭、张莉、袁枚等演员加盟，以及他们出彩的表演，比较完整地体现了原著的初衷，甚至让此前名噪一时的电视剧《武则天》，也相形见绌。精品级的编导质量，群星璀璨、光耀夺目的演绎效果，使得87版《红楼梦》，被称为中国电视剧史上，不可复制也无法逾越的经典。

当时这部轰动的电视剧，除了主创人员与演员阵容堪称豪华外，还有太多值得铭记和怀念的细节。如立于山顶上的那块"顽石"，那是宝玉的化身，取景于安徽黄山的"飞来石"，它随着片头曲由远及近，并随着繁体字书法"红楼梦"三个字的推出，曲终，一声鸣锣，定格，有扑面而来的视觉效果。片尾曲中出现了一位身着红色披风、立在雪地里的男子的背影，那是出家的宝玉，画面红白相间，反衬强烈，由近及远，同样随着一声鸣锣，定格，但凄婉的音乐依稀余音袅袅，让观众禁不住泪眼婆娑，甚至有仰天长啸的冲动。这种剪辑处理、衔接过渡，以及画面与音乐的合拍，让人由衷叹服。另外，著名作曲家王立平的音乐，不仅完全契合了原著的主题内容，而且经过名不见经传的歌唱演员陈力的演绎，或柔肠寸断，或愁肠百结，甚至撕心裂肺，表达得酣畅淋漓。中国电影乐团，运用古筝、扬琴、箫、箜篌、古琴等民族乐器，演奏的一首首剧中乐曲，无论是《枉凝眉》，还是《葬花吟》，抑或片头片尾曲，无不如怨如恨，如泣如诉，闻之让人油然而生锥心之痛，欲罢不能。至于剧中宝玉清澈多情的眼神、黛玉微蹙的眉梢和轻掩的笑语、宝钗毫不掩饰的聪明和工于心计、凤姐未见其人先闻其声哭笑无常的表演，以及元妃的雍容华贵、秦可卿的妖媚多情、迎春的善良软弱、探春的杀伐决断、平儿的机巧、袭人的玲珑，甚至妙玉的冷艳，佳人齐聚，百花竞妍，你唱罢来我登场，使得剧情对原著之忠实、制作之考究、角色刻画之入骨、剪辑过渡之自然，一时无出其右者。

生逢盛世，有幸品味经典，是可遇不可求的缘分。

## 33

在无望的等待中，时序不知不觉已迈过了五月。

晚春初夏，广袤的北方大地，嫩绿的草芽早已脱去了鹅黄，正在繁茂地生长，使人联想到"杂花生树，群莺乱飞"的江南盛景。天空中飘飞的柳絮，这时也已找到了归处，沉寂在潮润的泥土里。随着粉白或紫红的槐蕊渐次凋落，银川的天气也慢慢热了起来。远处的贺兰山，不似初春的铅灰，渐渐泛出蔚蓝的颜色。一朵又一朵大小不一的云团从人们头顶掠过，向远山飘移而去，又被山顶切割成一片片支离破碎的小块。

我想，我们这些四年前踌躇满志的大学生，父老乡亲眼中的天之骄子，中学学弟学妹们心中的偶像，在经历了四年的人生淬炼，又要像这一团团云朵般，随风飘移，被一条条山脉切割，无论如何挣扎，也要再次回到原来起飞的地方，正如这云团，从大地蒸发而起，最终还要化作一缕缕雨滴，渗回到大地深处。

这样的轮回，也许就是宿命。

人不能选择出身、选择父母、选择起飞的高度，自然，也就无法选择降落的层次和位置。这，同样也是一种宿命。

六月初的一天下午，我在学校五层的办公主楼一楼门厅，看到了张榜公布的全校各系 87 届毕业生分配方案，十多张红底黑字的海报，密密麻麻贴满了大厅东西两侧的墙壁。我凑上前一看，中文系汉语言文学专业 84 名毕业生，没有留校的，运气稍好一点的，去了中专院校，系副主任高教授的女儿，被分配到银川郊区的一所中学，还有好几位银川、石嘴山、吴忠、中卫、中宁籍的，被定向分配到固原地区各县，而我们这些来自南部山区八县的学生，无一例外地被分配回原籍各市（县）教育局，等待二次分配。

没有意外，也没有奇迹。

我明白，这样的一个分配方案，预示着我将回到家乡，在盐池一中或盐池二中，做一名中学语文老师。一中在县城，条件稍好一些，二中则在县城南边六十公里外的大水坑镇，条件相对差一点，那也正是我曾经就读高中的母校。但究竟是一中还是二中，对我来说，似乎已经不那么重要了，因为那不过是五十步和一百步的区别而已。

我背转身子，走出了门厅，又走出了学校西大门，漫无目的地向西面的纬四路走去。

西斜的太阳已快要衔着贺兰山山巅了，金色的余晖，返照在大门口"宁夏大学"四个大字的门牌上，有点晃眼；算不上高耸的五层办公主楼，也被染上了一层醉人的霞晕。我神情麻木地向西走出了好远，似乎想了许多心事，但又似乎什么也没有想，思绪纷乱而缥缈，一小时后，又本能地慢慢折返回校园。这时，已到了晚自习时间，除了即将毕业的我们，一队队师弟师妹，一如既往地从各宿舍楼门口鱼贯而出，经由校园各条马路、小径，款款向教室、图书馆涌去。男生洁净蓬松的黑发、昂扬的头颅、迅捷的步幅，掩不住勃勃的青春朝气；女生五彩斑斓的连衣裙、银铃般的笑声、晚风吹送过来的洗发水香味，无不昭示着青春的壮丽和生活的美好。三四年前，不，甚至一两年前，自己不正是他们中的一员吗？

"林花谢了春红，太匆匆。无奈朝来寒雨晚来风。胭脂泪，相留醉，几时重。自是人生长恨水长东。"李后主的词句，在这一刹那突然从我脑海中迸了出来，使我倍感惆怅，还有些不能自抑的伤感。十六年来的求学努力，原本是希望走出大山，离开小县城，到更广阔的天地里去驰骋、发展，但小小一纸毕业派遣证，却把我从理想的天空，重重地摁回到了现实的土地上。

我围着校园的各个楼宇，边走边看，感受着熟悉与亲切，体味着怀念与留恋。文科楼教室里的灯管，依次亮了起来，乳白的灯光下，晃动着影影绰绰的身影；图书馆两层楼四间阅览室，一如平常坐得满满当当，灿若白昼又寂然无声；文科楼110阶梯教室，正放映着新的电视教学片，估计是中外名著名片之类的，驻足窗外听了听，有点像上海电影制片厂几位大腕的配音，再仔细一听，正是我最喜爱的童自荣老师的配音。我忍不住又驻足听了一会儿，这才依依不舍地悄然离去。

再有一周就要离校了。古人说："多情自古伤别离，更哪堪，冷落清秋节！"那说的是悲秋的情绪。但眼下却是盛夏，在这里盘桓了四年，就要挥别母校了，这才猛然体味到：悲伤的心绪有时与季节并无多大关联，比如此刻。唯有离别，才让人更加地珍惜、留恋这里的一切。教室、图书馆、宿舍，甚至小径和花草树木，都见证了四年来在这里曾经发生过的，并深深镌刻在我记忆深处的——一切美好！

回到宿舍，空无一人，也许有的去找老师、同乡、同学话别去了，有的外出闲逛或和女朋友约会去了。在楼道里碰到了体育委员李福林牵着女朋友杨孟玲的手正要外出，我们彼此很友好地打了招呼。福林兄英俊挺拔，彬彬有礼，为人谦和，处事周全，加之有文体专长，在班里有很好的人缘，女朋友是我们班年龄最小，但很温婉颖慧的小孟，两个人属于我们班四年来数枝花开、硕果仅存的一对恋人，实属难能可贵。大家也乐见其成，我更是从心底祝福他们。

毕业证发下来了，绿皮白芯，装帧一般，但掂在手里还是沉甸甸的，让人感觉到一种踏实，自足。毕业纪念册也发下来了，蓝色塑料皮，比二十四开本稍大，又比十六开本略小，设计、做工较为粗糙。但大家并不挑剔，也无怨言，拿起纪念册，在扉页上庄重地签下自己的名字，再煞有介事地写上座右铭，或四年来感悟之类的文字，然后交给其他同学，索要一张同学的照片，贴在右上角，请他（她）在纪念册上用飞扬的文字写下留言，以备毕业后天各一方，再无法见面时，偶尔翻出来，回忆这一段大学时光的纯真和美好。

这天，我拿着自己的留言册，找到了曾经暗恋了两年之久的女同学，请她留言。她稍感意外，但极友好地接过去，大方地与我说笑，我请她贴一张照片在上面，她也爽快地答应了，我随即找了个借口离开。半天后，她把已经贴好照片的留言册交还给我，上面写了七八行真诚的寄语。随后，她又把自己的留言册递过来，我略作思索，写了几句半真半假的溢美之词，但谎称照片已用完，没给她照片，见她有点惊讶、失望，我心里反倒有一丝快意。多年后想起这件事，觉得年轻时的自己，真是有些偏狭幼稚。

其实，随着离校日期的迫近，还有两个插曲，颇有意味。

一个是对毕业分配的不满与泄愤。有位班干部，在四年的时光里，一直醉心于学生工作，为此分散了不少时间和精力，但既没能留校，也没能入党，还要被分配回原来所在的县级市，到一所企业子弟中学任教，这与他的心理预期反差太大。漏房阴雨，与他谈了近四年的女朋友，出于现实的考虑，选择了与他分手。

生活总是这样：锦上添花和雪中送炭者少，漏房阴雨与雪上加霜者多。正所谓"福不双至，祸不单行"。

双重打击下，失意的班干部，先是在宿舍楼四楼走廊，狠狠地摔碎了两只暖水瓶，又爬回到了上铺的床上，蒙头大睡了一天一夜。第二天一早，忽然悟透了人生的他，一声不吭黑着脸下床，上街买回了一支大号毛笔和一瓶墨汁，在他上铺的西墙上，饱蘸浓墨写下了"此处不留爷，自有留爷处"两行十个桀骜不驯的大字，又在大字后面，缀了三个大大的惊叹号！写毕，豪迈地掷笔于地，摔门扬长而去。

另一个便是恋人的重组。

懵懂中的情窦初开，快意里的几度缠绵，经由一纸毕业分配方案，理想中的恋人，便被从幻念中，打回到现实的原形。于是，眼看着大别在即，时日无多，劳燕分飞后的失意恋人，基于现实的考虑，重新组合，倒也不失为一种理性的选项。

周三的毕业典礼，匆匆而过，没有波折，没有高潮，甚至都没有令人难忘的花絮。因为尘埃落定，一切都只是在走程序，所以大家顺天应命，故事情节波澜不惊。

周五早晨，我正在清理书本，惊讶地发现，四年来自己竟然购买了四百多元的书籍。正当我为书本装箱的时候，只听得"咣当"一声，同宿舍的"马关"同学撞门而入，只见他面颊发白，大口喘着粗气，进门便把腋下的一本书扔到床上，瞪大了双眼，上气不接下气地对我和另外三位舍友说："你们猜，我……我刚才……在后湖边……撞见谁了？"我们四人一脸迷惑，齐刷刷望向他。"马关"同学见吊足了我们的胃口，这才端起瓷缸喝了口水，缓缓道："我刚才正在后湖看书，竟然看到咱们班一名男的，和咱们班一名女的，正紧紧搂抱在一起，吃老虎呢！"没等我们做出反应，他又紧接着说道："天哪，真没想到会是他们俩。"他终于说出了那两个同学的姓名。

但我马上明白了他如此惊讶的原因。因为这两名同学不久前，还各自都有对象，但临近毕业时，又双双失恋，一个痛不欲生，一个号啕大哭，然而时过境迁，谁知离校的前一天，两颗受伤的心，惺惺相惜，同病相怜，紧紧地挨靠在了一起，找到了相互抚慰和疗伤的港湾，驶上了同一条航船。难怪这位"马关"同学看到后，惊讶得差点掉落了下巴，只觉得生活转圈得太快，都不留给人一个心理接受过程。无私的"马关"没有独享这份惊奇，而是一口气跑回来，一步三个台阶地爬上四楼，在第一时间赶回 409 宿舍，为我们播报了这条重大新闻。

周六的早晨，是毕业生离校的时刻。学校的篮球场边，整齐地排列着十几辆大轿车，轿车的前挡风玻璃下沿，竖立着一块木牌，标注着车辆发往的目的地。早饭的时间已过，围在轿车四周的，是熙攘攒动的人群，近四百名毕业生，以及前来送别的老师、同学，大家在轿车间步履匆匆，来回穿梭。男生们一个个紧紧地握手，或给对方一个有力的拥抱，手掌轻抚后背，眼眶泛起了潮红，纵有千言万语，皆在不言之中。女生们先是一个个温语倾诉，继而好言劝慰，看上去是"执手相看泪眼，竟无语凝咽"的桥段，但等到轿车点火发动的一刻，到底还是绷不住了，一个个大放悲声，直哭得梨花带雨，让人不忍卒视。

我站在离轿车稍远的地方，四年来一直很偏爱、很关心我的唐秀霞大姐，拿着我的留言册，急匆匆赶到，郑重地把毕业留言册交给我，我顺手打开一看，她娟秀的书法，在留言册上写了两页多，字里行间是满满的鼓励和祝福。我很感动地与大姐握手道别后，并没有在球场边逗留，扫视了一下周边一个个依依惜别的场面，默默紧咬着嘴唇，独自悄悄先登上车，找了个后排靠窗的座位，坐了下来，又仰起头，闭上眼睛，把心中一切的不甘、委屈，强咽进肚子里。但心里却在恨恨地想："宁夏大学，用不了多久，我还会回来的！"

十几分钟后，一辆接一辆大轿车，伴着轰鸣的马达声，依次驶出了西大门，然后沿东、南、北三个不同的方向，绝尘而去。

## 34

中午时分，大轿车驶入了盐池县教育局大院，卸下了我们二十多人，还有一大堆行李，司机完成了任务，不作片刻逗留，折返而去。

两名教育局干部，热情地把我们迎进了一间大会议室。会议室摆放着一张椭圆形的大会议桌，环绕着一圈黑色的皮质座椅。会议室南、西、北三面墙边，也是一圈黑色的皮质座椅。刚刚下车的我们走进会议室，随意找个地方坐下，有的吸烟，有的喝水，有的说笑，也有的发呆，各怀心事的样子。不一会儿，又有三三两两十多名大学生模样的男女青年，先后进屋，落座。

我选择了一个角落坐下，宠辱不惊，不悲不喜。抬头看了看天花板，又扫视了一圈交头接耳的其他人，感觉到自己并没有聊天的心情，便缄默不语。正在我发愣的当儿，一个熟悉的身影，疾步进入会议室，那分明是我高中时的物理老师——李若君先生。

看到恩师的一刹那，我潮湿冰凉了一个上午的心，一下子热乎起来。

李老师在两位领导模样中年男子的陪同下，径直走向会议桌，选择在正东方向居中的一把椅子上落座，另两位领导随后在他的左右，先后坐下。依旧是那副老款的黑框近视眼镜，依旧是半新却很整洁的蓝色涤卡上衣，依旧是不苟言笑却不失温和的面容。只是四年不见，昔日的李老师，如今已经是教育局局长，不变的是神态，变化了的是他的身份、位置，以及两鬓多出的几缕白发。

"各位年轻人，大家好！"李老师一开口，会议室便响起了热烈的掌声。无论资历、声望，还是人品、业务水平，李老师在盐池教育界，那是声名大噪、有口皆碑的，何况今天在场的我们这批大学毕业生，其中有不少就曾经是他的学生。李老师双臂抬起，掌心向下，微笑着摁了两下，待大家掌声停下，接着讲道："首先，我代表县教育局，热烈欢迎你们回到家乡工作，同时，对大家告别学生时代，即将登上三尺讲台成为一名光荣的人民教师，表示衷心的祝贺！"说完，他带头热烈鼓掌，厚厚的眼镜片后，那双炯炯有神的眸子，荡漾着柔和温暖的光辉。大家跟着他再次热烈鼓掌。

陪同李老师来迎接我们的张增仁副局长是一位敦厚的中年男子。他介绍道：今年宁夏大学、银川师专、固原师专，还有陕西师范大学、淮南师专等几所高校，向县里输送了30多名师范专业毕业生，涵盖了中文、数学、物理、化学、政治、历史、外语、地理、生物等专业，是本县历史上，接收大学本科、专科毕业生人数最多的一年。副局长简要介绍了县里中学教育情况，特别强调了近几年高考的不俗成绩，明确表态，教育局将竭尽全力为新入职的我们，创造条件，改善待遇，并期望我们努力工作，为续写家乡教育事业的辉煌，添砖加瓦。

简短的欢迎仪式，很快就结束了。我知道，这也是李老师一贯的风格，开会正如他上课一样，不说教，不拖沓，谈的是干货，讲的是效率。会议结束后，平易近人的李老师屈局长之尊，与我们这批大学生逐个握手、寒暄，拳拳之心殷殷之情，溢于言表，脸上流溢着毫不矫饰的喜悦，还有满满的鼓励。握手寒暄间，他能亲切地叫出十几个人的名字，包括我，这使我们惊喜不已，我几天来一直皱巴巴的心，第一次感受到一丝熨帖和温暖。

午饭是教育局统一安排的，不算丰盛，倒也还精致。李老师有事先行离去，留下张副局长和办公室主任陪我们吃饭，饭桌上还备有香烟、饮料，只是没提供酒。也许是由于从学生身份转换为教师身份的缘故，大家显得既兴奋，又矜持，并没有狂饮海吃，倒有点浅尝辄止的意思，细嚼慢咽，彬彬有礼。办公室主任早已安排人安置好了大家的行李，让大家放心。张副局长举起一杯饮料，与我们碰杯，又豪爽地说："大家尽管吃饱，喝足。从今天下午起，你们各自先回家休息，走亲访友也行，外出旅游也行，总之一句话，好好享受暑假。赶在下学期开学前，教育局会召开专门会议，研究具体的分配方案，大家等通知就行。"

屈指一算，我的这个暑假，从6月初到8月下旬，有两个多月的时间。求学十六年来，难得有如此奢侈的假期。

但我却没有在县城驻留，先回到大水坑镇上，走进母校盐池二中，轻车熟路地探望了几位教过我的教师，见过了那位絮絮叨叨却心慈面善的老校长，随后，一刻也不停留，坐班车，回家。

夏日的黄土高原，入眼的到处都是起伏不平的山峦。今年的雨水尚好，隔窗望去，沟梁坡峁都有一层淡绿的草色，稀稀落落的几棵杨柳，夹杂在村庄路边，浓郁的枝叶显得生机勃勃，给地上洒下一星半点的阴凉。一群接一群黑白相间的羊群，漫铺在山坡上，悠闲地吃草；偶尔有一对两对的骡驴、黄牛，正两胛套着绳索，低着头，喘着粗气，拥着犁不知疲倦地往往返返在耕地里，犁铧翻起一垄垄潮润的湿土，引来几只喜鹊，雀跃着黑白分明的身段，翘起长长的尾巴，翻拣寻找着滚圆乳白的昆虫。牧羊人的几句呼喊，耕地人田间地头一声悠长慵懒的吆喝，给这片空旷寂寥的塬地，平添了几多生气，几分安逸，几点闲适和旷远。

是的，这就是我无比熟悉又倍感亲切的家乡！这是我生命的起点，力量的源泉，她既贫瘠落后，又朴拙厚重。父老乡亲们尽管世世代代勤苦受穷，但又知足于粗茶淡饭，即使对不时降下的年馑，也安之若素。他们不是高僧，却在口腹之欲方面索求甚少，对祖辈传递下来的悲苦命运，照单全收，无怨无悔，甚至很享受这种慢生活苦日子带来的宁静祥和。他们知足常乐，他们感恩生活，他们豁达安详的人生态度，朴素而深刻。

到村口了，我下了班车，向家里走去。此时正是晌午，起早劳作了一个上午的农人们，有的可能在吃午饭，有的也许正抓紧短暂的午间，四仰八叉地歇晌，所以，一路上我没有遇见一个人。我信步慢行，见到路边一块金黄的冬麦已经成熟，凹地里已被收割掉一绺，一捆捆麦子正平躺在地里，而两面坡地上的麦穗，间或有些许的泛青，估计再有一周左右，就会完全成熟。另一块冬麦地可能播种稍晚几天，还没开始收割，沉甸甸的麦穗，向路过的人频频颔首致意，一阵轻风刮过来，金黄的麦浪从田地这头向那头滚涌而去，荡漾开来，煞是壮观。一群麻雀不知受了什么惊扰，一哄而起，有百十只之多，飞行了三五十米后，纷纷落下，双爪准确无误地把麦穗踩踏在地上，嗑瓜子般叨出一颗颗饱满的麦粒，送入嘴里，十几分钟后，留下一地空壳，它们这才兴高采烈飞回树上，叽叽喳喳起来。这样的情景，从我儿时起就已很熟悉了，此时看在眼里，倍感亲切。好在农民也对麻雀的叨食习以为常，这也算是人与自然的和谐共处吧。

五黄六月，冬麦收割之前，庄稼地里生长最为繁盛的，要数豌豆。豌豆属经济类作物，比起小麦，它的种植面积要小许多，无论白豌豆还是麻豌豆，主要用于加工制作人吃的干炒面，或做牛羊牲口的饲料。豌豆的茎叶嫩绿欲滴，紫色、瓦蓝或粉白的花蕊，尤其令人赏心悦目。看着眼前的一畦豌豆地，我突然想起八岁时的一件趣事：一天，大我三岁的姜四哥带着我，趁着大人休息的晌午，悄悄摸进麻地壕生产队的一大片豌豆地里，偷食尚不成熟但清脆香甜的豌豆角。那一年的豆秧尤其茂盛，两个少年仰面躺在地里，地头的人根本无法发现。正当我俩肆无忌惮地享受可口美味的豌豆角时，突然从地头传来李队长"噢——噢——"的几句喊叫声。我以为被发现，顿时吓得不敢动弹，姜四哥侧耳细听了几秒，示意我别动，也别吱声，说李队长啥也没看到，咋呼着虚张声势呢。我将信将疑，头枕着地皮，憋着气一动不动，几分钟后，透过秧蔓的缝隙偷偷望去，李队长果然在地头站了一会儿，吼了几声，见没有异常，这才扛着铁锹走开了。待李队长走远了，我赶紧爬起来，拍了拍身上的尘土，把揪下的豌豆角从衣兜里掏出来，交给姜四哥，悄悄跑回家。到家后，见家人正在午休，惊魂未定的我，暗自庆幸自己的偷食行为没有被家人发现。但从此以后，我再也不敢干这种偷偷摸摸的事情了。

想到这件童年趣事，我不由得摇了摇头，独自笑出声来。

因为还没有放暑假，家里的劳动力，就只有父亲、大嫂、二哥和二嫂。当时全家人口构成情况是：大哥家四女二男，八口人；二哥家三个儿子，五口人；父母、我、四弟、四妹、五弟，六口人。因为没有分家，全家是满当当的十九口人，但常年下地干活的，只有四个成人；从小学、中学到大学念书的，竟多达十一名学生。在这样一个大家庭里，挣钱的人少，花钱的人多，常常入不敷出。于是，每到豌豆、小麦上场，就要抓紧碾打晾晒，有时根本来不及晾晒，就被急匆匆地送到公社粮库售卖，为我们这些即将开学的学生拼凑学费和伙食费。实在凑不够，父亲和大哥就只好向乡亲、亲戚们借债，又因为常常不能如期偿还，被人催债，甚至说些尖酸刻薄的话，奚落、挖苦。每当这时，我都会心里一阵阵发苦、发紧，看催债人坐在炕上不走，妈妈和大嫂陪着巴结的笑脸，大哥则蹲在地上，红着脸，抠着头，尴尬地低头揪着衣角，我恨不能钻进地缝里去，同时心里泛起无比的痛恨与酸楚……在这样一个大家庭里，如果不是哥哥嫂嫂们的付出、隐忍、明理、贤惠，哪有我读高中、上大学的福分？

这，才是我急匆匆赶回家的原因。我想利用这个暑假，帮家人分担一点辛苦劳作。

当然，人多也有人多的好处。七月中旬，随着弟妹和侄女侄子相继放假归来，残破贫穷的院落里，又会是欢声阵阵，笑语盈盈。七月底的一天正午，大姐带着15岁的大儿子吉利，扛着一只宰杀好的羊羔，母子俩翻沟越岭十多公里，汗涔涔赶到家里。父亲疼爱女儿、外孙之余，又宰杀了家里的两只羊羔。随即，三只羊羔三十多斤羊肉，在东院大嫂、西院二嫂家同时下锅。赶巧这天二姐带着女儿媛媛、儿子涛涛，三姐三姐夫领着女儿勤勤都来了，是二十七口人的大团聚。我清楚地记得，这天后晌，两个院子里肉香飘溢，喜气盈门，在一阵阵"刺溜刺溜"吸食面条诱人的声响中，六大张手擀面，三只羊羔，在热腾腾的氛围中，被风卷残云，一扫而光。

瞧瞧这阵仗，这气势，即使是外人听了，也该是心生羡慕，啧啧称奇吧！

贫穷出动力，和睦添动力。父母兄嫂含辛茹苦供我们上学，为的是寒门出贵子，鲤鱼跃龙门，图的是后辈们不再重复先人们面朝黄土背朝天的命运。幸运的是，寒苦激发了求学人的斗志，隐忍和顾全大局的哥嫂，成就了供养人和读书人共同的心愿。

这种合力的效果是显而易见的。全家聚餐后不久的一天中午，邻居家刘姓侄儿阿伟从县城回来，带回了四弟考上大学的好消息。阿伟是懂事、上进的年轻人，学习一直很用功，这一年，他和另一位李家兄弟阿东、我家四弟三人同时参加高考，但阿伟、阿东两个人运气差了点，没有考上。看着全家人欢呼雀跃的样子，我尽量压抑住内心的喜悦，但没有忽略基本的礼节，走上前去轻轻地拥抱了阿伟，说了一些很诚恳的安慰的话，感谢他带回了喜讯，又把他送出了院门。看着阿伟走远了，我这才返回院子，高兴得一连跳了几个蹦子，说了一句："老四，你太伟大了！"说着，跑上前去，给了正咧嘴傻笑的四弟，一个大大的拥抱。

## 35

八月下旬，中学开学的日子到了。

在此之前，接到教育局通知，我被分配到条件最好的盐池一中任教。听亲戚张叔说，一中的张兴昌校长找到了教育局长，提了这样一个要求："一中是咱们县的门面，请你把学习成绩最好、字写得最好的毕业生，分配给我。"局长让副局长查阅了档案，把我分到了一中。

这个夏天，对我家来说，是"三喜临门"。一喜是我参加了工作，吃上了皇粮，身份由农民的儿子，变成了国家干部；二喜是四弟考上了大学，被录取到了西安邮电学院，成为全村庄第三个考上大学、第一个考上外地高校的农家孩子，在此之前，我是村里第一个大学生，姜姓侄子岳华是第二个大学生，但我和岳华都是在本省（区）读的大学；三喜是家中排行老小的五弟，也顺利地通过了中考，考上了盐池二中高中部。

按照计划，我先到一中报到，上班；五弟随后到二中报到，上课；四弟，则要晚几天再走。

我照例乘班车，先行一步来到盐池县城。

下了班车，我自西向东，径直向县教育局走去。

记忆里，这是我第五次在县城盘桓。

第一次，是初一时参加全县中学生田径运动会；第二次，是高二时作为中学生团员代表，出席全县团员代表大会；第三次，是四年前，在六月的骄阳下，心怀忐忑地参加高考；第四次，是两个月前被卸在教育局大院里，自此揭开了正式走上社会的第一步。今天这第五次，当我再次踏进这座县城的时候，时过境迁，物是人非，我已不再是以往那个匆匆的过客，而蜕变为这里的主人，角色的转换，使我对这里的感觉和体味，都和以往迥然不同。

我先到教育局领取了一张盖着红戳的通知，然后揣着这张纸，径直向一中走去。

在此之前，对于盐池一中，这个即将成为我安身立命之所的学校，我还是陌生的，因为以往我的中学生活，与这里并无交集，只知道从这里，曾有学生考入北大、清华，而我曾就读的二中与它相比，实力则逊色不少。也正因如此，我对眼前这个新家，还是充满了新奇和好感。

主管后勤的吴占奎副校长接待了我。他非常热情，先是表达了欢迎的意思，又简要介绍了目前学校的概况，重点描述了近几年学校高考的骄人成绩，那潜台词我还是读懂了：年轻人，能来这里工作，那算是选对了方向，找正了地方。言罢，他从衣兜摸出一把钥匙，亲自引导着我来到校园篮球场北侧一排坐北向南的平房前，熟练地打开居中的一间，说："王老师，你看，这就是你的办公室和宿舍。"说罢，微笑着闪开身子，做出一个"请进"的手势。

我好奇而急迫地走了进去，立刻，一股发霉呛人的土腥味扑鼻而来。稍稍适应了一下屋里的光线，扫视了一周，我发现这是一间不到 10 平方米的屋子，四壁刚被白石灰粉刷过，屋子有些潮湿，屋地由断砖拼就铺平，一阵风过，有吸顶的效果，屋顶"嘭嘭"作响。正纳闷这是怎么回事，吴副校长忙解释说，因为学校住房实在紧张，今年暑假期间，把原来的一排旧教室，临时改装了一下，做今年新入职教师的办公室兼宿舍。我走出门来，向屋顶望去，可不是吗，那分明是一排骑脊六间瓦房的大教室，靠西的三间，中间砌了两道墙，就变成了三间独立的房间，只是屋顶，原来本就东西相通的大教室穹顶，没法隔断，只好临时用旧报纸糊顶，所以，不仅开关屋门和刮风时，屋顶"嘭嘭"作响，而且，这三间新辟的办公室，每间住两人，六个人住的房间，相互还不怎么隔音。

我的天，这就是我的新家？

看到我微蹙的眉头，吴副校长略感歉意，他宽慰我说，学校发展势头很好，条件改善在加快，近两年还要盖青年教工宿舍。我顿时明白了，他先前介绍学校的实力、荣耀，那分明是在做刻意的铺垫，免得我见到这住宿条件，增添对学校的失望。

我理解了他的苦心，不再说什么，默默地接过了钥匙，他也如释重负，又客套了几句，赶紧走了。

送走了吴副校长，我从学校总务处借了一辆架子车，手推着回到教育局取来了行李，抓紧时间拾掇自己的小窝。我先是燃上一支香，又喷洒了一些花露水，掩盖住刺鼻的异味。把抹净了的桌椅摆正，在紧挨办公桌、床头的西墙，贴了几张挂历、画报，又把一张中国地图和一张世界地图贴在了东边的墙上，然后铺好了床，叠好了被，最后，我打开大纸箱，把平时喜欢的书籍，以及一些教学工具书一一翻拣出来，整齐地排放在洗濯一新的办公桌上，西墙角下，这么一摆弄，屋里顿时敞亮了许多，而且充满了生气。

我环顾四周，又站在门外，向内审视了半天，觉得这个窝巢还不错，虽说陈设简陋，却有瑞气盈门、书香罩屋的效果，失落的心绪，也渐渐舒展开来。

收拾好了这一切，已到了晚饭时间，我计划到街上走一走，随便吃点什么。

时令已是夏末，酷暑的威力已衰减了不少，但溽热还没有退走的意思。好在县城比起首府银川，海拔高出近三百米，昼夜温差也大。此刻，午时火红的太阳，正渐渐向西山不断滑落，显得更大、更圆也更黄。我看天色尚早，气温也比正午稍稍凉爽了一些，心想自己虽然路过或短暂地在盐池逗留过四次，但对县城并不熟悉，从今往后，这里将是自己长期驻足、奋斗的地方，确乎应该多了解了解它，强化一下思想上的认知，以及感情上的维系。想到这里，我便暂且放下吃饭的念头，走出一中的大门，迎着一抹夕阳，向城外走去。

这是一座偏远落后的小县城。说它偏远，是因为它位于宁夏版图的东南角，东接陕西定边，南临甘肃环县，北依内蒙古鄂托克前旗，除了荒漠，就是山大沟深的黄土高原，交通不便，人烟稀少。说它落后，是因为从地域上看，县城困在毛乌素沙漠之中，瑟缩在干旱少雨的草地之上，远离繁华都市，信息闭塞，经济欠发达，人口不繁密，全县仅有十二万左右人口。据我所知，在这穷乡僻壤，能让当地人引以为自豪的，大致有两个方面：一是革命老区，红色光环分外耀眼，自1934—1947年，中国共产党游击队，在这里活动频繁，在我家邻近的李塬畔村，创建了中共盐池县委，与国民政府旗下的胡宗南部队以及西北"马家军"分庭抗礼，是偌大的宁夏版图上，硕果仅存的红色政权；二是文化教育成绩斐然，尽管偏僻落后，但尊师重教，古风存焉，自改革开放、恢复高考以来，虽然师资缺、条件差，但高考成绩，却不输宁夏八大重点中学，这着实令人咋舌。除了以上两个方面，这个地方在外人看来，也实在乏善可陈。

县城不大，步行不消一刻钟，便可以从南头走到北头，或从西边走到东边。我从最东边的盐池一中出发，沿着主街西行，大约十分钟，便穿过西城墙的门洞，来到了郊外。我打问了一下路人，顺着墙根向南又走了一段，便踩着别人留下的凌乱的脚印，从一个豁口，登上了墙头。

从墙头向城外望去，县城周围，大多是一块块的耕地，偶尔有几畦菜地点缀其间。早已收割完的冬麦地，刚刚耕过，被犁铧翻卷到地面上的湿土，松软平整，一绺绺躺在地上，勾勒出横平竖直的纹路，看上去既清爽又舒坦，甚至还有点闲适淡然的意味。还没有完全成熟的糜谷，不再翠绿，开始泛出金色的光泽，但砂石地的原因，长势不及我家乡黄土地的庄稼那样高大粗壮，有一尺多高的样子。紫红色的荞麦没有见到，看来城郊的砂石土壤，并不适宜种植。菜地也主要是大白菜，间或有胡萝卜、芫荽、韭菜，以及壅土成行的红葱，和拔节窜出老高一截的白萝卜籽头。最壮观的，莫过于远处的一大片向日葵地，大小不同颜色金黄的向日葵头，参差错落，追撵着即将落山的夕阳，正灿烂地绽放，既养眼，又有些恢弘磅礴的气势。

其实，真正算得上气度恢弘气势磅礴的，却要数我脚下的这段城墙。

在银川平原，有秦渠、汉渠，历史已够悠久，但盐池，作为北依内蒙古草原的小城，也正是古时候所谓的"塞北"之地，居于游牧文化与农耕文化的过渡地带。据唐代《括地志》记载："盐州戎狄居之，即昫衍戎之地，秦北地郡也。"汉袭秦制，设置昫衍县。自隋代始，为防范北方游牧民族年复一年不断南下的袭扰，在北地郡一带修筑长城，明朝重修长城，西起嘉峪关，东至鸭绿江畔，绵延八千八百五十公里，行经十个省（区）共一百五十六个县城。明代边墙，绵亘盐池县北部边缘，就有近百公里。明代初期，盐池县城旧城址，尚在长城以北，因孤悬寡援，后改筑于长城以内，并于1443年，修筑了高大的城墙。

此刻，在我的脚下，正是明代修筑而成，经清朝重新修葺的城墙。城墙高约六米，宽近三米，环城一周，共3000多米长。想当年，由熟土、米汤、草绳等材料精心夯筑的城墙，的确让北地少数民族无法逾越南下，但同时阻断了汉地与北方少数民族的贸易交往，两地文化艺术交流融合也被迫暂时中断，这一时期北方停滞的"互市"，如同东南沿海的"禁海"，到底是利大于弊还是弊大于利，恐怕一时难以说清楚。现如今，岁月的尘烟早已随风飘散，随着时过境迁，城墙也早已失去了往昔边防的功能，历经数百年风雨剥蚀，以及人为破坏，墙体已有不少地方出现了坍塌和豁口，实在难掩沧桑之态。而且，随着近些年小城人口的快速增长，建筑面积的扩展，昔日城内建筑规模，的确已不能满足现实需求，于是，在主街道的中轴线上，东西城墙，各被掘开了一个高约四米，宽约六米的"城门洞"，墙外，星罗棋布地盖起了一排排居民平房，青砖铺地，红瓦盖顶，煞是气派。

我沿着西城墙向南，先走到了南头，向西凝望了许久，直到远山快要衔住了夕阳，铅灰色的云朵边缘，掩不住地流光溢彩，落霞满天。停了一会儿，我又折身向东走去，好几次在断墙处，顺着豁口上下攀爬，终于抵达了东墙的尽头。这时，回头远望，夕阳即将完全坠落，落日镕金，暮云合璧，绚丽的晚霞洒向无垠的旷野，一片灿烂辉煌。再看近前，城墙外各家各户的炊烟，正在袅袅升起，一瞬间让我觉得，氤氲着生机的烟火气，任何时候都是那么熟悉而亲切，一阵轻微的晚风吹过来，那淡白色的烟雾，便扭动了几下身子，弯曲曲、慢腾腾、轻悠悠地向远方的天际飘去，不一会儿，便失去了踪迹。

## 36

盐池一中的又一个秋季学期，开始了。

随着学生陆续报到、上课，我也全身心地投入了平生以来的第一份工作。

这一届高一学生，共招生了六个班，每班五十四名学生。学校对我们年轻人很信任，我和一起毕业回来的同学瑞锋，分别担任了高一（3）班和高一（4）班班主任，我讲授（3）班、（6）班的语文课，他讲授（4）班、（5）班的语文课。巧合的是，两位经验丰富的副校长侯凤章和牛秀民，也是语文课教师，分别讲授高一（1）班和高一（2）班的语文课。

两位副校长，一男一女。年长的是牛秀民副校长，四十多岁，女性，人很精干，眉清目秀，身材也保持得很好，头发总是烫成波浪卷状，很优雅地向左右鬓角分开梳理，看上去清爽干练。她虽然是师范毕业生，中专文凭，但业务水平却很高，对工作也极为敬业，是全校唯一的特级教师。课下，她也很关心青年教师的工作生活，能真诚地为年轻人排忧解难，管理工作的人性化，赢得了大家的尊敬。但对于学生，她的要求毫不含糊，严厉多于慈爱。

男性副校长侯凤章，三十多岁，1976 年上的大学，是宁夏大学最后一届工农兵大学生，与我师出同门。虽然没经历严苛的高考，但因为他自幼喜爱读书，有扎实的文史功底，古典文学与民间文学方面的知识储备都很丰富。教学、管理工作之余，喜好写作，偏好散文，文笔也挺好。这位老兄个头不高，一双眯缝的眼睛，总透着机灵甚或几分狡黠。在课间或八小时之外，他喜欢背着双手，猫着腰，在办公室、教研室、食堂、教室，甚至是操场间，兜兜转转，审视学生的学习状态，老师的工作情况。这种多少带有一丝监视、督促意味的鼓励，让师生们不敢有半点懈怠。但私下里，他又是个很随和的人，喜欢与同事开玩笑，偶尔讲述一两个荤段子，或是有意味的小故事，把别人逗得哈哈大笑，他自己却一本正经，吸一口烟，微闭着眼睛，沉吟片刻，再惬意地缓缓吐出来，然后睁开眼，显出很得意极享受的神情来。但课堂上他对学生要求却极严格，总黑着脸，动辄口不择言，几句国骂从嘴里迸将出来，甚至还会对男生拳脚相加。学生怕他又敬他，因为他对工作总是全身心投入，对学生也是倾其所有，每天除了吃饭、睡觉，一直泡在学校，即使当了副校长，仍然一整天都在校园里巡视。他很关心家庭困难的学生，总是想方设法减免这些学生的学杂费，不使他们因贫困辍学；即便是高考落榜的学生，他也总惦记着，鼓励他们回来复读再考。侯副校长是从农村走出来的，当然明白高考对于农家子弟意味着什么，所以他总是关注、牵挂着每一个学生，特别是出身农家的学生的命运走向，倾尽心力帮助他们、鼓励他们。像他这样的领导和老师，自然很受师生们的拥戴，尤其是被他打骂过并最终考上大学、中专的那些学生，后来无一不对他心怀感激。

和两位副校长同级授课，是有压力的，加之张兴昌校长，五十多岁，也是宁夏大学毕业的工农兵大学生，业务很强，亲手培养、输送的名校大学生，数以百计，而我，又是他从教育局点将要来的应届毕业生，这对我来说，又是一层压力。

好在我并不怯阵，一方面是我对自己的知识储备足够自信，另一方面也是因为年轻，周身总是滚涌着青春的激情和一股不服输的劲头。所以，开学第一天，我便手握飘溢着墨香的新课本，意气风发地快速登上了属于我的三尺讲台。

站在黑板前，面对着台下五十四双期盼又含有几分怀疑的眼睛，那一刻，我忽然感觉到一种神圣、一种庄严，还有一份沉甸甸的责任感。萧规曹随，这一节课，我选择了与我高中语文课买学锋老师讲的同样的篇目，是《诗经二首》。与恩师不同的是，我没有难为情地望着天花板，而是勇敢地直视学生一双双明亮的眸子，熟练自如地介绍《诗经》的由来，诗篇写作的缘起、内容要义、写作技巧等，整堂课里我很少看教案，几乎是背诵着口若悬河，板书也写得飘逸潇洒。随着课堂进程的推进和深入，我发现学生们不再怀疑挑剔，而是声如银铃、眸子发亮地齐声回答我的提问，不知不觉中，授课的节奏，已被我牢牢掌控在手中。

很快，下课的铃声响起，我迅即合上书本，双臂垂悬，两脚并拢，挺胸抬头，目不斜视，语气斩截地说了声："下课！"顿时，随着班长一声"起立"，学生齐刷刷地站起来，庄重地向我行注目礼。我左右环顾了一下，目光在正前方停住，然后郑重地颔首回礼，请大家坐下，紧接着拿起书本，快步走出教室，身后，传来学生一阵开心的嬉笑声。

这是我走向社会真正的第一步，好在，自我感觉这一步走得还算稳健、饱满。

激情满满的一周很快过去了。星期六上午，我乘坐班车，赶到了六十公里外的盐池二中，先是礼节性地拜见了五弟的校长和班主任，征得了他们的理解和支持，随后，接上五弟，把他转学到了条件更好的盐池一中。当天晚上，五弟便被分到了高一（2）班上课，班主任正是我高中同班、大学同级的史俊霞老师。史老师学的是英语教育专业，个头不高，留一头短发，高中时就是我们班学习委员，学习成绩一直很棒，人干脆利落，说话快言快语，毫不拖泥带水，专业水平也足够过硬。

五弟转学的事刚刚办妥，星期一的下午，四弟也从老家，来到了县城。

关于四弟的高考，还是有一段故事的。据班主任和代课老师反映，他是个性鲜明而又经常逃课的学生，除了自己感兴趣的课，其他的课他基本上不到教室，大白天总喜欢独自躲在宿舍蒙头睡觉，被同学戏称为"睡仙"，好在平时考试成绩还不错，班主任便没有深究。"睡仙"是如何"睡"进大学的？不少师生很纳闷，我也很好奇。开学后不久的一天，四弟的数学老师李学军，微笑着向我揭晓了答案：原来，其他同学白天去上课，他就一个人躲在宿舍安静地读书、复习，别人回宿舍了，他便睡觉。深夜，舍友酣然入梦，他则悄悄点上蜡烛，蜷缩在被窝里偷偷看书，尽可能不泄露一丝光亮。天亮时分，别人起床，他又开始蒙头大睡，周而复始。学军老师的话让我恍然大悟。难怪高考结束回到家，我见四弟的被子，原本的白布里子都变成了深褐色，坚硬如纸，油光可鉴，味道刺鼻。老妈把那床被子晾晒在院子的墙头上，几天后拆洗的时候，没想到那被里子泡水后用手一搓，便成了一块块脏不兮兮的碎片——那分明是被烛光熏烤太久了啊！

四弟的学习方法是个性化的，也是一种竞争的策略。他的故事让我联想到二姐求学时的一段经历：据二姐讲，在她读初二时的那个冬天，饥饿加上寒冷，使得营养不良的她，一连几个月没有来例假，幼稚的二姐还暗自庆幸，觉得少了一件烦心的事，能腾出精力专心学习。数九寒天，教室和宿舍没有火炉，二姐冻肿的手背，像发面的馒头，手脚生了冻疮，溃烂流脓，但倔强的她仍然坚持每天清早五点多起床，摸黑穿起薄薄的冬衣，悄悄拿起用墨水瓶做成的小煤油灯，独自深一脚浅一脚摸索着穿过空旷漆黑的校园，溜进教室贪婪地啃起了书本。约莫半小时后，又有其他的女生，也一个个陆陆续续摸黑走进了教室，每人面前都燃起一盏小煤油灯，开始看书学习。"看着别人在学习上跟我暗暗较劲，我自己还没学多久她们就赶来了，其实心里还是有点生气懊恼的。"二姐一边回忆，一边笑自己当初的自私幼稚。是啊，农家儿女，为了上学，改变自己的命运，没有什么忍不了的，把一切吃苦遭罪的过往，都看得稀松平常，但蕴藏在彼此心底几近残酷的竞争意识，则一直伴随着他们，从小学、初中延续到高中，始终充斥在高考前的所有求学的过程里。

无论怎样，能应届考上大学，作为哥哥，我还是很替四弟自豪也替父母感到欣慰的。"久旱逢甘霖，他乡遇故知。洞房花烛夜，金榜题名时。"这被称为人一生中的四大喜事，但在我看来，对于农家儿女，即使前三件喜事叠加起来，也不及最后那一件，意义来得更加重大深远。

贫困的家境我是知道的，四弟的手里，肯定也没攒多少钱。好在周一上午，我刚从学校领到了我参加工作后的第一笔工资，两个半月的薪水，共三百块。尽管工资在兜里还来不及焐热，但我没有丝毫犹豫，豪爽地数出一半，郑重交给四弟，说："以前二姐供三姐上学，三姐又供我读书，现在轮到我拿出工资供你念大学了。"四弟接过钱，说了一句"谢谢三哥。"雪白的牙齿，伴着灿烂的音容，在晴空丽日下，粲然发亮，那一瞬间，我为自己终于能替父母扛起一份重担，从心底涌上了一种别样的感动，还有沉甸甸并稍感悲壮的责任感。

　　"到学校安心读书，没钱了，就给我写信，或者发电报。"我叮嘱四弟，他敛住笑容，庄重地点了点头。

　　那时没有移动电话，人们相互间的联系手段，主要靠写信，事急了，就到邮电局发电报。当然，邮电局也有长途电话，但常常工作人员握柄摇半天，也接不通；偶尔也能接通一两次，那你也得等上好长时间。

　　送走了四弟，口袋里还剩一百五十块，那是我和五弟一个月的生活费。

　　觉得五弟住校多年，一直吃不好，我便带着他一起在教工食堂吃饭。第一个月伙食费近七十块，第二个月则涨到了七十九块。这样一来，我心中暗自叫苦。那时的工资，每月一百二十七块五，伙食支出了近三分之二，其他花销，立即就捉襟见肘了。五弟懂事，主动提出上学生灶吃饭，我有点不忍，但也只好答应，心里头不落忍了好一段时间。

　　我想起了1983年3月，我上高二，第一次去宁夏大学，在大学读书的三姐，从灶上为我打回来的那一盒美味无比的西红柿鸡蛋大米饭。只可惜，这时候的我，由于收入微薄条件所限，还不能为五弟提供更好的伙食。

我多么想让五弟也能吃好点，就像三姐倾其全力供我走出大山，最终可以日复一日地大快朵颐西红柿鸡蛋大米饭一样。

理想很丰满，但现实挺骨感。我只好默默盼望着五弟早日读完高中，考上大学，也能吃上西红柿鸡蛋大米饭。

## 37

盐池一中令人称羡的高考入学率，缘于这一片热土上，代代相传的崇文重教的古风，以及这古风熏染下，形成的良好师德、教风与学风，这也是当时县委书记、县长信心满满对外宣传"小县也要办大教育"的资本。

先说学风。

前文说过，盐池县共辖十五个乡镇，北部七个，南部八个。按地域划分，北部七乡镇的学生，可以进入条件相对好的县城一中读高中，而南部八乡镇的孩子，只能到位于大水坑镇的二中读高中了，当然，二中的条件，比一中差了不少。

出生地决定了起飞舞台的高度，这是宿命。

有谁听说，人能拗得过宿命？

何况，他们大多还只是没有任何恩荫庇护的农家孩子。

现实却是，当我们这些来自农村的学生，通过严苛的中考，加入到一中、二中高中班集体的时候，人数基本占据了全班学生的一半以上。

但能够有幸读完初中，又如愿考入高中的，仅占初三毕业生的三分之一，甚至更少。

比如1981年，我们后洼中学二十多名初中毕业生参加中考，但只有我和饶彦久、龚波林、刘建全、饶成久、饶海久、李耀奎七人考入了盐池二中高中部。后来，放弃中考但没考上中专的同班同学包武臣，也来到二中高一（2）班插班就读。

所以有人感叹：中考，并不比高考轻松。

但只要能考入高中，就有上大学的希望，哪怕应届落榜，也可以复读，最终完成由丑小鸭到白天鹅的蜕变。

"高四""高五"，乃至"高六"等戏称，就是复读生自嘲时发明的称谓。

对农家子弟来说，考上中专或大学，是他们告别黄土地、咸鱼翻身完成农民身份向干部身份蜕变的唯一机会。曾听说，盐池一中一名来自柳杨堡的男生，在读完"高八"的那一年，终于考上了大学。不难想象，本人多年复读经历了怎样的身心煎熬？在我听来，这样的韧劲也足够悲壮和令人感动。

当然，仅凭学风好，还远远不够。

二十世纪七十年代末、八十年代初，在"向科学进军"的社会大环境下，盐池老区拥有一支条件艰苦、专业水平有限但教书育人热情无比的师资队伍，他们的敬业态度、奉献精神，成为培育、引领优良学风的助推器。

每天早操时间，我们高一六个班的班主任，都会准时出现在操场，两名副校长也会在操场边巡查学生出操情况，寒来暑往，一天不落。

副校长、教务主任、年级组长、班主任，甚至任课老师，都来上早操，学生们出操时，便更加认真、投入，一丝不苟。衣服的摩擦声、整齐划一的脚步声，伴随着近三十个班此起彼伏响亮的口号声，唤醒了沉寂的校园、落寞的街巷。于是，一股热气腾腾的生气，和着初升的一轮红日与万缕朝霞，瞬间弥漫了校园。

早操后，吃过稀饭馒头就咸菜的学生们，便一刻也不耽误地进入教室，开始了书声琅琅的早自习。受到我高中语文买老师的启发，我每隔两三天，都要在早自习时间，为学生推荐一首篇幅短小的诗词，抄写在黑板上，要求大家理解、背诵。无论是豪迈奔放的唐诗，抑或温婉多情的宋词，乃至于郭沫若、戴望舒、徐志摩、郭小川、艾青、何其芳、卞之琳、闻捷、舒婷等现当代诗人的作品，每一篇都朴实厚重、含蓄隽永，常常引发学生们丰富的想象、飞扬的幻想。这样零星渗入式的教育，自然受到学生们的热烈欢迎，对于他们潜移默化的熏陶作用，无疑也是巨大而持久的。多年以后，每当我们师生相聚的时候，可爱的弟子们总会深情地回忆起那些日子，并津津乐道当初我引导他们学习诗词的幸福时光，闪亮的眸子，陶醉的眉宇间，充满了一往情深的留恋，以及发自肺腑的感激。

这一届学生，学习普遍刻苦上进，除了听课时的专注，课间追撵着老师讨教的习惯、课后作业完成的高质量，都让我感到欣慰和振奋。与我当初就读的二中相比，我发现一中的学生至少在两个方面更具优势：一是课外阅读面更广，知识结构更合理，这应该得益于县城较之乡镇更为优越的阅读环境，以及知识层次更高读者群的引领和带动；二是学习主动性和学习能力更强，无论男生女生，待人接物更显舒展大方，喜欢和同学讨论，甚至敢于和老师争辩，这一点应该归功于城里孩子多，见识更广，胆子更大。在他们的影响下，即使来自农村的学生，渐渐也变得善于思考、勇于发声，不再缩手缩脚。面对这样的学生群体，老师上课的热情，也被更好地带动。记得 1988 年国庆节前一天，恰巧两位副校长、同学瑞锋都有事不能上课，我一个人从上午到下午，毫不歇缓一口气从高一（1）班，连轴转到高一（6）班，六个班的课一连串讲授下来，竟然并不感到疲倦。我想，这不单是因为我年轻，精力充沛，更关键的是，时代、学校乃至学生，唤醒了我的爱心和热情，还有不可推卸的责任心。

白天的课上完了，当夜幕垂下，一间间教室亮白的灯光依次熄灭，偌大的校园不再吵闹而归于岑寂的时候，我常常伏在台灯下专注地备课、批改作业，或者，把厚厚两摞作文本，一一打开，审看学生们的作文。批改作文是很耗费时间的事，但为了公平起见，两个班近 120 名学生的每一篇作文，我都会认真地批阅。发现优长处，予以鼓励；找出个性化不足，悉心提示。一笔一画写就的作文批语，往往字数达三五十字甚至更多，条分缕析，点明说透，密密麻麻、工工整整铺满了大半张作文纸，那半魏碑半隶书的字体，与其说是一片火红的书法，毋宁说，那是一位初登教坛的青年教师在用同样火红的内心和期盼，倾尽全力为学生们前行的夜路，撑起一个个火红的灯盏。

其实，像我这样敬业的老师，并不是个例。在一中，在盐池，尊师重教的传统，自古而然；求知若渴的学生群体，层出不穷；敬业爱岗、勇于担当的教师队伍，你追我赶，前赴后继。有这样的传统，这样的氛围，优秀学子如雨后春笋，高考入学率居高不下，也就是水到渠成的事情。

入职不久的一天，午饭后，我们十多名青年教师，蹲在篮球场边树荫下闲聊。这时，刚好吃完饭的侯凤章副校长，从东边的小院子里闪身出来，笑眯眯地径直朝我们走来。他先是问我们吃的啥饭，又主动"汇报"了自己家吃的什么，几句玩笑，算是开场白，随后便也在篮球架下蹲下身子，与我们谝了起来。他是有威望的领导，专业水平高，组织协调能力强，工作很有思路，处世讲究技巧，即使是一群人聊天，话题也总是由他引导和掌控，貌似从平淡无常的话题聊起，不知不觉中，在他的诱导下，各年级学生的现状、课程的进展安排、教学改革的突破口、高考形势分析，甚至有的教师遇到的工作生活难题、个别学生的引导教育，都已悄然之间进入了大家讨论的范畴。我们这些阅历简单、经验匮乏的新入职教师，也在这样"文化沙龙"般的知识会餐中，慢慢悟透了一些道理，摸索到了一些解决问题的方法和途径。幸运的是，类似这样的聊天，每隔一两周都会有，有心或无意间，渐渐成为一种不约而同的习惯，大家个个集思广益，人人受益匪浅，丰富了生活，促进了工作。一年后，侯副校长升任校长，这不能不说，是对他敬业精神的褒奖，对他管理能力的一种认可。

对于学生，无论县城干部子弟，还是乡下农民儿女，当时的各科老师，都是一视同仁，绝不另眼相看。在平等互助友好竞争的环境中，校园文化活动也丰富多彩，读书会、科普展览、演讲比赛、作文竞赛、数理化单科成绩竞赛、诗歌朗诵会等，此起彼伏，有你演罢来我登场之意，对学生综合素质的培养与提高，大有裨益。

记得临近元旦的一天，由语文教研组发起，在高一年级举办了一次诗歌朗诵比赛。经过初选、预赛，最后有十二名同学突出重围，进入决赛。

决赛在高中部教学楼一楼的一间大教室进行。这天晚上，华灯初上，为了这次比赛，也为了迎接新年，学生们特意在教室上空挂上了彩色的纸带，雪白的电棒，也被粉红色的彩纸缠绕了几圈，屋子里便有了一丝浪漫迷幻的色彩。十二名选手依照抽签顺序，依次登上讲台，在轻柔悠扬的伴奏音乐中，深情朗诵了各自精心准备的华美篇章。台下，由牛副校长领衔，七名语文、外语、历史、政治等课程授课老师组成的评委，认真审视着学生们的表现，逐一对比反复权衡，一丝不苟地评分。决赛结束，打分统计结果，竟然是男同学柳常青的《团泊洼的秋天》和女同学黎菁的《再别康桥》并列最高分。现场短暂的惊愕、尖叫和热烈的掌声后，经评委紧急磋商，决定这两名同学再次登台表演，一决高下。于是，在悠扬的轻音乐中，两名同学重整旗鼓，又一次更加深情地演绎了自己钟爱的作品，最终，女同学黎菁以微弱的优势，险胜男生柳常青，郭小川惜败于徐志摩。常青同学虽心有不甘，但仍然大度地向黎菁同学道贺，师生们热烈的掌声，又一次欢快地响起。

放寒假了。

充实忙碌的日子，总是过得飞快。丰盈的年味还在唇齿鼻翼间回旋，眨眼间已是冬去春来。1988 年 2 月下旬，来不及回味过年的美好，新学期又催促我们上班了。

一天早晨，我踩着上课的铃声，走进了高一（6）班的教室，却发现侯副校长、教务主任、高中语文教研组长等几名领导，陪着两名陌生人，不请自来，齐刷刷坐在教室最后一排的墙边，就连高二、高三的几名语文教师，也端坐在那里。

"突袭听课！"我脑海中一闪，一时间心跳加速，也有点发蒙。但紧接着我做了几个深呼吸，尽快镇定下来。因为我知道突袭听课是学校的惯例，再者我对于当天将要讲授的鲁迅作品《药》，早已烂熟于心。可爱的学生们起初一定也替我担心，但随着我流畅的讲述，清晰明了的板书跃然于黑板，师生间的问答默契自然、斩截响亮，整个课堂，便洋溢着温暖、生动又极富张力的气氛。下课的铃声响了，我走下讲台与听课的领导、同事打招呼，侯副校长介绍了教育局教研室两位专家，我虚心征询他们的意见，他们微笑着点了点头，从他们的眼神和握手的力度，看得出来领导们真的很满意。语文教研组长黄文德老师，是我宁夏大学中文系的师兄，他轻轻拍了拍我的肩膀，欣慰地说："老弟，好样的！用不了几年，又是一名钢巴硬脆的业务骨干！"

## 38

时序已走进五月。

依惯例，每年公历五月、农历四月，县城都要举办为期半个月的"四月会"。集会期间，县政府会邀请来自陕北，专业水准更高的秦腔剧团，演出十天，为"四月会"助兴。于是，每天下午和晚上，剧团会各演出一场，像《铡美案》《宝莲灯》《辕门斩子》《白蛇传》《劈山救母》《穆桂英挂帅》《赵氏孤儿》《火烧赤壁》等传统经典剧目，依次登场，让当地的老百姓，大饱耳目之福。

文化搭台，经济唱戏。街北市场周围的街道两旁，以及市场内外的每一个角落，"一"字形排开数百个摊点，这才是集会的中心；熙熙攘攘来回攒动的人群，那才是集会的真正主角。

在这些主角中，我的初中同学没有缺席。

半年多时间来，几个家住县城或者在县城工作、学习的初中同学，相继与我取得了联系。男同学李时新，先是在农村当了几年民办教师，又考上了盐池教师进修学校，算是吃上了皇粮，他正在进修，他的学校在我办公室后墙外，与一中比邻而居。漂亮文静的女同学小文，是城市户口，在一中复读了几年，没考上大学，便索性到柠檬酸厂上班去了。另一名女同学小萍，出身农村，聪明泼辣，但几次高考不中，只好到她哥所在的税务局当了临时工。最让我意外的是，初中同班同学，堂哥李耀清，新婚不久，不甘心一直在黄土地上刨光阴，带着靓丽的新娘，来到县城蜂蜜厂打工。我闻讯找到了他租住的地方，惊喜加上亲切，这天晚上我特意拎上两瓶白酒，又约上在地毯厂工作的堂弟李耀玉，兄弟三人就着小嫂子准备的饭菜，喝了个舒服，谝了个痛快。

集会开始后不久的一个周末，同样是初中同学，向来与我情同手足的表弟苏秉荣，从他就读的宁夏建筑工程学校回到县城。秉荣四岁丧母，兄弟姐妹十人，他排行第九。虽说家境困顿缺吃少穿，但他天资聪颖，好学上进，只是脾性善良耿直，受不得别人欺辱，自尊自强有时到反应过激的程度。我在大学期间，仍然从少得可怜的零花钱里，挤出一点来接济秉荣复读直到考上中专，大学毕业离校时，又把自己的黄缎子棉被，留给了他。秉荣正直仗义，知恩图报，后来给了我不少帮助，这是后话，在此不表。

秉荣回来了，由我负责联系另外几名同学，这天下午，几个人一起来到集市上，"逛会"。

人还没到集市，但见五彩斑斓的一面面旗子，已在市场内外高高擎起，迎风招展。顺着街道两旁的店铺与摊位一一看过去，只见那球鞋皮鞋、玩具童装、窗帘布料、帽袜手套、皮带钱包、衬衫秋裤，以及外套夹袄、西服牛仔裤等，五颜六色，应有尽有。临街摊点的地上，被统一铺上了一层鲜红色的腈纶地毯，售卖的货物架上放不下的货品，便被铺展在毯子上，吸引着过往人们的眼球。此起彼伏的叫卖声，一浪高过一浪，嘶哑的，尖利的，透过扩音喇叭播放出来，不停敲击着路人的耳鼓。店铺门口，收录机播放着流行歌曲，音量扩到最大，声震屋瓦。一阵春风吹过，干燥的地上被卷起不少尘土，肆无忌惮地飘落在琳琅满目的货物上、鲜红的地毯上，还有行人的发梢、肩头上。随风一股烧烤的香气忽然钻入鼻孔，我们几位同学交换了一下眼神，便一起挤出人群，向市场大院走去。

与街道两旁的货品相比，市场大院内售卖的东西，则是另一种风格。首先是一家紧挨一家的小饭馆，川味、东北味的居多，有肘子、猪头肉、辣子鸡、小鸡炖蘑菇等；民族风味的餐馆也不少，主要经营酱牛肉、清炖羊肉、爆炒羊羔肉、烩肉、羊杂碎，还有各种炒面、烩面等。我留意了一下，真正具有当地风情的饭馆并不多，比如荞面饸饹馆、风味小吃铺、大块羊肉等，这都极具地方特色，但经营者寥寥，这也可能与当地汉族居多，又不善经商有关，倒是来自灵武、吴忠、银川的商贩，以及从四川、东北赶来讨生活的生意人，在这个小城的商战中捷足先登了一步，甚至连与我们毗邻的陕北人，他们也已在改革开放之初，较早地觉醒了，蜜枣甑糕、小米粥饭、陕北大烩菜等已经在盐池登堂入室、抢占一席之地了。

除了餐馆，市场内各角落摆放最多的，就是日杂百货了。大到各种农具，小到针头线脑，家里家外，吃喝拉撒，生活所需，应有尽有。更有趣的是，两个老头，年长一些的那个，戴着石头镜，稍年轻的那位，则戴着墨镜，两人找到一处向阳的空地，席地而坐，相距约两米远，各摆了一个卦摊，一个面前放着一只罗盘，一个面前铺着一张画有周易八卦图像的纸片，两个人都在招揽为人测字、占卜吉凶祸福、释疑问讯的生意，两双眼睛，透过黑白不同的四块镜片，捕捉着任何一个可能求神问卦的过路人的脸。

市场内外转了一圈，也没什么东西可买，我们几个人又来到了位于电影院广场的大戏台这边。

相比于市场，大戏台这边的人群更集中。尽管老人居多，但中青年观众和凑热闹的孩子也不少。当地人普遍喜欢秦腔，都很推崇秦人粗犷豪迈的风格。这是有原因的。盐池自古以来，就是农耕文明与游牧文化的交叉地带，秦汉唐宋时期，为了充实边防，发展经济，朝廷就有把中原百姓迁入此地的做法，所以秦地文化对这里浸润日久，加之县城东邻陕西、南接甘肃，居民饮食习惯、语言文化等，与秦陇百姓高度相似，偏爱秦腔，也就在情理之中。自小耳濡目染，我酷爱秦腔的曲调，还有它细腻绵长的韵味，尤其动容于它郁积于胸、炸裂于声的那种声嘶力竭的吼腔，觉得那是对贫困苦难、憋屈愤懑乃至幸福快乐的完美释放，是激情与抗争力量的完美宣泄。早来的观众已占据了所有靠前的好座位，在密匝匝的人群后面，我们几个脖颈伸得酸困，也看不到戏台，只听到一阵锣鼓、板胡、二胡汇成的乐曲声，外加几句节奏很慢的唱词。无奈，大家决定先去吃饭，等待晚场。

这是我们几位初中同学，时隔六年后的重聚。六年里，我们这一班同学，先后有四人考上了大学，五人考上了中专，都是男生。其他同学中，城镇户口的三名女同学通过招工开始工作；农村户口的，都又回归了黄土地，当起了农民，包括曾经考上了高中的两名男同学。仅仅六年，命运把我们这一拨年轻人，抛向了社会的不同角落，身份不同，角色不一，生活境况也迥然不同，这实在令人感慨。

这次小聚，除了堂兄耀清和堂嫂，还有秉荣、时新、小文、小萍等，清一色的同窗，其中堂嫂低我们一级，算是师妹、校友。只有我已挣工资，自然是由我做东，我点了几个菜，又要了一瓶铁盖子的银川白酒。

吃着，喝着，聊着，说笑一阵，感慨一番，不知不觉已是晚上九点多。大戏台的秦腔已进入尾声，索性不去赶场，几个人走出饭馆，发现街上行人骤然减少，天气也更凉爽。我们说笑打闹着，沿古城墙一路向北走去。小文推着雪青色的自行车，若有所思，低头不语，任凭其他同学调侃当初男同学追求她的往事，也只微微一笑，并不搭话。小文当年是我们班最漂亮的女生，又是城镇户口，许多男生都对她心生好感，趋之若鹜。她曾经与我同桌，说话慢声细语，穿着打扮亮眼、入时。后来听她说，与我同桌的那一年里，因为她自己学习成绩不太好，而我又是学习委员，这让她倍感压力，自卑不已。这是我始料不及的。我只记得八年前，我们一群师生，曾一起乘坐她二哥无证驾驶的公社卡车，于太阳落山前从后洼出发，第一次去县城参加全县中学生运动会和文艺汇演，晚风里飘过让我鼻腔酸痒的，正是小文身上的雪花膏味。岁月荏苒，时过境迁，当年追求小文，并偷了哥哥包老师《现代汉语小辞典》送给小文的武臣兄，已经从警校毕业上班，不久前刚刚订婚。八年后的今天，曾经让我们男生心驰神往的雪花膏味儿依旧，但往日的情绪与今天的感受已然不同，当初青涩少年萌动于心的一切幻想和杂念，已被岁月的河流，冲刷得荡然无存了。

夜，渐渐深了，繁星如水，月如钩。因为小文还要上夜班，我们把她送到北街外的柠檬酸厂门口，一股酸酸的味道，从高高的烟囱、厂房的窗户飘散出来，浮在微凉的空气中，久久不散。送走了小文，我们几个又在街上转悠了一会儿，便准备各自回家。秉荣兄弟还有一年中专毕业，跟我回一中同住，时新也要回宿舍，于是，送走了其他人，我们三人结伴，勾肩搭背，一起向城东走去。

端午节过后不久，一个周末的下午，我闲来无事，便到学校北墙外的教育局家属楼串门，我初中时的郭凤虎老师，就住在这里。郭老师仅比我大三岁，细高个儿，梳着分头，直溜挺拔的鼻梁，方方正正的脸颊，白白净净，衣着一尘不染，显得干练且富有朝气。说话时，他习惯把嘴唇向两侧微微一撇，一双眼睛透出友善又富有灵气的神采来。他认为我是个爱学习的好学生，对我也一向偏爱袒护，初二那年，他作为任课老师，让我这个学生登台讲了一节《地理》课，我讲完了，他再进行归纳总结，评价得失，这也算是他素质教育的最早尝试吧。郭老师着意培养学生，他自己也是个学霸，初中毕业先考上了中专，又通过刻苦自学，考入北京海淀区教师进修学校，先后拿到了大专、大学本科文凭。他新婚不久，爱人沈嫂和他一样，好学上进，虽说已经上班，仍考入宁夏农业学校深造。郭老师好几次邀请我到他家做客，我见这个周末正好没什么事，便信步向他家走去。

敲门而入，郭老师正在桌前备课。只见写字台上压着一整块厚厚的玻璃板，玻璃板下，是一块崭新的绿色绒毯，十几张夫妻合影和家人朋友的照片，错落有致地摆放在绿毯上面，玻璃板下，看上去很悦目很清爽，秀外慧中的新娘子，正透过锃亮的玻璃，冲我微笑。写字台靠墙处，摆放着一台"三洋"牌收录机，机身覆盖着红色的纱巾，清新雅致，收录机正播放着中国民歌联唱，轻快悦耳的旋律，在房间的每一个角落激荡跳跃。对于我的突然来访，郭老师非常高兴，他合上书本带我参观了他们的新房：淡绿色的洗衣机，摆放在洗手间；黑亮的凤凰牌自行车，立在客厅门后；崭新的红红绿绿的四套被褥，整齐地叠放在双人床头。一切都看上去整洁素雅，甚至颇有一些小资情调。

郭老师家的陈设，让我联想到了不同年代结婚标配的变迁。二十世纪七十年代的标配，是"三转一响"，即自行车（飞鸽、永久牌的就好）、缝纫机（蜜蜂牌的挺理想）、手表（梅花、上海牌的最棒）和收音机；二十世纪八十年代，则升级为"三机一箱"，即电视机、洗衣机、收录机和电冰箱。结婚标配的升级，从一个侧面，确实见证了时代的变迁与社会的进步，让人无不赞叹且欣欣然。

郭老师带我一起做饭，正切菜间，他忽然停下来问我："新疆人喜欢女孩子，为什么要掀起'盖头'？"我一听，书房的收录机正在播放《掀起了你的盖头来》，便明白了他的纳闷。"盖头"，在盐池方言中，指被子；而在新疆，特指新娘头顶上盖的那块红色头巾。试想，小伙子如果贸然掀起女孩子的被子，不但不雅，还有耍流氓的嫌疑；但新郎如果轻轻掀起新娘头顶的红纱巾，不仅渲染出温馨浪漫的氛围，而且极具画面感，充盈着美好的意象。郭老师听了我的解释，恍然大悟，两人一时笑得前仰后合。

饭后，我们两人又一起做西红柿酱。他洗好了二十多个从县医院淘回来的生理盐水玻璃瓶，将洗净切好的西红柿灌入，再放进笼屉上蒸大约 20 分钟，即好。如此反复，两个人一直忙到了晚上十一点。

新娘子不在家，郭老师挽留我住下，我也没有推辞。是夜，盖着他俩新婚厚实温暖的棉被，我们从郭老师给我们上课时说起，话题慢慢延伸，比如他爬坡步行二十公里去读初中，再到他煎熬人心的考中专过程，当然还有他朦胧的初恋、今天的婚姻，直至盐池一中当下的境况，东拉西扯，哥俩促膝抵足，卧谈至深夜，直至不远处谁家早起的公鸡，打了一声雄壮脆亮的鸡鸣……

郭老师，聪慧又不失忠厚的兄长，心智明显比我成熟许多。与我相比，他更加勤奋、进取，无疑是我一生中可遇不可求的良师益友。后来，他以出众的教学成绩，被银川一中从盐池一中挖走，又成为银川一中唯一的语文特级教师、正高级职称中学教师，他以出色的教书育人业绩，受到学生景仰、家长信任、同事推崇，又被宁夏、福建两地同时授予了"教学名师"称号，确属实至名归。

## 39

与同事的友谊，当然不仅局限于郭老师。比如我前文提到过的张校长、侯副校长、牛副校长三位领导，尽管个人业务拔尖，但却无一例外地礼遇、提携我们年轻人。凑巧的是，他们仨，是清一色的语文老师，与我相同专业。

我们高一六个班的班主任，一班是教物理的小陈陈玺老师，二班是教英语的史俊霞老师，三班是我，四班是我高中大学同窗好友王瑞锋老师，五班是教化学的郭生栋老师，六班是教物理的大陈陈志东老师。除了五班班主任郭老师，其他我们五位，都是宁夏大学毕业的本科生，其中，两位陈老师是师兄，而我和史俊霞、王瑞锋三位，则是入职不久的新手"菜鸟"。

高一年级组是一个和谐的大家庭。平日里，大家下课后，会聚在二楼年级组办公室聊天，彼此交流教学信息，相互征求授课建议，听取班主任反馈学生听课意见，大家不忽略任何一个教与学的环节，孜孜以求，循序渐进。每当期中、期末考试结束，年级组长郭老师，会给六个班学生各科成绩排一个名次，再根据总分为学生排名，这会让任课老师，特别是班主任，略感紧张。虽说我们的表象是团结互助的，但友好的表象后，还是潜藏着攀比和竞争。好在六个班的学生成绩，总体接近，差距细微，但每逢一月一次的年级总结会，还是会对老师形成无形的压力，所以大家貌似心如止水，实则都暗中铆足了劲，上紧了发条，期待着自己的学生下一次更靠前的排名。我想，良好的教风、学风以及可观的高考升学率，也许正在于这良性竞争中的点滴积累吧。

这一时期，改革开放形势下引发的市场经济大潮，已浸淫于这座并不繁华的小县城。1988 年秋季开学不久，县城百货商场，敲锣打鼓，悬旗放炮，也搞起了"有奖促销"活动。年级组长郭老师家，就住在商场旁边，一家三口周六晚饭后去逛商场，让三岁的儿子抓奖，试试手气。憨态可掬的小宝伸手到红纸箱，摸出一张写有数字的红纸片来。主持人接过纸片，拆开封印，随即兴奋地对着簇拥的人群，冲着麦克风朗声叫道："38 号！38 号！这个小孩抽中了一等奖 38 号，恭喜恭喜！奖品是——"他有意顿了几顿，见吊足了大家的胃口，这才接着尖声报道："奖品是价值两千二百块的 29 英寸彩色长虹电视机一台！"他煽情的宣传，透过音箱，扩散到很远，人群中顿时发出一阵尖叫，接着便有几声叹息。郭老师的爱人喜不自禁，抱起儿子，对着小宝粉嘟嘟的脸蛋用力地亲了两口，郭老师则高兴地咧了咧嘴，攥紧中奖号码，紧跟在工作人员身后，摇摆着微胖的身子，喜滋滋地领奖去了。

周一上午，满面春风的郭老师上完课，回到年级组办公室，顾不上擦去指尖的粉笔灰，眉飞色舞地为我们汇报了周六中奖的经过，大家听了也很高兴，由衷地恭喜了同事。年长一些的陈志东老师笑着说："组长中奖了，有什么表示没有？"正在洗手的郭老师连连点头，忙不迭地说："今天下午，我请咱们全年级组的老师，到外面吃饭。"说话间，厚厚的嘴唇抖了几下，圆圆的下巴向上一扬，兴奋与知足，透过细密的眼缝，一览无余。

下午放学了，郭老师回到办公室，请大家出去吃饭。我们几个人友善地笑着，谢绝了。郭老师一急，便挨个儿拉拽，大家还是笑了笑，不为所动。大陈老师走过来，亲切地拍了拍郭老师肩膀，笑道："开个玩笑，不要当真，组长心意我们领受了。"郭老师心里有些过意不去，第二天，他买了糖果点心，还有香烟白酒，拎了满满当当两大袋，送到年级组办公室，请大家享用。

除了年级组的老师，去年刚刚大学毕业的几位老师，我们平时交往更多，友情也更纯真一些。我和四班班主任王瑞锋老师、六班教数学的丁春梅老师、初中部的地理老师冯彩莉、英语老师冯春梅，还有从陕西师大毕业教生物的张永宏老师，三男三女，二王一张是男性，一丁二冯是女性，平日里来往更多。一个周日，家住城南郊区沟沿村的张老师，热情邀约我们五人去他家做客，于是六人三辆自行车，在风和日丽的初秋中午，一路欢笑着奔向张老师家。半年后，英俊的张老师和靓丽的冯老师订婚，我才缓过神来，原来上次沟沿村之行，分明就是张老师为了爱情，专意设了个局，我们另外四人，身在局中而不自知，稀里糊涂扮演了助攻的角色，还好，这样的局中，充满了纯纯的友情，浓浓的善意。

其实，张、冯老师在局里，我和史老师、丁老师也不在局外。这个时段，史老师的男朋友从华东工业大学毕业后，被分配到年产30万吨的宁夏化工厂任技术员；丁老师的男朋友是她宁夏大学同班同学，在吴忠师范任教；我的女朋友，则在宁夏水利科学研究所上班。这样，我们三个人都是异地恋、两地书。每隔一两周，我们有的赶往银川、吴忠，或有人从银川、吴忠赶到盐池，三对恋人牛郎织女般来一次"金风玉露一相逢"。牛副校长敏感、细腻，她感慨道："看来这几个业务不错的年轻人，都是'飞鸽牌'，留不住啊！"言语中流露出惋惜的意思。史老师的男朋友，是她初中同学，也许是热恋的缘故，激情迸发，热情似火，一天一封情书，甚至两封，接二连三对史老师狂轰滥炸，每天下午，当书写着秀拔硬朗楷体书法的航空信封如约躺在高一年级组办公桌上的时候，史老师清澈如水的眸子里，便迸发出奇异的光亮来。史老师和我是高中同学，又是我表妹，每当早、晚自习，她总是先到班里巡查一番，然后会疾步向我办公室走来，那黑亮蓬松的短发，高高翘起的羊角辫，随着她本色自然的大步幅，一步一点，在额前脑后飘逸起来，还伴有银铃般爽朗的笑声，以至于她的学生私下里偷偷议论："你看，史老师又去王老师办公室了！"原来，好奇的学生误以为我俩在恋爱呢！这事当时我和史老师并不知情，多年后，有一次闲聊听我的五弟说起，让我愕然中哑然失笑。

那个年代，同事间绝大部分关系还是很融洽的，但也有例外，比如后勤主任"补醉"的习惯，就让年轻老师很是挠头。

后勤主任大高个儿，四十多岁，浓眉大眼，戴一副黑框眼镜，虽然不上课，但平日里还是挺斯文的。说话时声若洪钟，时不时用方言甩出一两句粗话，可实际上是个热心肠的人。尽管有许多优点，但他却有一个毛病，那就是嗜酒如命，加之酒后经常失态，使自己的形象大为跌损。

听同事说，后勤主任喜欢让青年教师请他喝酒，如果你不主动请客，他会心里不痛快，乘着酒兴找上门来。我和四班班主任王老师一个宿舍，有一天晚上九点左右，后勤主任一身酒气推门而入。我俩连忙起身、让座、沏茶，但主任坐在椅子上，面颊红润，脑袋微垂，冲我们摆了摆手，说："不喝茶！有酒吗？外面喝夹了（没有喝尽兴的意思），来你们这儿，补个醉。"说话间，打了一个响亮的酒嗝。我俩听明白了，那意思是今天没喝好，还差点劲道，让我们陪他老人家再喝点。我听他说话时舌头翻转已经有点不那么利索，微带醉意，于是，我悄悄告诉王老师，到校门外的小卖部买一瓶"二曲"，记得是 7 元钱一瓶，53 度，虽说贵些，但酒劲儿大。王老师心领神会，快速出门，十分钟后返回，拎了一瓶"二曲"，又带回一包油炸花生米，一包油炸蚕豆，摊在桌上，权当下酒菜。主任一看，我俩买来的是好酒，连连夸赞："这两个年轻人有心，不错！不错……"说话间，心里一高兴，便和我俩猜拳行令，以水杯做酒盅，三个人你来我往，喝将起来。到底是我俩年轻，反应快一些，加之主任已喝了个半醉，所以不到半小时，大半瓶"二曲"已然下肚，主任一人就喝了差不多半斤，我看到，主任不仅额头通红、冒汗，就连手掌，也渗出了一粒粒汗珠。

主任见我又要朝水杯斟酒，连忙伸手一拦，说："补好了，补好了……"说着，充血的眼球迷离起来，又朝着天花板打了一个响亮的酒嗝，这才摇摇晃晃站起来，拉开门，深一脚浅一脚，走了。

此后，主任再也没找过我俩"补醉"。

谢天谢地。

相形之下，牛副校长人性化管理，就更具领导艺术。她关心、扶持年轻人，虽然知道有的青年教师不会久留盐池一中，但仍然对我们嘘寒问暖，关爱有加，她也更赢得大家的敬爱。牛副校长说得对，我们是"飞鸽牌"的，两年后，先是我和瑞锋分别调往宁夏大学、自治区团委；随后，史老师、张老师冯老师夫妻也先后调入宁夏化工厂子弟中学和银川一中，张老师后来以出色的业务水平和出众的人品能力，出任银川一中校长；丁老师先调往吴忠回民中学，后来与宁夏大学工作的爱人一起南下，到中国计量大学任教；教地理的冯老师则调入银川十六中任教。我们这几羽"飞鸽"，都追随着爱情，也追随着事业更广阔的天地，在盐池一中只做了短暂的停留，但盐池一中作为我们曾经工作生活的一个驿站，却留给了我们许多不该忘却的宝贵记忆。

秋去冬来。

我的同事中，又增加了两位好朋友。一位是宁夏大学中文系83届毕业生，我的师兄兼堂哥志远，另一位是从北京外国语学院毕业归来的樊学义兄。他们两人，以前都在盐池二中任教，堂哥因业务能力突出而调入县城，学义兄则是深造归来后，借机挪了个窝儿。

志远兄酷爱读书，文学功底颇为扎实，写作水平令人叹服。他是1979年从麻黄山公社中学，直接考入宁夏大学中文系的，与他一样优秀而幸运的是，同年考入宁夏大学数学系的王建国和李学军两位兄长。麻黄山公社高中办学历史只有短暂的两年，尽管条件简陋、师资困难，却奇迹般地培养输送了三名全日制本科大学生，殊为不易。两年时间，只招一级一个班，勉为其难，难以为继，很快停招，但它创造的奇迹，却让人刮目相看。

学义兄是我三姐的同学，两人都是先上中专后读大学的，不同的是，他读的是北京外国语学院，三姐读的是上海外国语学院。因为这个原因，他对我极友善，也很关切。他的女朋友李老师，是盐池三中的外语教师，个头不高，长相却很端庄秀气。

国庆节后的一天晚上，我和瑞锋、志远兄、学义兄，还有初中同学李时新，在我宿舍聊天。因为情趣投合，五个人不知不觉聊到了晚上十点多。有人说有点饿了，我忽然想起，宿舍里有中秋节时从家里拿来的荞麦面，还有一块羊油坨，于是我提议用电炉丝煮羊肉荞面呲克子吃。大家一听，连声说好，于是五个人说干就干，分工协作，只用了半个多小时光景，一大盆面便出锅了，五个人每人哐了一大碗，撑得弯不下腰来。捋起袖子一看手表，已是夜里十一点半，不行，吃得太饱无法入睡，于是五个人又来到了学校西大门外的操场，围着操场跑道，一边继续聊天，一边漫步，直到走得肠胃稍感放松舒适了些，这才各自返回宿舍。

十几年后，瑞锋在宁夏人事劳动厅当了处长；我在此间先后担任了宁夏大学三个学院的党委书记；志远兄弃教从政，做了多年的县人事局长和教育局长；学义兄夫妻于二十世纪九十年代中期，毅然南下上海，虽说仍是教书，但工作环境、待遇大为改善；时新老弟从大队小学民办教师，一直干到了县扶贫办科级干部，成绩突出，事业风生水起。五个人事业发展的轨迹虽各有不同，但那个特殊年代保留下来的纯净无瑕的友情，互不设防相谈甚欢的场面，以及那个初冬的夜晚，在我以后的人生长河中，成为永远也抹不去的温馨记忆。

时光不老，友谊长存！

## 40

对于我来说，虽说在盐池一中只工作了两个年头，两年里大多数的经历，都因青春的影子而美好，但也有一些并不那么开心释怀的铭心记忆，比如入不敷出的窘迫。

衣、食、住、行，囊括了我们每个人生活的全部。

衣、食、住，这都没有什么问题。食和住，有教工食堂、单身宿舍兼办公室；至于穿，男人总比女人好将就一些。印象中，一件深蓝色的运动上衣，一条灰蓝色的长裤，我大约可以从初春穿到秋末，来年春日，再次披挂上身，一直穿到秋天。在我看来，男人虽不必都像"拗相公"王安石那般不修边幅，但也大可不必在服饰上下太多功夫，即使一年四季不换装，在我看来也没有觉得有什么不妥，再说，多年来我就没有养成捯饬服饰的习惯，何况眼下也没有添置新衣的经济实力。

但是行，却不太好凑合。

全校单身教工中，除了我，大家每人都有一辆或新或旧的自行车，上街购物，外出散心，脚一蹬，铃一响，来去自如，倒也松快方便。但我是没有余钱购买自行车的，哪怕是二手的旧自行车。五弟在我身边读高中，要花钱；四弟在外地读大学，更需要我资助。这些都是我责无旁贷的义务，我不能优先考虑自己的享受，在这一点上，几位哥哥姐姐，都给我做出了很好的榜样。

但上街，隔三岔五总是要去的。偶尔，我会借同学瑞锋或志远兄的自行车，但更多的时候，我宁愿自己悄悄锁上门，独自一人默默上街。

街道是一如既往地热闹，人们三三两两簇拥在一起说话，时不时发出一阵阵爽朗的笑声。有人远远看见街对面走过来一个熟人，便吵架一般向那位打招呼，高呼噜大嗓，似乎大街与自己家里，没什么两样，甚至会来几句粗俗的调笑对骂，显出两人亲密无间的关系来。

来到街上，我习惯沿着街道边的墙根，快步疾行，一是为了追撵墙根的阴凉和街边的树荫，二是不愿碰见熟人，怕别人问起为什么不骑车，却要步行。承认没有自行车吧，好像挺说不过去的，不承认吧，又不愿撒谎。还有，上街我会选择同事和学生上课的时间段，这样既减少了蹭同事自行车的机会，也避免了碰到骑自行车的学生，要捎带我一程的尴尬。

那时的我，年轻、好强、敏感，既囊中羞涩，又不愿轻易求助于人，就这样，在自尊与自卑间摇摆着，煎熬着。

有一天，已和我分开居住在隔壁的瑞锋，似乎发现了哪里不对劲，他很认真地问我：“你上街咋不骑我自行车？太见外了吧？”我笑了笑，不置可否。从那天起，他白天总把自行车停在门口，一直不上锁，以便我随时取用。我领受了与我同窗八年的老同学的善心好意，内心很温暖，但仍旧独自步行上街。

其实还有比借用自行车更让我难为情的经历，比如借钱。

当时我的工资是每月不到一百三十块，除了自己日常花销外，还要挤出一点偿还结婚时借的外债，同时接济两个弟弟，因而工资就常常入不敷出，难以为继。记得有一次，四弟从西安发电报来，要我给他寄四百块钱，我一看这数字，不是如往常的一百、二百块，这一下心里犯了难。因为已经到了月底，别说是四百块，即使是四十块，我兜里也是没有的。

这封催款电报，让我陷入了深深的忧愁之中。

我承诺过会全力帮衬四弟，不寄钱肯定不行，甚至寄晚了都不行，他在学校等着急用，那应该是望穿秋水般地翘首以待啊！

问题是，向谁借？

一年多来，寅吃卯粮，拆东墙补西墙，借钱几乎成为常态。同学瑞锋，我已借过两次，志远兄和一位表兄，也分别借过一次，当然我这些借款，都是每月上旬一发工资，立即就如数奉还了。这几次，借的都少，或一百块，或两百块，这一次却要四百块，这可是我三个月的工资啊！

怎么办？我把电报装在衣兜里，从第一天下午一直攥到第二天中午，直攥得那张纸湿漉漉的，仍没有拿定主意，向谁开口借这笔钱。

我知道只要开口，同事一般都不会拒绝我。但我担心的，是对方哪怕有那么一丁点儿的迟疑或是不爽快，或者暗示这钱很快要还他，那都会深深刺痛我的自尊。

思前想后，我决定向志远兄借。一是因为有血缘关系，他肯定不会驳我的面子，二是因为他工作多年，目前仍然单身，手头的积蓄应该是有的。

晚饭后，我有意与志远兄一起回到他的宿舍，学义兄与他住隔壁，攒过来三个人说了一会儿话，学义兄回屋备课，我坐着没动身，兄弟俩又不咸不淡地聊了一会儿，我手里却暗暗地紧捏着兜里的那封电报。也许是看出了我的心神不安，志远兄问我是否有什么事，我忙说："没有，没有！"起身离开。

自尊让我张不开口。

但四弟的催款仍没有着落，我回到宿舍四仰八叉地躺在床上，发呆地看着旧报纸糊顶的天花板，坐困愁城，一筹莫展。

第二天中午，我再次挪步到志远兄宿舍，憋足了劲，终于张开了口，也正如所料顺利地借到了钱，然后马不停蹄，急忙跑到邮电局，寄往西安邮电学院。

其实，像我这样为了供弟妹上学，借钱还钱的难肠，应该算是难能可贵了吧？其实不然，比起大哥来，我这经历，那根本是小巫见大巫，不值一提。

1982年，身兼生产队民办教师和出纳两职的大哥，因为一家人的生计，不得已挪用了生产队的三百多块钱，为此，父亲辞去了生产队队长的职务，大哥也遭受了批评。1983年，大哥下定决心，辞去了民办教师职务，又贷款九百多块钱，购买了盐池县五金厂一辆二手"东风牌"卡车，跑起了运输，三年过去了，大哥终因自己没有驾照只能雇佣司机，加上缺乏做生意的经验，最后不得已卖掉了车不说，还赔了一万多块。

俗话说："长兄如父，长嫂如母。"我想这是有道理的。大哥是个孝顺善良又顾全大局的人，一如巴金小说《家》里的觉新，在父母面前，他不仅从不顶嘴，甚至有时孝顺听话到了不讲原则一味迁就的地步。虽然债务缠身，大哥仍四处借钱，义无反顾地供养几个弟弟妹妹上学。村子里的人，他几乎借遍了，便只好到邻村去借。为了能借到钱，他总是对别人承诺说："很快就还！很快就还。"当然这肯定是做不到的，因为钱是硬通货，秦琼卖马，杨志卖刀，那都是"一分钱难倒英雄汉"的范例。所以，"很快就还"的说法，只是权宜之计，很快能还上的，少；好长时间仍然还不上的，居多。久而久之，无奈又无助的大哥，便给人留下了轻诺寡信的印象。那时候，我周末放学或寒暑假回家的时候，常见到催债的人，有的站在垴畔上大声索要，没要到的骂骂咧咧地甩身走了；有的干脆坐在我家炕头不走，等着大哥还钱。每当这个时候，老妈和大嫂，端饭递水，对债主赔着笑脸，说着恭维讨好的话，只为了请求再宽限几日。老妈叹口气，诚恳地说："我儿子借钱，也是为了供娃娃们上学，他也不是拿钱去喝酒了，赌博了，是干了正事呢。至于你们能在困难时肯借钱给我们，这些情分，我这个老婆子都记着，娃娃们也不会忘，等他们书念成后，一定慢慢还你们这份情，行吗？"债主也有通情达理的，听老妈这么说，又见大哥蹲在地上，粗糙的手揉搓着衣角，低着头，难堪得面红耳赤，额头渗出一粒粒细密的汗珠来，于是长叹一口气，下地出门走了。

著名作家路遥曾感叹道：所谓亲戚，就是你得意时跑来揩油，你失意时却躲得远远的那一群人。这话可能稍显片面，但的确也不无道理。

邻村的表哥来催债，大哥不在，大嫂取出钱还上。因为天已擦黑，大嫂错把墨绿色100元面值的一张，当作同样墨绿色10元的钞票，还给了表哥。表哥走后不久，大嫂及时发现了错误，一向胆小到晚上都不敢走出院门的大嫂，竟不知哪来的勇气，只身一人裹在夜幕里，步行一来回十多公里，找到了表哥，追回来那多给的九十块钱。

原来，贫困，还有讨要公允的决心，竟能激发出惊人的力量。

还有一件事，也与借钱有关。

父亲到他出生的村庄，找本族亲戚为儿女筹集开学的学费。有两家借给了他，但更多的，则是闻风躲走，更过分的是一位堂叔，竟阴阳怪气地逢人就说："千万不敢给借钱，那家人穷得拽着猫尾巴上炕，这辈子能不能还上，还不一定呢。"父亲听到后，回家气得连饭都吃不下。几年后，我大学毕业并已调入银川工作，听说这位堂叔患病手术，我买了好多水果和营养品，满满两包，赶往宁夏医学院附属医院探望。堂叔见到我很高兴，又很意外，或许内心还有一丝愧疚，从我进入病房到离开，一直抓着我的手不愿放下。一年后的冬天，大妈去世，我和父亲前去奔丧。堂叔在那个冷风袭身的晚上，一直陪在我和父亲身边，直到凌晨一点祭奠活动结束，拉着我们父子俩去他家夜宿，他家崭新的被褥，热乎乎的暖炕，让我体味了堂叔发自内心的热情，也体味了以德报怨的神奇力量。

《悲惨世界》中的冉·阿让，也是被宽恕感化而洗心革面的那个人。宽容，确乎比睚眦必报更神奇，也更伟大。

听大哥说，我结婚典礼前的那个冬天，他冒雪去邻村借钱，帮我筹措结婚的费用，因天阴路滑，在水沟台滑倒，幸亏及时抓紧了一丛沙草，才免于跌下悬崖。一失足，差点酿成了千古恨。

类似这样的借钱插曲，我每每听到，心理感受除了酸涩，还是酸涩。

好在，父亲与大哥在教育上的投资，最终得到了回报。

1990年之前，我家在村里几乎是最贫困的一户。父亲起早贪黑出山放羊，我家的羊群，也曾经达到两百多只的规模，加上每年粮食出售也不少，家庭收入总体还是可观的。无奈上学的孩子太多，花钱的地方也就很多，所以眼看着左邻右舍相继盖起了砖瓦新房，而我们一家，却仍旧蜷缩在破旧的窑洞里。当然，父母哥嫂并不羡慕别人，读书声、歌声与笑声，总使得我家寒酸的院落里，充满了朝气与活力，乐观与希望。

1992年后的两三年，随着我大学毕业，特别是四弟辞去公职下海，在父亲、大哥、二哥的努力下，在我和四弟的全力帮助下，压得一家人近十年，一直喘不过气来的一万多元外债，终于还清了。考上了天津商业学院的五弟，在家人和四弟的资助下，学费也不再像四弟上学时那样紧巴巴的了。特别是四弟，为了爱情，更为了这个家，毅然辞去公职下海，走深圳，闯上海，凭技术吃饭，靠头脑挣钱，一次性给家里汇款一万元，用于还债，显出了一个男孩子的勇气、胆识和担当。只是，在此期间，孤身一人在外地的他，因为急性阑尾炎穿孔导致大面积化脓感染，几乎搭上了一条性命，让老妈说起来心疼得痛哭失声，我第一次听到，也忍不住热泪盈眶。

说起供养弟妹上学的过往，大哥是这样总结的：

"虽说咱们家曾经是全村庄最穷的，外债最多的，但能供帮出四个大学生，一个中专生，这一点谁家也比不了。"

——大哥是自豪的。

"以前因为怕借钱躲着走路的那些人，现在都撵着朝我跟前凑呢。"

——大哥是快意的。

"辛苦是辛苦了点，但回过头来看，很值得，总算没有白供帮这些弟弟妹妹。"

——大哥更是欣慰的。

善良无私的大哥，忍辱负重的大哥，如父的大哥，几十年吃了多少苦，受了多少罪，体味了多少世态炎凉人情冷暖？今天，他终于有了自豪快意的资本，更有了值得欣慰的理由。

1993年秋，父亲从老家来银川，晚上我们父子聊天时，老人家感慨万千地说："我原来推想，从包产到户那一年算起，我这辈子要在政治上、经济上翻身，估计至少要等二十年。现在看，也就只用了十年。"话语里，老人家有释然，有知足，但看得出来，更多的是对未来的希望和信心。

出身寒门、自幼孤苦的父亲，被人领养、执着坚毅的父亲，在经历了半个多世纪的身心煎熬和苦难磨砺后，终于从儿女们身上，实现了自己孜孜以求的目标。他的勤奋、坚韧以及付出，为他的晚年，增添了一抹绚丽醉人的夕阳红。

## 41

供养学生难；求学，也难。

同样是求学，出身于农家的男孩和女孩，所承受的压力是不一样的。重男轻女，那是农村人根深蒂固的观念。尽管父亲很开明，对女儿上学这件事大力支持，但现实中，沉重繁多的家务，还是让女孩上学遭受更多的冲击，使她们在上学路上，举步维艰。

比如三姐。

1980年夏天，从盐池二中唯一的重点班毕业的三姐，非常有希望应届直接考上大学的三姐，为了少花学费，早日毕业挣工资，早一天补贴家里的经济困境，听从了家人的劝说，放弃了高考，毫无悬念地考上了中专。这件事对于家庭来说，是暂缓经济压力的权宜之计，但是对于一贯好学上进的三姐而言，则是一次极其痛苦和无奈的选择。

善良懂事的三姐，在命运的十字路口，为了顾家，选择了牺牲自己。

三姐先是在两年制的盐池简师上了一年学，1981年秋天，被县教育局择优选送到宁夏大学外语系进修两年。1983年秋，大专毕业的她，被分配回后洼中学任教。后洼是离县城最远的公社，但后洼中学又是离我家最近的学校。与其说三姐回到家门口教书是为了婚姻，莫如说她是为了就近关照贫困潦倒的娘家。

1984年正月初六，是三姐的嫁日。

我裹在熙熙攘攘的送亲队伍里，突然间，为即将告别少女时代的三姐，为给家里做出了太多牺牲和贡献的三姐，为仅仅大我不到两岁，还不足二十一岁的三姐，而深深地难过。

三十一年后，这"嫁日"带给我的心理冲击和难过，在我嫁女儿的那一天，又重演了一遍。

1983年暑假，我考上了大学，三姐也订了婚。尽管我十分不愿意将这两件事扯在一起，但现实又让我不得不承认，这个大家庭，特别是我，是三姐痛苦牺牲无奈抉择中，最大的受益者。撮合三姐婚姻的媒人，知道我们家供帮了一群儿女上学，一个个都急等着用钱。三姐订婚两个月后，媒人交给父母的四百块彩礼，我拿了一部分去读大学不说，三姐婚后的三年半时间里，顶着可以猜想不便明说的巨大压力，每月都定时定量给我寄生活费，就连她最值钱最精致的黑色皮箱，也在我开学之际，无私地送给了我。

1988年初秋，是我大学毕业参加工作一周年的日子，也是三姐大专毕业从教的第六个年头。

不忘初心的三姐，自强不息的三姐，已经是四岁女儿妈妈的三姐，凭借着惊人的坚韧毅力，如愿以偿地考上了上海外国语学院，成为一名货真价实的全日制本科大学生，终于圆了她心心念念十几年的大学梦。

尽管，这个梦想的实现，迟到了八年。

圆梦的代价是，为了如期到大学报到，三姐在暑假引产了已近六个月大的男婴。母子连心，她为此付出的身心煎熬，尤其是抉择的痛苦，是外人永远无法体味的。好在后来大学毕业，三姐又生了一个男孩，使她的愧疚和遗憾，有所弥补。

八月下旬，我到银川火车站，送走了南下求学的三姐，顺便到女朋友的工作单位来看她。

由于我们两人认识时间较长，上初中时我比她高一个年级，两家相距仅十公里，所以恋爱起来，就显得水到渠成，波澜不惊。暑假两家大人已见了面，商定了婚事，计划中秋节订婚，来年正月典礼，所以，我要先和女朋友商议一下订婚所需的东西，沟通一下相关的细节。

对于我家的困难，女朋友是知晓的。甚至对于我帮衬两个弟弟上学，她也难能可贵地表示了理解和支持，这让我感动之余，油然生出几分亲近，还有一丝愧疚。除了我家境贫寒，我在盐池，她在银川，面对两地分居的困难和不确定的未来，她也没有嫌弃什么。我暗暗在心里盘算，无论咋样，也不能让订婚、结婚显得太寒酸，毕竟对于女孩子来说，结婚是人生中的一件大事，需要讲究点仪式感，所以也不能太凑合。

人们说，管理的最高境界是沟通，我认为，恋爱、婚姻中最重要的，也在于沟通，如果在沟通的基础上相互理解，彼此承认，那么，贫穷，也就显得没有那么可怕。

事实也正是如此，中秋节订婚，一切顺利。

1988年12月7日，我俩在盐池县妇联，领取了结婚证。

领证那天的下午，心里有点喜悦，也略显沉重。喜悦的是，婚姻大事终于尘埃落定；略显沉重的是，从此后，就要对这个女人，以及未来的家庭，承担起责任来。还有，马上要采购衣物、置办家具等，正月就要举办婚礼，而这些钱，目前都还没有着落。

1989 年元旦，我带着家里准备的和自己积攒的两千块钱，来到银川购置结婚用品。

按照家人的计划，先买我俩结婚典礼急需的衣物、鞋帽等，黄金饰品女朋友没要，家具先不买，等婚礼后用家里收来的喜礼钱添置。女朋友听我这么一说，委屈得一下子背过身去，扑簌簌掉下一串眼泪来。过了一会儿，她红肿着眼睛，颤声问我：结婚回来后，她的单身宿舍也就是我俩的"家"，有同事、朋友、同学等登门道贺，家里来了客人坐在哪里？还有，结婚没有床，人睡在哪里？典礼后家里如果没有余钱，又怎么办？一连串的疑问，句句在理，并不过分。我站在地上，低头思忖良久，联想到女朋友为我、为这桩婚事，所做出的一次次隐忍退让，终于狠狠地咬了咬牙，于元旦那天下午，两人赶到百货大楼，选购了一张双人床，七百六十块元，又挑中了一组沙发，六百七十块，搬进了女朋友的单身宿舍里，总算掩盖住了几分寒酸。至于我俩婚礼所需的衣物鞋帽等，只好能减则减、能免就免了。

放寒假了。我带着五弟坐班车，赶到距离县城仅三十公里的陕西定边县城，买了两床网套，因为定边的网套不仅比盐池的便宜，而且质量更好。又买了几丈白布，做新婚被褥的里子。买好后，兄弟俩放寒假时一起带回了老家。

因为我的婚期将近，家里一片繁忙的景象。二嫂在接连生下三个儿子后，这个冬天刚生了第四胎，正是她期盼已久的漂亮的小侄女。二嫂让我联想到大嫂，也是在一口气生了四个闺女后，终于等到又生了两个可爱的侄子。二嫂坐月子满月不久，母亲还不让她干重体力活，但她闲不住，仍然叨空洗洗涮涮，缝缝补补，为迎接新年做着准备。最辛苦的是二哥，他正在磨窑里碾米磨面，吆喝着毛驴，手忙脚乱地掌箩筛面，胡须、眉毛和帽子上，都蒙上了厚厚的一层白色的粉尘。一个大男人，为了我这个弟弟，他已经独自一人在昏暗的磨窑里一连忙活了一周多，真够为难他的了。

二哥二嫂是1981年正月初七那天典礼的，迎娶二嫂六年后，由父母提议并做主，与大家庭一起搅匀过日子已经长达十八年之久的大哥大嫂，被父母从大家庭分了出去，另起炉灶过日子，自此二哥二嫂又接力扛起了供弟妹读书的重任。难能可贵的是，那时的二哥二嫂，对三男两女五个弟妹的读书选择，一直十分支持，尽管后来二嫂对自己有收入没花销的待遇，一度有过怨言，甚至夫妻俩为这种无休无止的拖累，也闹过矛盾，但总体上说，比起一般农村家庭，二哥二嫂也算是识大体顾大局的了。这一方面是因为有大哥大嫂多年付出奉献的榜样在先，另一方面，也是更关键的方面，是因为二哥二嫂都念书识字，两人初中毕业，有文化，有教养，懂得投资教育的重要性。

婚礼如期举行。典礼的当晚，爱人见洞房窑里的炕上，叠放着一红一绿两套崭新的被子和褥子，心下疑惑，便悄悄问我："咱们结婚缝了几床被？"

"四床！"我哄她说，撒谎都不用打草稿。

因为按农村婚俗，新婚是要至少缝制四床新被新褥的。但实际上，家里实在困难，就只缝制了两床，而且还是在典礼的前一天，妈妈满村庄好不容易向别人家借了两块绸缎被面，加上我买回的网套、白布，由二舅家漂亮大方、心灵手巧的二表妹，用了一个下午时间，飞针走线赶制出来的。

欺骗女人当然并非我的本意，但我又不好意思向兴致勃勃的新娘子说出实情，那样会败兴的。好在她当时没有再追问，当天晚上知道了，也没再说什么。我的心，终于放下了。

两天后，我和爱人"回门"到她娘家住了一晚，又踩着厚厚的积雪，两人一起回到了家里。

只是，还沉浸在新婚气氛里的我，不曾料到，家里酝酿的一场"三堂会审"正等待着我。

这天晚饭后，在父母常住的窑洞里，父亲母亲、大哥、二姐、二哥等人，围绕着我婚礼前后的表现，对我进行了一番评判、教育。他们先给我清算了一下婚礼的花销，还有哪些地方做得不大妥当？大哥拿出两张纸，一支笔，逐项一一核算，又累计相加，最后报出了总数：我结婚共花销了家里五千八百块，其中，媳妇的娘家，支出两千九百块，其他买家具、衣物、婚礼花销，共计两千九百块。结论是：花销偏多，我没有做好相关的工作。母亲和二姐，看起来有些怨言，父亲和大哥二哥，则对于我买床和沙发先斩后奏的处理方式，有些看法。总之一句话，大家的心里，都有点不太舒展。我听他们左一言右一语地轮番声讨，一时非常惊讶，看看这个又瞅瞅那个，刹那间感觉到了一种陌生，一种距离，又觉得十分不解和委屈。因为在我看来，虽然他们说的也有些道理，但无论是我，还是我爱人，都已在尽最大的努力，一再降低标准，把能减免的，几乎也做到了极限。如此苦心孤诣地为家庭着想了这么许多，怎么会换来这么多的不满呢？

新娘子找水喝，推门而入，窑洞中大家热烘烘的话题讨论，不约而同地戛然而止。

我悲哀地发现，一场婚礼，似乎一夜间把我从亲密无间的大家庭中剥离了出来，持续了二十四年的骨肉亲情，在这个晚上，第一次出现了裂痕。

我不再辩解，我也知道家人有家人的不易。第二天一早，我背上家里分给我的还债任务，以及我私下的借款，共计一千八百块元，没有告诉爱人，独自吞咽下了所有的失落与委屈，带着爱人离开了曾经温馨的家，提前返回了还没有开学的学校。

第一次以这样的心情离家，让我难过得眼泪涌满了心坎。

那的确曾经是温馨的家啊！

尽管贫穷，但这个家承载了我多少孩童与少年时期美好的记忆啊！后来听妈妈说，每年等到正月十五左右，成家的、上学的儿女们一个个都离开了家，几天前还欢声笑语热闹非凡的窑洞里，炕角只剩下码起的一排排被褥，妈妈看着人去窑空的家，眼泪止不住一串串地流下来，滴在脚下的地上。

养育这么多儿女成人，成家，成才，父母的艰辛可想而知。大哥二哥赔着笑脸，更陪着尊严，为我们读书、成家四处举债，这需要怎样的爱心和胸怀啊？

他们能有什么错？

但是我又为什么如此难过？

答案只有一个：那就是贫穷！

好在此后的几年，懂事的我们，无论四弟、四妹，还是五弟，结婚都是很简朴的婚礼，甚至因为家贫，影响了他们恋爱的台阶，婚姻的取向。"贫困家庭百事哀"，实在是再正常不过的事。四弟婚后毅然决然地辞职下海，四妹和五弟甚至都没有在家举办婚礼，还是因为——可怕的贫穷。好在时光如刀，随着年龄增长，特别是阅历的逐渐丰盈，后来偶尔回想起当时自己的那点儿委屈，觉得那只是小事一桩，当初那些不快的心绪，也已被岁月的长河，荡涤得一干二净了。

## 42

开学后的一天，我收到了四弟从西安寄来的信。在信里，他不无伤感地写道："三哥，随着婚礼一阵脆响的炮仗声，我感觉你已经和大家庭产生了距离，曾经那个我亲密无间的三哥，正在与我渐行渐远……"读到这里，我仿佛又看到了那个一贯活泼可爱的四弟，在我婚礼期间落寞的神情和孤单的身影，也联想到只有这次开学，四弟没有与以往一样，来与我道别，我也没有像过去那样，给他资助一点儿学费。一想到这些，我心里一下子酸涩无比，鼻腔酸辣，眼角也有些湿润。

懂事的四弟，一定也目击了家里人"会审"我的那一幕，也隐约知道了我的一些难处。这个自小和我裹在一个被窝长大的弟弟，看到我成婚后心绪不佳地离开了家，虽说他不能完全明白其中的原委，但心里一定十分难过。

我不想再解释什么，再说他还小。我只是等工资发下来，又依例给他寄去了生活费。

婚后的五年里，我的工资除了日常花销、资助四弟五弟，主要用来逐年逐月地偿还那一千八百块的外债。1990 年五弟考上天津商学院后，我和爱人见他几乎赤手空拳从老家来到银川，立即上街为他添置了衣裤，又资助他一点钱去学校报到，这种零零星星的帮衬，一直持续到他大学毕业。

在此期间，由于女儿日渐长大，总循声追撵到邻居家蹭看动画片，以及小家实在寒酸得没有一件像样的家具，一直借用爱人单位库房里几件旧桌破柜。于是在1992年夏天，我狠了狠心，买了一台二手的彩色"日立牌"电视机，又定做了一组简易的写字台和衣柜。这时候，四弟已大学毕业，在盐池邮电局工作。或许是毕业分配的工作单位不理想，加上供五弟上学压力大，四弟便写了一封言辞激烈的信给我，指责我追求"奢侈"，"就不能把小家庭建设推迟上几年，帮家里渡过难关？""把实在扔在乡下进了城……"等。我几乎不敢相信自己的眼睛似的，把那封信翻来覆去一连看了好几遍，欲哭无泪，积郁难平，于是立即伏案写了一封言之凿凿的回信，用一组组数据、一桩桩事实，历数我是如何"奢侈"，又是怎样"把实实在在扔在乡下进了城"的，为自己辩解。我心想，你这才工作了不到一年，就开始数落过了五年东挪西借、上顿不接下顿苦日子的兄长？作为主要受益者，你怎么能不知道、不理解哥哥几年来的默默牺牲与奉献？难道我那点可怜的工资，就只能给你们花费，却不能给含辛茹苦的妻子买一件衣柜、为聪明可爱的女儿添置一台旧电视机？还有，即使是我该被指责，也轮不到你，你凭啥？

但这封论据充分、说理透彻、反驳有力的信，被我搁在办公桌的抽屉里躺了几天，最终并没有寄出。

我是兄长，不该与弟弟计较，他可以抱怨、误解，甚至急不择言，但我是哥哥，要宽容，更要忍耐。

清官难断家务事，再说家哪是讲理的地方。和谐的家庭，离不开彼此的谦让、忍耐，以及难能可贵的自我反省和换位思考。一年后，四弟为了改变穷家薄业几十年的现实窘境，毅然辞公职，下商海，等到他结了婚，挣了钱，我欣慰地发现，四弟比以前更能隐忍和宽容他人。穷困，确实能挤压出人的一些不健康的情绪，而事业上的成功，物质上的充盈，人格上的独立，则会让人变得更加成熟自信和勇于担当。

又是一个周末。

寂静无声的昨夜今晨，小城下了这个早春的第一场雪。

早晨晚起，洗漱完毕，准备去食堂吃饭。刚推开门，突然见到校园里白茫茫一片。树上、墙头上还有房顶上，都覆盖上一层白茫茫的雪，铺在地上的雪毯，约一寸厚的样子，遮盖住校园目之所及的每一个角落。时近中午，天空已然放晴，云开雾散，火红的太阳正从滤净的空气中，一览无余地泻下千条万缕的暖意来。

午饭后，我回到宿舍，把借来的两盒民歌联唱磁带，还有自己刚刚购得的法国钢琴家理查德·克莱德曼的钢琴曲磁带《命运》，以及电视连续剧《红楼梦》插曲的两盒磁带，轮番插入秉荣兄弟借给我的一台半新的收录机，循环播放。我先是在民歌欢快的旋律中备好了教案，又给火炉中添了几块煤，享受着与瑞锋分开住宿后，第一次独居一室的愉悦。

随着一阵噼噼啪啪的爆响，炉煤燃烧得旺盛了起来。我给地上洒了水，又清扫了地面，小屋顿时热气腾腾，暖意融融。我随手换上了《红楼梦》的歌带，于是一组柔婉哀伤、缠绵悱恻的乐音，立即在小屋里荡漾开来。

这时已到了下午两点，暖阳西斜，碧空如洗，我打开房门，拉过椅子坐在门口，背对着热烘烘的火炉，裹上一件绿色军大衣，顺手拿起李泽厚著的《美的历程》，在悦耳的乐音伴奏中，埋头读了起来。

在我看来，在中国文学艺术的长河中，分明也是一段段"美的历程"

的接力。先秦诸子散文，汉赋，唐诗，宋词，元曲，明清小说，共同构成了不同历史时期的文学艺术经典，让后人望尘莫及，也让同时期的外国文学难以比肩。明清文学艺术的成就，较之先秦两汉、魏晋唐宋，已日渐式微，但唯有《红楼梦》，则成为孤篇横绝的代表。唯其超拔的造诣，才成就了当代作曲家王立平先生的精彩演绎、陈力女士的准确演唱表达，如此美轮美奂的音乐，正所谓"此曲只应天上有，人间能得几回闻？"

看着书，这样想着，过了一会儿，我抬起头来，悠然向门外看去：周末的校园，万籁俱寂，雪后初晴，院子里空无一人，只有我的一串脚印，落寞地印在地上。篮球场两侧的几棵柳树，在清冷的空气中，竖起瘦削的腰身，静立不动，干瘪的枝杈，向天空刺去。门前的北墙下，有一道浅浅的湿痕，顺着这条湿痕，向校园中央渐渐浸漫延展开来。在耀眼的冬阳下，只见满院无数颗细碎晶莹的光点，正俏皮地眨巴着眼睛，在雪地上欢快地闪烁、跳跃。霎时，我感觉这个初春的下午，是如此静谧、洁净、安详，又在些许的孤寂中，让人觉得一缕缕湿漉漉的清新和恬淡悠长的美好。这时，《葬花吟》如泣如诉的旋律渐入高潮，我忍不住合上了书，慢慢站起身子，思量着花与人的相似，体悟着尘俗命运的轮转无常，这样遐想间，向蔚蓝邈远的天际，投去了深情的一瞥。

我知道为什么面对校园雪后初晴的这一刻，自己会触景生情，心生波澜。

不久前，因为爱人意外怀孕，促使我紧锣密鼓地加快联系调动工作的节奏。凭直觉，我不会在这里待多久了，所以，一时间觉得很留恋这里的一切，无论那些美好的过往，抑或酸涩的记忆。

清明节后的一个周末，我抽空专门跑了一趟银川，确切地说，是回了一趟母校——宁夏大学。宁夏大学教务处需要一名文笔好的秘书，经济系左理主任便向教务处牛晓宇处长推荐了我。左主任出身于盐池"左、聂、牛、侯"四大望族，本人曾在盐池县委工作，1974年跟随"路线教育工作队"在我们生产队蹲点，因为他是我二姐的老师，蹲点时经常光顾我家，所以对我家的情况了如指掌。恢复高考不久，左主任考取了兰州大学，攻读经济学硕士学位，学成归来进入宁夏大学工作，并且因为业务突出、年轻有为，很快晋升为新创建的经济系主任。牛处长二十世纪六十年代中期，毕业于宁夏大学数学系，先是在宁大附中任教，担任过教导主任、副校长，是一名精干利落的干部，后来因管理能力出类拔萃，擢拔为宁夏大学教务处副处长、处长。牛处长在工作中对下属非常严厉，但在生活中对年轻人极其关怀，精心栽培，乐于提携。左主任与牛处长相互赏识，私交甚好，两个人又都是正直干练、风头正健的中层领导，校级领导的后备人选，果不其然，两年后，两人同时被提拔任命为宁夏大学副校长。

得益于左主任的推荐，牛处长很快就接见了我。他鹰一般锐利的目光扫视着我，脸色有点冷峻，使我倍感紧张，不敢坐下，骤然间心脏"咚咚咚咚"跳个不停。但我尽力使自己镇定下来，不至于失态，眼睛谦恭又坚定地向那双挑剔的目光，勇敢地迎上去，显出一丝不服输的自信来。当听到左主任介绍说，我是大学期间全班唯一获得一等奖学金的学生的时候，牛处长的目光开始变得柔和起来。他简单地询问了几句，便给了我一个题目，让我回去写一篇两千字左右的文章，三天后交给他。

我明白这次见面，算是面试；让我写一篇文章，则是笔试。对于面试，我没有把握，但对于笔试，则信心满满，因为这是我的强项。

见面后的第二天上午，我把写好的文章，工工整整誊抄了五页纸，约三千多字，然后恭恭敬敬交给了略感意外的牛处长。他可能没想到我会写得这样快，其实我是希望通过显示文字能力，尽快赢得领导的好感。

牛处长随意地浏览了一下那几页纸，然后微笑着说："好！调动的事，我们还要研究，你回去等消息吧。"

我忐忑不安地琢磨着这句话的含义，不明就里，心里惴惴的，下楼的脚步，也有点散乱和沉重。

时序已过五月，马路边的杨柳，已枝繁叶茂，一片绿意盎然。我陪着已经怀孕的爱人，坐 4 路公交车来到新城逛街。街上行人如织，新近落成的新城商业大厦里，日用百货琳琅满目，大厦楼下的步行街两旁，来自江浙的小贩，叫卖着衣裤鞋帽，操着一口东北腔的商贩，则在兜售着新鲜的时令水果。我俩从一个售卖杏子的小贩身边经过，满身金黄点缀着几抹粉红的山杏，根部还连缀着几片绿叶，看上去极其鲜美。我回头看了一下爱人，问她想不想吃，要不买几斤吧？爱人看了看，问了一下价钱，每斤一块七毛钱，便很坚决地说："不想吃！"说着，便迅即走开了。多年后说起这件往事，爱人笑着说，当时妊娠中的她，其实非常馋那一口鲜杏，但她知道我缺钱，便忍住了。我当时一是缺钱，二是年轻，不懂也不太会照顾女人，所以后来听爱人这么一说，心里很不是滋味，觉得既有愧于妻子，也对不起娘胎里的女儿。

从 1990 年到 1992 年的三年间，因为手头拮据，我们夫妻俩基本都不吃早点。每天迎着朝阳送女儿上幼儿园，心情很是愉快，每当经过宁夏大学南门时，总会经过卖饼子的摊位，但我都没舍得掏钱去买，尽管那一个饼，只需要花费区区两毛钱。

# 43

高二了，要分科。六个班拆卸重新组装，文科两个班，理科四个班。

由于筹备结婚，加上准备调动工作，到高二时，我便主动辞去了班主任，以免因精力分散，影响学生管理和高考，但我仍然为高二（3）班和高二（6）班上课。

县城长大的学生，到底要早熟一些，男女同学间的好感，或直白或含蓄，总会露出一些蛛丝马迹。对于这种现象，盐池一中的领导和所有老教师，态度是惊人地一致：不许露头，坚决打压。

对于这个态度，我大致是认可的，但对于手段，则不太苟同。我认为，对于早恋的学生，应该是说服，而不是压服。

老教师听我这么说，连连摇头。他说："说服？那是你理想化的想法。高考前就这么短短的一两年冲刺时间，说服要凭耐心，耗费时间，效果还不一定好。如果你是真爱学生，还是快刀斩乱麻，不要把宝贵的时间浪费在过程里。"

他的话斩钉截铁，不容置疑，让人简直无法反驳。

平时也有男生来我办公室，假装请教书本上的问题，实际上是找我聊天，由远及近地询问一下情感上的问题。每次，我都会耐心听完，并给出自己的建议，渐渐地，有几位男生，特别是班干部，对我产生了信任。女生则一般比较内敛，即使有这方面的困惑，也不会贸然请教一位单身男教师，我也乐得如此。

一天中午，一位男生小心翼翼地叩门走进了我的办公室，鼓足勇气向我说出了自己的秘密：他暗恋同班的一位女生，已达半年之久，困惑得不知怎么办？我记住了那位老教师的忠告，便毫不犹豫地否决了他的单相思，很直白地告诉他："你这种暗恋有百害而无一利，毫无价值。"学生一下子满脸通红，尴尬无比。我又把口气缓下来，帮他分析利害，根据他目前的学习成绩，展望一年后的高考，并补充说了一句："男孩子喜欢女孩子，这在青春期很正常，不丢人，你也别背包袱，正确处理就好。"经我这一阵黑脸一阵红脸的陈明利害关系，这位男生由迷惑到清晰，由尴尬到释然，很快毅然斩断了情丝，一年后，考入了西南一所经济类高校。

过了几天，男生又来找我，我好奇地问他："为什么这么信任老师？"他回答："那天课间，老师您要上厕所，就随手把一摞书本交给我。我想您都信得过我，我当然更应该信得过您。"

听了他的话，我愕然，又有点感动。原来自己一个无意之举，竟赢得这样的好感和信任。从此以后，我的任教生涯里，就一直很注重细节。细节无小事，细节既体现教师的修养，细节同样可以浸润学生健康地成长、成才。

临近暑假的星期六中午，爱人挺着微微凸起的肚子，坐了近五个小时的汽车，从银川回到了盐池一中。凑巧的是，刚给四弟寄了钱，又帮五弟交了学杂费，我囊空如洗。

但爱人不知道这些。她是午饭后才赶到的。

我一边陪她说话，一边脑袋加速旋转在想怎么办？总不能让她自掏腰包上街买饭吃，更不能跟她说我已身无分文。犹疑了近一个小时，我突然想起校园里还有一个小饭馆，于是，急忙赶过去，凭着熟人的面子，赊了一碗炒面片，急慌慌端回了宿舍。

类似这样经历，在往后的日子里，我一般不忍回忆，更不愿提及。因为每每回忆或提及，心头像伤口上撒了一把盐似的，隐隐作痛。

我向爱人提及的，总是令人开心的事情。我告诉她，我上次从宁夏大学回来，就给牛处长写了一封言辞恳切的信，信中谈了我的现实处境，特别是夫妻分居、爱人怀孕的困难，表达了愿意在他领导下努力工作的决心，还有对未来工作环境的向往等。牛处长很快就回了信，直截了当地表明了想要我去的态度，让我安心等待消息。

爱人听了，自然也是十分的欢喜。

刚放暑假，我便把行李和书箱，搭顺车一齐搬到了银川。

秋季开学后，因为盐池教育局我的恩师李局长的关照，已开会研究同意我调出，所以，盐池一中也没有给我安排高三年级的授课任务。我的单身宿舍已分给了另一位新入职的老师，于是我只好赶回银川，焦急地盼望着宁夏大学同意调入的消息。

九月初的一天，父亲带着四妹来到银川。原来，高考落榜的四妹，经三姐夫帮忙联系，得到了一个到宁夏教育学院上学的机会，学制两年，学成毕业，有望转为公办教师。我听了自然高兴。第二天四妹和父亲一起去教育学院报到时，学校要一次性收取一千两百块钱的学费。从教育学院回来，被一群儿女拖累已贫困了近三十年的父亲，窝坐在沙发里愁眉不展，一言不发。刚成家但又收入微薄的我，也实在无力资助学费供四妹上学。最终，还是懂事的四妹主动提出："学费太贵了，咱们不念了！"父亲沉吟半天，叹了口气，弯腰背起为四妹上学准备的一大包被褥行李，步履沉重地起身，黯然回家。

一筹莫展的我，望着无助的父亲和可怜的四妹的背影，渐渐消失在熙熙攘攘的街头，慢慢裹进了繁华的城市人流中，心里苦涩得无以复加，难以言表。

贫困，又是贫困，在一度摧毁了三姐的大学梦之后，又一次无情地碾碎了四妹的教师梦。

也因为这刻骨铭心的一幕，十年后，当我有能力帮助四妹的时候，我倾尽全力，不求回报，为妹夫的生意牵线搭桥，用自己的人脉疏通各种关系，直到四妹一家经济状况大为改观，甚至都远远超过了我和其他兄弟姐妹的光阴。只有我知道，这与其说我是在尽一个做兄长的本分，倒不如说，我是在替曾经困顿的父亲，向四妹弥补当年的那一份亏欠。

国庆节后，我返回盐池一中领取了 9 月、10 月的工资。按照惯例，凡同意放行调出的教师，盐池的工资可以发放到当年的 11 月底，自 12 月起停发。这时候，宁夏大学已同意调入，盐池教育局也同意调出，现在相关手续已上报到自治区教育厅和劳动人事厅，等待上会研究批准。

至于上会研究能否获得通过，充满了未知的不确定性，我只能在焦虑中等待、祈祷。

班车从盐池出发，途经高沙窝、回民巷，进入盐池与灵武交接的东湾。这条从盐池到银川的路线，两年里我已经跑了多趟，全程两百三十公里，车费五块四毛钱，每天两地对开班车，上午、下午各发车一趟。说来惭愧，结婚后的这一年里，我每次从盐池出发到银川，身上差不多只揣六元钱，五块四毛钱坐班车到银川南门汽车站，再花三毛钱乘公交车赶到爱人单位。等到返程，爱人再给我买回程的车票。这事说来有点难为情，但在当时，对我来说的确是迫不得已。好在这次领了两个月工资，除去资助弟弟和还债，还略有盈余，相当不容易。

车到东湾，地势不再平坦，开始出现起伏的丘陵和深浅不一的壕沟。这时，太阳将要落山，夕阳的残红，洒满了无垠的旷野。路旁条条块块的庄稼地，早已收割完毕，只有金黄的糜茬谷茬、紫红的荞麦茬，直挺挺戳在田地里。枯黄的野草，蔫不拉叽地倒伏在地上，了无生气，晚秋一阵冷风掠过，有几团棉蓬柴，顺着地皮滚动起来。我顺着棉蓬柴滚动的方向看去，突然发现公路北侧约两百米的一处壕堑岸边，竟然有一群落地的雁群簇拥在那里，正扑扇着翅膀，一边鸣叫着一边来回走动，看上去约有一百多只。瞬间我明白了，这是南归的雁群，从遥远的西伯利亚飞来，选择今晚在这里歇脚，是为了从庄稼地遗落的谷粒、麦粒中，获得补充能量的晚餐。放在平时，我们看到天空中"人"字形或"一"字形的雁阵，并不稀奇，但在深秋晚霞笼盖的野地里看到雁群，我这还是平生第一次。

南归的大雁，明天将飞往温暖的越冬栖息地。而我的未来，又将身归何处？

但女儿的降生，使我们一家捡拾起欣喜，先撇下焦虑。

1989 年 11 月 22 日傍晚，爱人有了临产的迹象，赶忙住进了自治区人民医院。在此之前，由于是新婚不久意外怀孕，缺乏心理准备，经济状况也不好，所以我们夫妻曾经做了流产的打算。咨询在盐池县医院工作的高中同学夏维波，他毫不迟疑并很坚决地否定了我的想法："孩子来了，那就是缘分，不能因为眼下家境困难就放弃，这既不负责，也不人道。把小宝贝留下吧，你将来不会后悔的。"他三言两语，说得我好生愧疚，便决意留下孩子。后来，维波同学先读硕士，后赴日本读博士、博士后，最终凭实力留在北京协和医院工作，成为资深专家，业内翘楚，是我们高中同学中事业发展最出色的一个。医者仁心，女儿的降生，我要感念好友维波的温馨提示和善意规劝。

女儿的降生并不顺利。22日晚至23日全天，产前持续不断的宫缩阵痛，折磨得爱人站不住又躺不下，整夜不眠，两天几乎水米未进，23日中午，医生把她从病房送进产房待产。我跟在身后，但被阻挡在门外，所以只好留在产房外边，像公园笼子里的狼一样，一直焦躁不安地在廊道里不停地来回踱步。到了24日中午刚过，时钟指向13：05，伴着一声响亮的啼哭，并不性急的女儿终于呱呱坠地。

我的天，从入院到顺产分娩，竟然长达三十七个小时之久。可爱的小家伙身长五十三公分，体重三千四百五十克。爱人个头不高，身材偏瘦，进产房前称重，才一百零五斤。很难想象弱不禁风的爱人，在整整一天24小时的时间里，双手被绑在产床上（还是后来她告诉我的），独自在产房经历了怎样的一番孤独、忍耐和挣扎。这天午后，当辛苦无比的爱人被推出产房，只见脸色蜡黄，上下嘴唇全是翘起的干巴巴的嘴皮，一绺绺头发，紧贴在汗涔涔的额头上，但她似乎忘记了刚刚经历过的一切煎熬与疼痛，此刻，像凯旋的将军一般，正一身轻松气定神闲地看着我，一脸微笑……

我听从了病房里西北第二民族学院一位女教授的提醒，放下了羞涩，凑上去贴近爱人的耳朵，由衷地说道："老婆好棒，真辛苦你了！"说着环臂轻轻拥抱了一下。一脸满足的爱人努力地冲我笑了笑，沉沉睡去。

我安心地陪在爱人床前，这时才突然发现，自己口腔不知从何时起，因急火攻心而溃烂了好几处。

几小时后，女儿被护士抱送到我们身边。

第一次看到女儿，只见她红扑扑的脸蛋，睡梦里小嘴还在微微蠕动，唇边有护士喂食奶粉时留下的残痕，看来小家伙第一顿饭吃得不错。小宝贝看上去更像妈妈，也有点像我。

不知爱人怎么想，我看到女儿的第一感觉是幸福温馨，第二感觉是责任担当，第三感觉则是，有那么一点的不习惯，甚至是羞涩。

毕竟，一瞬间就完成了由儿子、丈夫到父亲角色的转变，太快了。

我俩商量了一下，为女儿取名"晨晨"。早晨，意味着清新，象征着新生与希望。

小宝贝的确给自己，也给家人带来了希望。她出生仅仅一周，我工作调动的申请就获得了批准。

包围在双重喜悦中的我，立即马不停蹄地办理调出、调入相关手续。在好心领导的关怀下，一路绿灯，仅一周时间，便办完了所有手续。

12月11日，我怀着一腔感恩，几缕不舍，告别了我的家乡，我事业的起点——盐池，踏上了人生再出发的征程。

12月12日，我到宁夏大学教务处报到。

教务处精干漂亮的高姓女同事，带着我只用了一个上午，就办妥了所有的报到手续。快言快语的她，是中文系高我一个年级的师姐，她笑吟吟地对我说："处里的同事都盼着你来呢。牛处长前几天在会上对大家说，这次调来的小王，将是咱们教务处文笔最好，字也写得最好的。"听她这一说，我立即联想到了我面试的那篇文章，还有我写给牛处长的那封情真意切的信，心里便暖暖的，心下暗想：一定要好好干，绝对不能辜负了领导的期望。

这一天，我和女儿在银川市新市区朔方派出所同时上了户口，户主是先我一步落户银川，劳苦功高的爱人。

这一天，也是"西安事变"的纪念日。

"西安事变"后的中国，经过九年的奋斗，终于迎来了抗战的伟大胜利；半个世纪过去了，中国早已不是外族可以随意欺凌的对象，华夏儿女正在用智慧和汗水，在神州大地上书写着赶超"大和民族"的传奇。

作为书写这传奇的一员，再有四十天，我也将走进二十五岁。

二十五个春秋，是四分之一世纪的流年。回首这流年，流逝的是岁月，流逝的是稚嫩，流逝的是青春，但收获的是进步，收获的是责任，收获的是成熟。在"西安事变"纪念日的这一天，重新融入母校的我，翻开了事业起飞全新的一页。尽管前路漫漫，但我相信天道酬勤，只要有志向，肯努力，自己必将在这个新的平台上，绳锯木断，水滴石穿，和母校宁夏大学一起迎来灿若朝霞的明天。